人質として嫁ぎましたが、この国でも見捨てられそうです

鬼頭香月

Kouduki Kitou Presents

fairy kiss

この作品はフィクションです。
実際の人物・団体・事件などに一切関係ありません。

人質として嫁ぎましたが、
この国でも見捨てられそうです

序章

朝日が昇り、王宮の片隅に設けられた離宮に光が注いだ。

それは天蓋のカーテンを閉め忘れたマリエットの瞼《まぶた》をまっすぐに射《さ》し、淡い色の睫《まつげ》を震わせた。

間もなく目を覚ましたマリエットは、ベッドに横たわったままその青い瞳に天蓋の天井を映し、表情を曇らせる。かつて白かった天井は、月日を経てうっすらと汚れていた。

清めたくとも、まだ十歳のマリエットの手はそこまで届かず、どうにもできない。

「……あとちょっとで届きそうだもの。この憂鬱な朝も、きっともう少しの辛抱よ」

王の愛妾《あいしょう》であった母を亡くしてから七年――この月日の中で手に入れた前向きな思考で、近く綺《き》麗《れい》にできると自らに言い聞かせ、マリエットは身を起こした。

誰にも手入れされていない、ごわついた青い髪を手櫛《てぐし》で梳《す》き、枕辺に置いていたリボンでさっと束ねる。ベッドを下りると、出入り口の脇に置いていた木桶《きおけ》を慣れた手つきで取って、外へ出た。

顔を洗うために、離宮の脇にある泉へ向かうのだ。

母親が妾《めかけ》とはいえ、マリエットはれっきとした王の子。身の回りの世話をする侍女は昔から数名つけられており、本来なら水の準備は彼女達の仕事である。

けれど実際にマリエットの世話を焼いてくれる者は、母が亡くなって以降いなくなった。

侍女達はマリエットがかろうじて生きるのに必要な最低限の食事を運ぶだけで、そそくさと離宮を離れる。部屋の掃除もマリエットの着つけも、誰もしてくれない。

皆、マリエットの母が暗殺されたことで、正妃の機嫌を損ねてはいけないと怯《おび》え、亡き愛妾の娘を敬遠しているのだ。

幼いながら、マリエットはそんな使用人らの内情を理解し、誰を恨むでもなく生きていた。

父王ヨルクと正妃ラシェルの二人だけは、どうしても良く思えないけれど。

――お母様を召し上げて子をつくったのは自分のくせに、お父様は欠片《かけら》も私を助けてくれないし、ラシェル様はいつだって意地が悪いのだもの。敬愛すべき貴いお立場の方達だといっても、好きになれないのよね。

心の中でぼやき、マリエットは泉の前に膝をついた。水面に顔が映った瞬間、切ないような恋しいような、複雑な気持ちが込み上げる。

薄汚れて、少しも母の美しさを再現できてはいないものの、歳を経る毎《ごと》にマリエットの顔は亡き母の面影を滲《にじ》ませた。

マリエットの母――ベルクール男爵家の末娘ルイーズは、一目見れば恋に落ちぬ男はいないと謳《うた》われた絶世の美少女だった。

身体は細く、瞳はサファイヤを彷彿《ほうふつ》とさせる澄んだ青色。白い肌は淡い紅を差した唇を際立たせ、傍《そば》近くに寄れば品の良い甘い香りが鼻先を掠《かす》める。

生家こそ下級貴族に位置するものの、彼女は教養高くもあり、社交界では〝白百合の君〟の二つ名を冠して、誰もが妻にと望んでいた。

そんな中、王宮で四歳になる王太子の誕生祭が開かれ、ルイーズも出席する。そこで彼女は、ネージュ王国国王――ヨルクの心までも射止めた。

王は出会って一か月もせぬ内に、ルイーズを側室に召し上げると言い出し、臣下達を驚かせた。

それまで王は、与えられた責務を淡々とこなす機械人形のような方だと密《ひそ》かに評されていた。

幼少期より大人しい性格で、酒が飲める年齢になってもつき合いの場でしか嗜《たしな》まない。貴族の道楽である女遊びや賭博もせず、政に専念するのみ。

適齢期になると政界最有力派閥の長の娘ラシェルを政略的に妃《きさき》に迎え、翌年には王太子に恵まれた。

彼は、臣下らにとっては理想的な王だった。

けれど子が生まれてから、ラシェルは時折不満を零《こぼ》すようになる。

子ができた途端、王はラシェルのもとへ通わなくなったのだ。生まれた子にも興味を持たず、世話も教育も臣下任せ。妻子に関わろうとする姿勢は一切見せなかった。

――〝後継を残し、つつがなく政を執り行うことこそ使命〟

そう言って育てられたヨルクにとって、結婚は責務の一つでしかなかったのである。

彼は情に薄く、ヨルクを慕って結婚したラシェルの気持ちを汲《く》もうとも、彼女のために時間を割こうともしなかった。

その王が突然、一人の令嬢に熱を上げたのだ。

ネージュ王国は一夫一妻制が布《し》かれているが、王族に限っては、後継を残すために側室をもうけられる。

とはいえ、それは子に恵まれぬ王が利用してきた制度で、既に王太子がいるヨルクが使うのは道義に反した。臣下達は考え直すよう取りなしたが、王の意志は固く、ルイーズは王太子の誕生祭から僅か三か月後に召し上げられた。

これにラシェルが怒らぬはずがなく、彼女はルイーズを茶会などに招いては仲間内で嫌がらせをした。更に足がつかぬよう手を回し、何度も食事に毒を盛った。

いずれの毒もルイーズが口にする前に発見されたが、王は事態を重く見て正妃と側室を関わらせぬように采配した。ルイーズのために新たに離宮を建てて住まわせ、食事には厳重なチェックを入れ、最大限守ったのである。

翌年にはマリエットが生まれるも、王太子の時と違い、王の熱は冷めなかった。

出産の労《ねぎら》いに国宝の一つである真珠のネックレスを贈り、子が生まれた後もルイーズのもとへ通い詰めたのである。贈られた国宝は、必ず探し人を見つけられるという、この世に一つしかない珍しい魔法が込められたネックレスだった。王はルイーズに似合う色だからと、その希少性は気にせず贈ったらしい。

ラシェルにも、王太子を生んだ際に労いの品は贈られた。高価な宝石を使ったティアラだ。

しかしそれは、世界に一つの国宝ではなかった。しかも王は、王太子を生んだラシェルではなく、後継にもならない女児を生んだ側室を寵愛《ちょうあい》し続ける。

蔑《ないがし》ろにされ続けたラシェルの怒りが鎮まるはずもなく、彼女は虎視眈々《こしたんたん》と機会を探り続けた。

そうしてマリエットが生まれた三年後——目的を果たした。

厳重に管理されていたはずの食事に毒が盛られ、ルイーズはこの世を去ったのだ。

離宮で共に食事を摂《と》っていたマリエットは、突然苦しみだした母を前にどうしたらいいのかわからなかった。すぐに医師が呼ばれるも、強い毒だったらしく、母は解毒薬を飲んでも回復しなかった。

急激に血の気を失っていき、死を覚悟したのだろう。ぐったりとベッドに横たわった母は、使用人らにマリエットと二人きりにするよう頼み、最後の言いつけをした。

マリエットが頷《うなず》くと、母は安堵《あんど》したように息を吐いた。そして全身から力を抜いて、目を閉じた。

マリエットは、母が眠ったのだと思った。——けれどそれが、最期だった。

直後、報《しら》せを受けた父がノックもせずドアを開け、部屋に飛び込んできた。母の枕元に駆け寄り、名を呼んで身体を揺さぶったが、長い睫で縁どられた瞼が開くことはなかった。

あの日、声を震わせて名を呼び続けた父は、確かに母を愛していたのだと思う。

母との出会いは、父にとって最初で最後の恋だったのだ。

亡くなっても傍近くに残したいと、父は母の遺体を寝起きする館の庭に埋葬し、数か月喪に服した後、元の王になった。

正妃も王太子も、ルイーズの血を継ぐマリエットにも興味のない、薄情な機械人形に戻ったのだ。

事件にラシェルが関わったのは誰の目にも明らかだったが、結局、犯人は膳を運んだ使用人だとされた。愛妾が王の寵愛を独占したがために正妃が軽んじられ、不憫《ふびん》でたまらず単独で行ったと自白したからである。

犯人の主張を受け、ラシェルは王もさすがに行いを省みるかと期待したようだが、彼は何も変わらなかった。

ラシェルは愛されぬ現実にうっぷんを溜《た》め、そのはけぐちを残された愛妾の娘に向けた。離宮を訪れては亡き愛妾の面影を持つマリエットに罵声を浴びせ、鞭《むち》打って折檻《せっかん》するようになったのだ。

父にとってラシェルは、政界の半数を占める派閥の支持を保つための駒だ。それ故、愛する妾を暗殺した主犯だと察していても、離縁はしなかった。マリエットに対するラシェルの虐待も、放置し続けている。

マリエットは、母が亡くなったばかりの頃に一度だけ、回廊を渡る父に走り寄り、助けを求めたことがある。

侍女達に見放され、櫛も通していないマリエットの髪や薄汚れたドレスを目にした父は、一瞬戸惑った。次いで洗われていない髪や身体から漂う臭いに顔をしかめ、ハンカチで口を押さえた。

彼は視界にも入れたくないと言いたげに顔を背け、ラシェルによる折檻を訴えるマリエットにぼそっと答えた。

『……王の血を引くのならば、自らの力で人心を捉え、他者の崇敬を集めよ。魔力に恵まれず、自力ではどうにもできぬと言うのならば――それは〝汝《なんじ》滅するべし〟と神が定められたのであろう』

この世界には、極僅かながら魔法を使える人間が存在した。千人に一人生まれるかどうかの、希少な人々だ。

魔法使いの子全てが得られるわけではないが、魔力は血で受け継がれる。

魔法は軍事、医療、農耕と多方面で活用でき、王族は国力の保持と向上のため、率先して魔法使いと縁を結んだ。今や魔力を持たぬ王はおらず、ネージュ王国もその例に漏れなかった。

ネージュ王国の歴代国王は強い魔力を有し、現王太子も同様だ。

だがマリエットは、なぜか脆弱《ぜいじゃく》な魔力しか持たなかった。母が亡くなって以降、その魔力の弱さを理由に、王の子ではないのではと疑う声もそこかしこで上がっている。

王自身、みすぼらしい姿の娘を我が子とは思えなかったのかもしれない。

この回廊で放たれた返答により、マリエットは一層孤立した。マリエットに王の庇護《ひご》はないと、誰もが知るところとなったのである。

幼子であろうと、侍女達にとってマリエットは、王の後ろ盾もなく、関われば正妃から目をつけられる厄介者。そんな子供の世話など、誰がしたいだろう。

マリエットは、唯一縋《すが》れる者から〝自力でなんとかできないならば朽ちろ〟と切り捨てられ、絶望した。ひとしきり泣き暮らし、涙も枯れ果てた頃、垢《あか》にまみれた身体が痒《かゆ》くてたまらず、どうにかしたくて離宮脇の泉で清めてみた。するとすっきりし、心地よくなった。

マリエットはこれに気を良くし、髪も濯《すす》いで、自らの世話の仕方を学び始めた。食事が足りずひもじい時は、試しに庭の雑草を食べた。腹を下す日もあったが、食べられるものも見つけられた。

こうしてできることを見つける毎に気持ちは明るくなり、思考は徐々に前向きに変わっていった。

——私、自分がとても不幸なのだと思っていたけれど、最低限の食べ物はもらえるのだもの。お腹《なか》の足しになる雑草も見つけたし、自分で自分の世話をすれば、何も問題ないじゃない。恐ろしい正妃様とだって、十六歳になれば離れられる。きっと、この人生はそんなに悪くないわ。

ラシェルはマリエットを折檻しては、毎度同じ言葉を吐いた。

『王宮でお前の面倒を見てやるのは、成人するまでですからね。十六歳になれば、すぐここを追い出してやるのだから！』

それは、十六歳になればどこの馬の骨とも知れない男と結婚させて王宮を追い出すという意味だった。しかしマリエットにとっては、ラシェルから逃れられるならどんな相手だろうと文句はない。

母同様に暗殺されないのは不思議だったものの、ラシェル曰《いわ》く、不幸せそうなマリエットの姿は見ていて楽しいのだとか。彼女はマリエットにルイーズを重ね、最後には醜悪な男に嫁がせて溜飲《りゅういん》を下げたいそうだ。

「……早く成人したいなあ」

十歳になったマリエットは、思わずため息を吐《つ》き、木桶に水を汲んだ。部屋に戻るのも手間なので、いつものようにその場で顔を洗おうと、水を手に掬《すく》う。

早春の朝はまだ凍《い》てつくような寒さで、冷えきった水を顔につけるたび、身が竦《すく》んだ。

何度か繰り返し洗った後、頭を上げる。澄んだ青色の空が視界いっぱいに広がり、ふとマリエットの胸に新たな希望の光が射した。

――そうだ。お父様は私に全く興味がないのだもの。いっそ、成人したら大人しく誰かのもとへ嫁ぐのじゃなく、一人でこの王宮を逃げ出してしまおうかしら。

幸い離宮には、母が嫁いできた折に揃《そろ》えた学問の書物や、淑女の嗜みである刺繍《ししゅう》道具などがたくさんある。独学ながら、それらの本や道具で少しずつ勉強し始めていたマリエットは、より自信をつけつつあった。

市井の生活は知らないが、誰の助けもなく生きてきた自分なら、一人でもやっていける気がする。

子供特有の無謀な計画を頭に過《よぎ》らせた時、カサッと草を踏む音が背後から聞こえた。

離宮に人が訪れるのは、日に二度だけだ。食事を運ぶ昼と、空いた食器を片づける夕刻。

こんな朝から人が来るのは珍しい——と、音がした方に目を向けたマリエットは、立ち上がる。

キラキラと光を弾《はじ》くシルバーブロンドの髪が、印象的だった。

花の刺繍がたくさん入った孔雀《くじゃく》色のドレスを着た少女が胸を押さえ、手入れのされていない離宮の庭園をよろめき歩いている。

離宮の奥には許しを得た者しか出入りできない、王の庭園がある。そこからまろび出てきた様子の彼女は、背格好からして、マリエットと同い年か一、二歳年上くらいに見えた。

少女は苦しそうに顔を歪《ゆが》め、額には脂汗まで浮かべている。

「……どうしたの？　どこか痛いの？」

尋常でない雰囲気に声をかけるが、聞こえていないようで、彼女は何も言わずその場にガクッと膝をついた。

「あ……っ、大丈夫!?」

マリエットは慌てて濡《ぬ》れた両手をドレスで拭き、少女に駆け寄った。

膝をついて顔を覗《のぞ》き込むと、マリエットとは比べ物にならない、白く滑らかな肌が目に眩《まぶ》しかった。幼いのに唇は紅で赤く彩られ、髪と同じ色の睫に縁どられた翡翠《ひすい》色の瞳は宝玉のようだ。甘い香水の香りが鼻をくすぐり、彼女が高貴な身分の者なのだとすぐに察せられた。

そもそもマリエットが住むのは王宮だ。身元の確かな者しかいるはずがない。

だが粗末な扱いを受け続けたマリエットは、人生で初めて同じ年頃の——それも高貴な身分の娘を目にし、その美しさに驚いた。

しかし今は外見に見惚《みと》れている場合ではない。少女はうまく息ができないのか、短い呼吸を断続的に繰り返している。

「……っ……忌々しい……身体……っ」

少女は憎らしそうに呟《つぶや》き、上半身も起こしていられず、地に両手をついた。翡翠の瞳に涙が滲み、口を大きく開けてヒューヒューと掠れた音を出す。

「……薬を……っ」

息継ぎの合間に訴えられ、薬が必要なのだと理解できた。マリエットはすぐに聞き返す。

「そのお薬はどこにあるの？　おつきの人が近くにいる？」

身分ある者には、常に使用人がつき従い、常用薬があるなら彼らが持っているはずだった。確認すると、彼女は首を横に振る。使用人が傍にいないという意味か、薬がどこにあるか知らないという意味か判然としなかった。どちらにせよ、良くない状況だ。

マリエットは困り、彼女の使用人がどこかにいないかと視線を彷徨《さまよ》わせる。

「どうしよう……ここは離宮なの。医師も使用人も皆、本宮の方にいて、この辺りには誰もいないのよ。――あっ、警備兵ならいるわ。警備兵なら、すぐ医師のところへ運んでくれるかも……っ」

王が愛妾との時間を邪魔されぬよう、離宮はもともと使用人らが気軽に立ち寄れぬ、王が寝起きする私的な館近くに造られていた。警備兵は多く配置されているが、それも母亡き後は警邏《けいら》の手が緩められ、一番近い兵がいる場所まで行って戻るのに小半時はかかる。

それまでこの少女が持つのか定かでないけれど、他に術《すべ》がないのだからやるしかない。

マリエットが強い使命感を持って走りだそうとしたところで、少女がドレスの裾を摑《つか》んだ。

「警備兵は、嫌……っ。秘密で、部屋を出たの……だから……っ」

警備兵が少女を助ければ、事態は必ず関係者や身内に報告される。部屋を抜け出してきたなら、咎《とが》められるのは確実だった。

それが嫌だから警備兵は呼ぶなと言われたマリエットは、弱り果てて少女の顔を覗き込んだ。

「だけど、お薬がいるのでしょう？　じっとしていれば、治るの？　貴女、とても苦しそうよ。今にも死んでしまいそうなくらい」

言った瞬間、マリエットはぎくりとした。

――今にも死んでしまいそう。

母が亡くなる直前にも、マリエットはそう思った。

青ざめていく唇。血の気を失い真っ白になっていく肌。

汗を浮かべ、喘鳴《ぜんめい》に似た荒い呼吸を繰り返す目の前の少女の顔は蒼白《そうはく》だ。それは、死ぬ直前の母の姿と酷似していて、急激に焦燥を覚えた。

――死んでしまうかもしれない……。この子も、お母様みたいに……！

眠るようにこの世を去った母の最期が鮮明に蘇《よみがえ》り、マリエットはドレスを摑む少女の手を強く握った。二度とあんな悲しい思いをしたくない一心で、矢継ぎ早に尋ねる。

「どこが痛いの？　どんな病気なの？　どこが悪いのか、教えて。私が、治してみるから……！」

少女は訝《いぶか》しそうに眉根を寄せた。こちらを見るその目は治せるわけがないと言いたげだったけれど、助かりたい気持ちが勝ったのか、彼女は問答せず答えた。

「心臓が……、壊れているの……。どんな、薬でも……治せないから……っ」

言葉を紡ぐだけでも負担なのか、少女は返事の途中でどさっと地に倒れた。身を丸め、喘《あえ》ぐ。

「心臓ね……！」

マリエットは少女の身体を抱き締め、全神経を彼女の胸に集中させた。できるかどうかはわからない。なにせマリエットは、以前庭園に舞い降りた小鳥の怪我《けが》を癒して以来、〝力〟を使ったためしがないのだから。

——だけど、何もしないわけにはいかないわ……っ。今の私なら、きっとできるはず。私はもう、お母様を助けられなかった、何もできない幼子ではないもの……！

神にも縋る思いで、少女を癒すのだと念じる。すると、不意に胸が熱くなった。身体の中心で何かが膨らむ感覚に襲われ、どんどん温度を上げていく。それはこれ以上身の内に留《とど》められないくらいに膨張した後、一気に腕へと流れた。そのまま熱は手のひらへと移動し、光となって外界に溢《あふ》れ出る。

絶対に助けると強く願って生み出した力の輝きは、以前無意識で使った時よりずっと眩《まばゆ》かった。マリエットが自分でもその光景に驚きながら光に包まれる少女を見つめていると、間もなくほうっと安堵した吐息が聞こえた。

「息が……できるようになった……」

少女が呟き、ゆっくりと上半身を起こして不思議そうに胸を押さえる。

「……どんな薬を飲んでも、すぐにはこの出来損ないの心臓を鎮められないのに……すっかり良いみたい。……お前、何をしたの？」

夢中で力を生み出していたマリエットは、少女の体調が良くなってほっとするも、〝お前〟と呼ばれて違和感を覚えた。ラシェルを彷彿とさせるそれは、常に他者の上に立ってきた者特有の物言いだ。

同じ年頃の子なのに――と怪訝《けげん》に思って視線を走らせ、彼女の手に光る指輪に気づいて、頬を強《こわ》張《ば》らせる。

指輪には、見覚えのある紋様が刻まれていた。月と太陽を重ねた象徴に、強大な魔力を示す翼が生えている。

それは――ネージュ王国が従属している北の大国、タンペット王国の王室が掲げる紋章だった。

つまり彼女は、王族なのだ。年頃からして、タンペット王国王女――アニエス姫の可能性が高い。

――失敗した……。

マリエットはほぞを噛《か》み、先ほどまでの快活さを失って言い淀《よど》んだ。

「……いいえ。私は……何も……」

――一番知られてはいけない部類の人に、力を見せてしまったわ……。

脆弱な魔力しか持たない、王の子らしからぬマリエット。

だけど――本当は違った。

マリエットの心臓には、魔力が凝固して石となった、彗玉《すいぎょく》と呼ばれる力の源が宿っていた。

その石を持つ者は、通常魔法では不可能とされている、病や外傷などの治癒ができ、また他者の魔力の強化も可能だった。魔力を強化する能力では、過去、戦において魔力の強い魔法使いと組み、一旅団を一掃した記録まで残っている。

この特異な魔法使いを、人々は【彗玉の魔法使い】と呼んだ。

彼らは一見非常に有益な存在ながら、総じて普通の魔法はほとんど使えないという特徴があり、一人ではあまり役に立たない。【彗玉の魔法使い】は他者を助ける際にのみ、その能力を発揮するのだ。

個人では脆弱ながら、能力は魅力的であり、過去には【彗玉の魔法使い】の力を得ようと血縁に取り入れた王侯貴族もあった。しかし試みは悉《ことごと》く失敗し、【彗玉の魔法使い】は血統では生み出せない、突然変異だと結論づけられている。

数百年に一度この世に姿を見せる、稀有《けう》な魔法使い。

彼らは多くが寿命を全うせず、この世を去った。

血統では生み出せずとも、【彗玉の魔法使い】の心臓に宿る彗玉を手にすれば、誰もが同じ能力を使える。こんな残酷な手段が、発見されたからである。

取り出された彗玉は丸く艶やかで、色は千差万別。一様に宝石が如《ごと》く美しく、彗玉に宿る魔力は持ち主が死に絶えた後も二、三十年は使えた。そのため権力者達は市井に【彗玉の魔法使い】が生まれると、国政への協力を命じ、拒めば彗玉を取り上げた。

だから母は死に際、マリエットを愛称で呼び、苦しそうにしながらも柔らかな声音で言いつけた。

『――マリー、私の大事なお姫様……。お母様と、お約束をしてくれる？　……貴女のその力は、誰にも秘密にするの』

マリエットが【彗玉の魔法使い】だとわかったのは、母が亡くなる前日の出来事だった。

偶然羽を怪我した小鳥が庭園に舞い降り、マリエットが両手に抱えて治したいと願うと、ぽっと光が生まれて傷が癒えたのだ。その時一緒にいたのは、母だけだった。

母は驚き、マリエットの力の特異さと、危険性を教えてくれた。

多くの同胞が殺された過去を聞かされ、マリエットは力を秘密にすることに異論はなかった。けれど誰にも話さないというのも惜しく、尋ね返した。

『……お父様には、伝えてもいい？』

毎夜母のもとを訪れては、慈しみ深い眼差《まなざ》しを注ぐ父。父は離宮を訪れると、必ずマリエットを下げさせた。何度か母がマリエットとも話をするよう諭すも、父は『子には興味がない』と言って、顔を見る時間も作らなかった。

あの頃、マリエットは母だけに興味を持つ父の関心を、自分にも向けてほしかったのだ。

【彗玉の魔法使い】だと知れば、父もマリエットを愛してくれるのではないか。

そんな期待を抱いて尋ねてみると、母は眉尻を下げて、首を振った。

『いいえ……お父様にも、言ってはいけません。正妃様にも、王太子殿下にも、側仕《そばづか》えの侍女達にだって、決して教えてはいけないわ。――秘密を誰かに知られたら……貴女はとても恐ろしい目に遭ってしまう』

母の声は優しかったが、誰にも明かしてはいけないと言い聞かせる眼差しは真剣だった。

マリエットがあからさまにがっかりすると、母は手を取り、ふわっと笑う。

『マリー。……その秘密を知れるのは、貴女がこれから出会う、たった一人の人だけなのよ』

『……一人だけ？』

秘密を一人にしか教えられないなんて、つまらない。

母は身を起こし、残念がるマリエットを大事そうに腕に包み込んで背を叩《たた》いた。

『そう……一人だけ。貴女が心から愛し、そして貴女一人を誠実に愛し返してくれた人にだけ、教えられるの。……それ以外の人には、決して教えてはいけないわ。……わかった、マリー？』

正妃を持つ国王の愛妾として王宮に召し上げられた母の言葉には、多くの思いが込められていた。

しかしまだ幼かったマリエットは意味を汲み取れぬまま、母の言いつけに従い、頷いた。

そして母は、この世を去った。

この時、小鳥を癒したマリエットの力を使えば、母を救えた可能性はあった。

離宮に一人放置され、泣き暮らしていたマリエットがその事実に気づいたのは、四歳になった折だ。

実際にはマリエットは幼すぎ、自由自在に魔法を使える年齢ではなかった。簡単な魔法も、通常は五歳頃から使えるようになる。

母はそれがわかっていたから、助けてと頼まなかったのだろう。

それでも母を失わずに済んだ未来もあったと知ったマリエットの絶望は深く、心には消えぬ悔恨を残した。

今にも死にそうな少女を目の前にしたマリエットは、二度と同じ後悔をしたくない一心で、力を使った。だけどその結果、母との大切な約束を破ってしまったのだと悟り、唇を引き結んだ。

少女を助けられたのだから、間違った行いをしたわけじゃない。そう思おうとしても、命がけで渡された母からの想《おも》いを穢《けが》してしまった気分になり、青い瞳にはうっすらと涙が滲んだ。

それを見た少女はきょとんと目を瞬かせ、しばし何事か考える間を置いた後、呟いた。

「……そうよね。治癒できる能力を持つ者なんて、この世には滅多にいないもの。お前……ずっと、その力を秘密にしてきたのね？」

マリエットの不出来さと比べるため、正妃はたまにタンペット王国の姫について語った。顔まで知る機会はなかったが、正妃から得た情報によれば、アニエス姫はマリエットの二歳年上。ほとんど歳は変わらないのに、いとも容易く内実を見抜かれてしまい、マリエットは顔色を悪くする。

母の死後、マリエットは【彗玉の魔法使い】についても、離宮に残された書物を読んで調べていた。歴史上、王族は最も【彗玉の魔法使い】から彗玉を奪ってきた人達だ。

目の前の少女は、マリエットの彗玉を奪うかもしれない。咄嗟《とっさ》に身を強張らせ、警戒心に満ちた眼差しを向けると、彼女はマリエットとは反対に、晴れやかな笑みを浮かべた。

「安心するといいわ。お前は私を助けたのだもの。お前が【彗玉の魔法使い】だとは、誰にも秘密にしてあげる」

「――本当？」

予想外の言葉に驚き、反射的に尋ね返すと、少女はしっかり頷いた。

「ええ、約束するわ。だからお前がどこの誰だか教えてくれる？　後でお礼の品を贈りたいの」

王の庇護もない以上、【彗玉の魔法使い】と知られれば即殺される。そう恐れていたマリエットは心底安堵し、深く考えず答えた。

「……私は、ネージュ王国国王の庶子、マリエットです」

自己紹介を聞いた少女は、目を丸くする。マリエットの顔からドレスまで視線を走らせ、口を手

のひらで押さえた。

繰り返し洗ったドレスの布地は擦り切れ、手入れされていない髪や肌は美しいとはとても言えない。

彼女とは比べ物にならない自らの有様を改めて意識したマリエットは、急に恥ずかしくなり、頬を染めて俯《うつむ》いた。

少女ははっとして、マリエットの手を取る。

「あ……っ、私の自己紹介をしていなかったわね。私はアニエス。タンペット王国の王女よ。貴女と同じ、姫なの」

やはり彼女は宗主国の姫だった。納得するも、マリエットの意識は人肌の温かさに集中した。

他人に触れられたのは、母を亡くした日以来だった。汚らわしいと罵られ、打たれるばかりの日々にかき消されて、忘れていた他者の体温。

アニエスは、ラシェルのようにマリエットを蔑まず、父のようにみすぼらしさに顔を背けなかった。それどころか、厭《いと》わず触れた。

アニエスの振る舞いに、マリエットの心は震え、喜びに頬は紅潮していった。対等な立場だと言ってくれた気遣いは嬉《うれ》しくてたまらず、感謝の念まで込み上げて、勢いよく首を振る。

「いいえ。ネージュ王国は、タンペット王国の従属国です。ネージュ王国国王の庶子にすぎない私なんて、アニエス姫と同じではありません」

同じ呼称をされようと、アニエスはタンペット王国国王と正妃の間に生まれた子だ。彼女とマリエットでは、確実に立場は異なった。

否定すると、アニエスはふっと笑う。

「そう。……私の国で、貴女の話はたまに聞いていたの。噂《うわさ》以上に酷《ひど》い扱いを受けているみたいで、驚いてしまったけれど——きちんと学はあるみたいで安心した」

アニエスはあかぎれたマリエットの手に視線を落とし、優しく撫《な》でる。

「……私はこの国の王族じゃないから、どうにもできないけれど……貴女は私の命の恩人よ」

手を撫でる仕草は母を彷彿とさせ、他者の愛情に飢えていたマリエットの目にまた涙が滲んだ。

母が恋しくなり、今にも泣いてしまいそうで、慌てて俯く。

「いいえ、私の力を秘密にしてくださるなら、アニエス姫こそ私の命の恩人です。どうぞ気になさらないでください」

早口で応じると、アニエスは首を傾《かし》げ、マリエットの顔を覗き込んだ。

「言われてみれば、そうね。私達、お互いの命の恩人なのだわ。これから仲良くしましょう、マリエット？」

「え？」

友達どころか、誰一人味方のいない毎日を送っていたマリエットは、意外なセリフに戸惑った。

返事ができないでいると、アニエスは眉根を寄せる。

「あら。もしかして、私と仲良くしたくないの？」

機嫌を悪くした彼女に焦り、マリエットは頷いた。

「な、仲良くしてくださるなら、嬉しいです」

一拍置いて喜びが湧き上がり、無意識に彼女の手を握り返すと、アニエスは顔をしかめる。

「痛いわ。貴女、力加減は学ぶべきみたいね」

「あ……っ、ごめんなさい……！」

ぱっと手を離すと、アニエスは手を摩《さす》りつつ立ち上がった。

「それじゃ、私は滞在している館に戻るわ。ネージュ王国に来た途端、侍女達が私の振る舞いにいちいち口を出すものだから、こっそり抜け出して慌てさせてやろうと思って外に出たの。目を離した隙に私が胸の病で倒れでもしたら、大目玉でしょう？　そうしたら本当に発作を起こしちゃって、ついていないわ」

笑顔や仕草は女神のように美しくたおやかなのに、アニエスの物言いは案外に気が強そうだった。

マリエットはちょっと気後れを感じつつ、心配が勝って申し出る。

「えっと、それでは……また胸が苦しくなったら、いつでもおっしゃってください」

マリエットが【彗玉の魔法使い】だと知ったアニエスなら、もう力を隠す必要もなく、何度でも助けられる。

滞在中また苦しくなったら大変だからと言うと、アニエスは表情を明るくした。

「そうね。この使い物にならない身体だけが気に入らなかったのだけど、貴女に出会えて良かったわ。でも貴女を国に連れ帰るわけにもいかないし、治癒できる薬でももらえたら嬉しいのだけれど、そういうものは作れる？」

マリエットは目を瞬かせる。

「今日、初めてまともに力を使ったので……」

暗にできるかどうかわからないと答えると、アニエスは肩を竦めて背を向けた。

「あらそう。それじゃ、次に私が貴女に会いに来るまでに、作れるようになっていて頂戴」

「あ、はい……っ」

アニエスの態度は、やや高飛車だった。だが他者と深く関わらず育ったマリエットは、妾の子ではない本物の姫とは、そういうものなのだろうと思った。

従順なマリエットの返事を聞いたアニエスは、再び振り返り、手を伸ばす。

爪先まで磨かれた、美しい指が顔に近づき、マリエットは何をするのだろうと見つめた。彼女が何かの呪文を唱えると、指先にぽっと小さな光が生まれ、同時に軽く額を突かれる。そこから胸にかけて何かが染み込む感覚がした。

「私、素直な者は好きよ。癒してくれたお礼に、貴女が健康でいられるよう、まじないをかけてあげたわ。薬、楽しみにしているわね——マリエット」

アニエスは優美な笑みを浮かべ、今度こそ背を向ける。彼女の背中に垂れた白銀の髪が、風に揺れてさらりとなびいた。丁寧に梳《くしけず》られて艶やかな髪は、光を弾き、眩く輝く。

マリエットは、誰もに愛される麗しい姫を羨望の眼差しで見つめ、振り返せなかった手をぎゅっと握った。

——健康でいられるまじないだなんて、慈悲深いお方……。秘密を守ってくださるアニエス様のために、絶対に病を治癒できる薬を作らなくちゃ。

友人の一人もいなかったマリエットは、頼みごとをされたのも初めてで嬉しく、それから一生懸命魔力の訓練に取り組んだ。

通常【彗玉の魔法使い】は、他者に触れないとその力を発揮できない。だからマリエットも、薬を作る能力は持ち合わせていなかった。

しかしアニエスの役に立ちたい一心で研究し、マリエットは十四歳の折にとうとう魔力を小瓶に注ぐ新たな魔法を生み出した。

小瓶は、脆弱な魔力でも使える、形を変える簡単な魔法を小石にかけて作った。その蓋を開けて中に詰めた魔力に触れれば、病は改善するはずである。

アニエスは年に一度、視察で訪れた際にタンペット王国の国宝である姿を消すコートを羽織って、こっそりマリエットに会いに来てくれた。その都度良き報告のないマリエットに不満を零していたが、魔法薬の完成を聞くと、飛び上がって喜んだ。

「よくやったわ、マリエット！」と言って、力強く抱き締めてくれるほどに。

アニエスはこの世でただ一人、マリエットに話しかけ、褒めてくれる人だった。

マリエットが彼女を心から慕い、敬愛するのに、これ以上の理由は必要なかった。

その親愛の情は深く、決して薄れない。

魔法薬の完成後、母国での公務が忙しくなり、アニエスがネージュ王国を訪れなくなっても。

タンペット王国が東方の大帝国に敗戦し、共に敵国へ嫁ぐことになっても。

マリエットの気持ちは、変わりなかった。

一章

一

タンペット王国は、キャトリエム大陸の西側に位置する大国だった。

諸外国同様、魔力を得るために魔法使いと繰り返し縁を結び、王族は皆魔法使い。彼らは周辺各国を侵略し、他国の王族を血縁に取り入れてその力を増していった。

領地拡大と魔力増強を同時になしてきたタンペット王国の王族は、今や大陸一の魔力を持つと謳われている。

ネージュ王国もまた、同様にタンペット王国の侵略を受けた小国で、およそ六十年前に従属国となった。

タンペット王国の侵攻を受けたのは、マリエットの父である現国王ヨルクの祖父――ワグナ王の時代。

既に多くの国を吸収し、大国になっていたタンペット王国から開戦の意向を受けるや、ワグナは和平交渉に入った。彼は応戦すれば国民の大半を失うと判断し、争いを避けたのである。

タンペット王国は姫を差し出すことや、王族に代々伝わる魔法の開示、その他継続的な税の上納など複数の条件を挙げた。ネージュ王国はそれらを全て呑み、国家の喪失だけは避けて、従属を受け入れた。

時は流れ、マリエットが十六歳になった年、タンペット王国は再び戦を開始した。

此度《こたび》の敵国は、タンペット王国と同等の領土と戦力を持つ、東のウラガン大帝国。

この世界の王は誰もが魔力を持ち、その大多数の国家で研究・開発が禁じられている魔法がある。

魔法を封じる魔法――〝封魔術〟だ。

いかなる魔法も無効化してしまうこの魔法は、歴史上、多くの魔法使いが開発を試みた。しかし理論上、高度な魔法技術と強大な魔力がなければ実現できず、誰一人完成に至らなかった。

その内、封魔術は王族の立場を危うくするとして、研究自体禁止されるようになった。今や口にするのも憚《はばか》られる禁忌の魔法だ。

その封魔術を、ウラガン大帝国が研究開発しているという噂が流れたのである。

各国は神経を尖《とが》らせ、国境を接するタンペット王国はことの真偽を問うた。

これにウラガン大帝国は、是と答えた。領土拡大の意思はないとも発表されたが、タンペット王国はウラガン大帝国の者を蛮族と称し、即時開戦を掲げた。

封魔術が開発されれば、大陸の安定は崩れる。

タンペット王国は安寧を守るためだと国民を鼓舞し、戦へと突き進んだ。

大陸の西を治めるタンペット王国と、東を治めるウラガン大帝国の争いは、事実上の東西戦争であった。

タンペット王国の南――ウラガン大帝国の西に位置するネージュ王国もまた、従属国として参戦を求められ、多くの国民が徴兵された。宗主国からは資金援助の要求や兵糧の徴収も繰り返しなされ、ネージュ王国は驚くほど早急に衰弱していった。

誰とも関わらないマリエットは、食事を運んできた侍女に開戦を報され、たまに戦況を聞いてはいた。けれど自国の窮状には気づいていなかった。

それを知ったのは、王宮内の空気が次第に重苦しくなっていき、離宮に正妃がぱたりと訪れなくなった頃だ。

泉で桶に水を掬っていると、甲高い女性の声が聞こえた。焦燥感のある声は王の庭がある方向から聞こえ、マリエットは何事かと足を向けた。

離宮の庭と王の庭は隣接しており、間に背の低い生垣がある。その向こうに王とラシェル、数名の側近の姿を見つけ、マリエットは本能的にしゃがみこんだ。

ラシェルの目に留まれば、『王の庭を覗くとは、身の程知らずが』などと言って、また折檻されかねない。

すぐに立ち去ろうとしたけれど、はっきりと聞こえたラシェルの言葉に、動きをとめた。

「陛下、徴兵を拒むなど、お考え直しください……っ」

開戦後、四か月が経過していた。

従属国であるネージュ王国は、宗主国が求めれば徴兵に応えると条約を結んでいた。従属国にそれを拒む権利はなく、マリエットは正妃の発言を訝しく思い、垣根に隠れて二人の様子を窺《うかが》った。

背に届くシルバーブロンドの髪に、空色の瞳を持つ父王は、淡々と正妃を見下ろす。その容貌は、表情の乏しさから人形じみた印象を与えるものの、齢《よわい》四十四になった今も衰えず整っていた。

癖のある栗《くり》色の髪に理知的な濃紺の瞳を持つラシェルは、正面から夫に見下ろされ、その神経質そうな顔に動揺を浮かべた。興味がないせいか、愛妾を奪われた怒りからか、父王は滅多にラシェルに目を向けない。それが珍しくまっすぐ視線を注がれ、彼女は淡く頬を染めた。冷たい態度を取られ続けようと、ラシェルはいまだに父王を慕っているようだ。

父王の方は彼女の反応など気にも留めぬ真顔で、冷たく答える。

「これ以上、徴兵で国民を失うわけにはいかないのだ。仕方がない」

ラシェルははっと我に返った表情になり、すぐに言い返した。

「国民はまだ、六割も生き残っているではありませんか！」

マリエットは目を瞠《みは》る。戦に国民が徴兵されるのは仕方ない。けれど僅か四か月で四割もの命を失うとは、尋常でない速さだ。

父王は、滅多に感情を見せない顔に苛立《いらだ》ちを乗せた。

「……貴女は、民が潰《つい》えるまで宗主国に応えるべきだとでも考えているのか？　民が減れば、国はそれだけ衰退する。民を全て失えば、国は潰えるのだ。従属して以来、我が国はタンペット王国に作物も税も厳しく徴収され続け、既に困窮の一途を辿《たど》っていた。その上に戦だ。これ以上は失えぬ」

「ですが、要求に応えねば反意ありと見なされ、陛下が捕らえられるやもしれませぬ……っ」

身を案じるラシェルに、父王は眉根を寄せる。

「致し方あるまい。私は国と民を守るために存在する。民を失えば、王も必要なくなろう。我が身を惜しむ意味はない」

父王を薄情な人間だとしか認識していなかったマリエットは、意外なセリフに驚いた。

統治者としての父王は、全うな考えを持つようだった。

ラシェルは一瞬言葉を失い、だが唾を飲んで再び口を開く。

「カ、カミーユとて、捕らえられるかもしれないのですよ……！」

王太子カミーユの名を聞き、父王は合点がいった表情になった。

「なるほどな。貴女が私の身を憂うなど、奇妙な事態だと思ったが……真に気にかけていたのはカミーユか」

心情を見抜いた鋭い視線を注がれ、ラシェルは頬を強張らせる。父王は冷淡に言った。

「そうだな。私の判断を宗主国が反逆と見なせば、あれも捕らえられよう。――私の子なのだから、致し方あるまい」

「たっ、民を守ると言いながら、カミーユは守ってくださらぬのですか⁉」

王太子が何より大切なのだろう。ラシェルは縋る調子で父王の袖を摑んだが、無慈悲にその手を払われた。

「常々思っていたが……貴女は王族の務めをよく理解せず嫁がれたようだ。私の子は、民のために命を賭すべく生まれた者だ」

「それは……っ」

「だから私は、私の子を守ろうとは思わぬ。カミーユも、貴女が憂さ晴らしに虐げている、マリエットもだ。国を守るために役立つならば使うし、そうでないなら滅びるべきだと考えている」

マリエットについて言及された途端、ラシェルがギクッと肩を揺らす。父王は皮肉げに口角を吊《つ》り上げた。

「ああ……私が知らないとでも思っていたのか？　つくづく貴女は考えの足りない、愚か者のようだな」

父王はラシェルから視線を逸らし、うんざりと息を吐く。

「マリエットはさして魔力もなく、王の子としてはほぼ無価値だった。だからくだらぬ貴女の仕打ちで死ぬならそれまでと考えて、介入しなかったにすぎぬ。貴女の行為を認めていたわけでも、気づいていなかったわけでもない。……いつまでも悋気《りんき》を見せ、殺した女の子供を執念深く虐げる貴女の程度の低さには、呆《あき》れるばかりだったがな」

公には無関係とされているにもかかわらず、父王はラシェルがルイーズを殺したと明言した。

ラシェルはみるみる青ざめていき、周囲にいた臣下達は二人を取りなそうと慌てる。

話を盗み聞いていたマリエットもまた、正妃とは異なるところで胸を衝《つ》かれ、唇を引き結んだ。

突き放された三歳の時から、期待などしていなかった。だが母に愛された記憶を持つマリエットの心は、まだ柔らかな部分を残していた。

子は道具でしかなく、マリエットに至っては見限っていた。父王の口からそうはっきり聞かされ、心がずきりと痛んだ。

罵られたラシェルは頬を紅潮させ、間に入ろうとした臣下を押し退《の》けて声を荒らげる。

「私に……っ、そんな物言いをしていいと思っているのですか！　誰のおかげで議会の支持を得ていると……！」

ラシェルの父親のおかげで議会の支持を集めているのだろうと、彼女は父王を睨《にら》みつける。

一方父王はその眼差しを正面から受けとめ、鼻で笑った。

「――貴女こそ、立場を理解した方がいいだろう。貴女の考え通り、私は議会の大多数を占める派閥の支持を得るために、貴女と結婚した。だがルイーズが死んだ後、貴女の父親は私に謝罪したぞ。〝愚かな娘を許してほしい〟とな」

父親の行動を知らなかったのか、ラシェルは瞠目《どうもく》する。謝罪は、彼女の父親の権威が夫に劣ることを意味した。

父王は暗に、その気になればラシェルも彼女の父親も投獄し、処罰できたのだと答えたのである。

表情を凍らせたラシェルに冷笑を浮かべ、父王は身を屈《かが》めて囁《ささや》く。

「……私自身に、支持者が一人もいないとでも思っているのか？　私は随分前から、貴女の父親を議会から弾くこともできた。貴女と離縁もせず、罪にも問うていないのは……支持者の少なかった登極時に助けられた恩義を、貴女の父親に感じているからにすぎぬ。ことを荒立てて、無為に臣民を混乱させたくもなかった。それだけだ」

長年政に専念してきた父王は、臣民から圧倒的な支持を受け、今や正妃の父の後ろ盾がなくともつつがなく国を運営できていた。

父王を従わせられると信じていたラシェルは、薄く口を開き、声も出せない様子だ。

父王は呆れた表情で彼女から身を離し、ふと顎を撫でて呟いた。

「……そうか、まだ方法はあったな……。徴兵に応えぬ代わりに、カミーユを出兵させればいい。これなら宗主国も、納得しよう」

正妃がひゅっと息を吞《の》んだ。

「何を……っ。何を、おっしゃるのです！　カミーユは、唯一の跡継ぎですよ‼」

甲高く叫ばれた父王は、いつも通り彼女を見もせずに答えた。

「跡継ぎだからこそ、あれを差し出せばこちらの窮状も理解される。我が国は今や、存続すら危うい。このまま徴兵され続ければ、民は潰え、世継ぎがあろうと国そのものがない状態になりかねぬ」

親としての情は欠片も感じさせない声だった。

ラシェルはわなわなと震えだし、時を置かず金切り声を上げた。父王に摑みかかろうとするのを周囲にとめられ、羽交い締めにされながら考えを改めろと捲《まく》し立てる。

マリエットは最後まで見ず、身を翻した。

母がなぜ、マリエットの力を父王にも伝えてはいけないと言ったのか、わかった気がした。

マリエットが【彗玉の魔法使い】だと知っていたら、父王は躊躇《ためら》いなく彗玉を戦のために使っただろう。それも、マリエットを生きたまま利用などしない。

武術の心得のないマリエットは、戦場でおじけづく可能性がある。彗玉さえあればこと足りるのだから、彼は容赦なくマリエットの命を奪う。

世継ぎを失うことすら厭わないのだ。彼なら、間違いなくそうすると想像された。

離宮へと歩いて戻ろうとしていたマリエットは、次第に足を速め、終《しま》いには走りだす。

冷徹な人だ。——けれど王としては、正しいと思えた。

マリエットは勢いよく離宮に走り入り、寝室の扉を開けると、ベッドに身を投げ出した。そして心臓を守るかのように、ぎゅうっと身を丸める。

鼓動も思考も、激しく乱れていた。

誰にも彗玉は渡したくなかった。彗玉を取り出されたら、マリエットは死んでしまう。

だけどこの身体には、王の血が流れている。

物心つく頃から誰にも愛されず、離宮を訪れるのは侍女と鞭打つラシェルばかりだった。心を許せる者はアニエス以外におらず、ただ必死に生きるだけの日々は、負うものがあることまで考える余裕を与えなかった。

それでも離宮に残された書物から多くの知識を得たマリエットは、父王の言葉を否定できない。民の四割を失ったこの状況で、王の子がその命を惜しむなど、あり得ない。

庶子であろうと、王族ならば、国を救うべく身を賭すべき事態だった。

マリエットは、命を差し出すべきだ。

握り込んだ拳に力を入れ、呻《うめ》く。

「……どうして私は、王の子なの……」

王の子でなければ、こんな正道に囚《とら》われず、自由を求めてすぐにでも出奔していた。

身を丸めていたマリエットは、やがてため息を吐き、力なく呟く。

「成人を待たずに、逃げ出してしまえば良かったわね……」

戦は、マリエットが出奔を実行しようと計画し始めた矢先に勃発した。着実に知識を蓄え、針子や講師としてなら働ける自信がついたところだった。

悠長に学びに時間をかけた自分が呪わしく、マリエットは身体を伸ばし、天井を見上げる。手が届くようになり、定期的に磨いている天蓋の天井は、元の白い色に戻っていた。

——恋の一つも……できなかったな。

母が残した書物の中にあった、恋物語。勉学の傍ら、興味本位で読んだそれは、マリエットからすれば夢のまた夢の世界だった。けれど、憧れを抱かせた。

あの父王でさえ、母と出会って恋をしたのだ。マリエットにも、素敵な出会いがあるかもしれない。そう、ほんの少し期待していた。

だけど現実は、何もなせぬままこの世を去るべしと、マリエットに王族としての道を示す。

後悔か恐怖か、よくわからない感情が込み上げて、母譲りの青い瞳に涙が滲んだ。

――……仕方ないのよ。王の子に生まれてしまったのだもの。それにアニエス様は、今も戦の只《ただ》中《なか》にいらっしゃる。あの方の身に危険が迫らぬ内に、戦を終わらせないといけないわ。私がその一助になれるなら、光栄よ。

癖一つないシルバーブロンドの髪に翡翠の瞳を持つタンペット王国の姫は、今や国内で聖女として敬愛されているそうだ。

タンペット王国は近年天候に恵まれず、夏も長雨続きで、冬を越すための十分な実りを得られていない。アニエスは苦しむ民を哀れみ、困窮する各地を巡っては施しをして回り、支持を得ているのだとか。

ラシエル伝いに聞いた、数年会えていないアニエスの姿を想像し、マリエットは息を吐いた。

――死ぬ前に、アニエス様にお会いしたかったな……。

魔法薬を渡してから会えていないが、身体が良くなっているといいと思う。

マリエットがいなくなったら、魔法薬は作れなくなるから。

――彗玉を取られる時、怖くないといいな……。

物憂く考えていたマリエットは、ぱっと瞳を輝かせる。

――そうだ、死ねばお母様にお会いできるじゃない。命を差し出すのも、悪いだけじゃないわ。

この期に及んで物事を前向きに捉え、深く息を吸った。

――明日、お父様に【彗玉の魔法使い】だと告白しよう。これは、王の子として生まれた私の定めよ。国民を守り、戦を早急に終わらせるために、この命を捧《ささ》げるの。

王女として覚悟を決めたマリエットは、ゆっくりと瞼を閉じる。不安と寂しさを胸に、静かに眠りに落ちていった。

二

翌日、物音に目を覚ましたマリエットは、いつの間にか寝室に侍女がいてぎくりとした。

使用人が朝からいるなど初めてだ。

部屋着のドレスを着たまま寝ていたマリエットが身を起こすと、侍女は真顔で言う。

「陛下がお呼びです。どうぞお召し替えください」

マリエットの心臓が、ドキッと跳ねた。ラシェルについて直訴した三歳の時以来、父王とは一度も顔を合わせていない。彼から呼ばれた経験も、もちろんなかった。

もしかしてどこかからマリエットの秘めた力を知って、呼びつけたのではないか――と、咄嗟に緊張する。

だけど考えてみれば、マリエットは昨日、命を差し出すと決めたのだ。身構える必要はない。

まだ覚悟しきれていない自分に気づき、マリエットは情けない心地でベッドを下りた。

「……そうですか。では着替えますので、少し待っていてください」

侍女は手伝うと申し出たけれど、断った。今までそんな真似をされたためしはなく、他人に肌を見せるのに抵抗があった。

マリエットの服は、誰からも与えられず、成長する毎に母の部屋着のドレスを自ら整えて使っている。

さすがに正装用のドレスには手をつけてこなかったが、王の御前に立つなら、それを着る他ない。実子とはいえ、愛した女性に贈ったドレスを他の者が着ているのを見て、父王が不快を覚えないとも限らない。

マリエットは自室を出て母の衣装部屋へ向かい、一番地味な紺色のドレスを選んだ。

そのまま母の部屋でドレスを身に着けたマリエットは、そこで途方に暮れた。

一日一回、最低限必要な量の食事しか摂っていないマリエットの身体は母より華奢《きゃしゃ》で、ドレスのサイズが合わないのである。

肩も胸も浮いてしまい、布地を身体に添わせるためには、腰のリボンを絞るしかない。でも腰を絞ると皺《しわ》がいくつもできて、かなり不格好な有様になった。

「……これ以上、どうしようもないもの。誰も私の姿なんて気にしないだろうし、これでいいわよね」

王に捨て置かれたマリエットがみっともない有様で現れても、誰も困りはしない。そう高を括《くく》り、マリエットはドレスはよしとして、次に腰まで伸びた髪に櫛を通した。

手入れされていない髪は傷み、パサついていた。結い上げれば多少はマシになるだろうが、その技術はない。かといって髪飾りまで母の遺品を使うのは気が引け、髪は背に垂らすだけにした。

一通り準備を終えて自室に戻ると、待ち構えていた侍女はマリエットの全身に視線を走らせ、額に汗を滲ませた。

化粧一つしていない顔に、明らかにサイズが合っていないドレス。無理に絞られたリボンは不自然に長く尻に流れており、不格好さを際立たせている。

どう見ても手直しが必要な様相に、対応を迷ったようだった。

しかし替えのドレスはなく、どうにもできないと判断したのだろう。彼女は顔を歪ませながらも、謁見の間へと誘導した。


謁見の間は、王宮の中央棟二階にある。普段、離宮周辺から移動しないマリエットは、中央棟に一歩足を踏み入れた瞬間、異様な光景を目にして顔色を変えた。

王宮の中には、警備兵が配置されているものだ。今日もネージュ王国の紋章を胸に掲げた、白色の制服を着た警備兵が点在している。しかし彼らに加えて、見覚えのない漆黒の制服を着た兵があちこちを闊歩《かっぽ》していた。

しかも彼らは警備兵以外に許されていない、剣を堂々と腰に下げている。

王宮内ではあり得ない姿に、思わず声が漏れた。

「……どういうこと」

先導していた侍女が目立たぬ仕草で振り返り、小声で答える。

「王宮は今朝方、ウラガン大帝国軍によって占拠されました。不用意な動きをすると命を取られかねません。お気をつけください」

マリエットは瞠目した。

ウラガン大帝国は、此度の戦の敵国だ。敵国に王宮を占拠されたならば、急襲を受け、敗れたとしか考えられない。けれど昨日から今日に至るまで、マリエットは人々が争う音を全く聞いていなかった。

「何があったのですか？　なぜ占拠されているのです。襲撃音など聞こえなかったのに」

矢継ぎ早に尋ねると、侍女は視線を落とし、より小さな声で答えた。

「……ウラガン大帝国軍は、魔法により王宮内に突如出現し、実効支配したのです。私からは、これ以上は申し上げられません。どうぞ陛下より、お聞きください」

マリエットは頬を緊張させ、口を閉じる。

王宮は高度な技術を持つ王宮魔法使いにより、何重にも結界を張られていた。突如出現したというなら、それらが破られたのだ。

一国の王宮を守る魔法を破るには、かなり高度な技術が必要になる。それこそ——魔法を封じる封魔術でもなければ、不可能だ。

マリエットは、ウラガン大帝国の兵をそっと盗み見る。

漆黒の軍服の胸には、太陽を模した円の中を翼の生えた竜が躍り上がる、ウラガン大帝国の紋章が掲げられていた。

緊張感に包まれた廊下を渡り、謁見の間に到着すると、先導していた侍女が道を譲った。謁見の間の前には、ネージュ王国兵ではなくウラガン大帝国の兵が控えていた。

侍女からマリエットであると伝えられると、彼らが厳かに扉を開く。

ゆっくりと動かされる扉を見つめ、マリエットの鼓動は次第に速度を上げていった。

父王は、捕らえられているのではないか。縄をかけられ、跪《ひざまず》かされていたりしたら――。

冷徹な父王しか知らないマリエットは、彼の無様な姿など想像もできなかった。そんな姿を見せられた時、どんな気持ちになるのかもわからない。

ただひたすらに恐ろしく、見たくない気持ちでいっぱいになりながら広間の奥へ視線を向け――細く息を吐いた。

謁見の間は、中央に赤い絨毯《じゅうたん》が敷かれ、壇上に玉座が置かれている。そこに、父王が腰かけていた。

ネージュ王国のシンボルカラーである白の衣装を纏《まと》い、どんな拘束も受けず、堂々と肘掛けに肘を置いている。

彼の両脇には大人しいキャメル色のドレスを身に着けたラシェルと、軍服を着た王太子カミーユが立っていた。

ラシェルが決して会わせないようにしていたからか、マリエットはカミーユの姿をほとんど目にした記憶がない。

母が健在だった頃に数度見たきりの彼は、二十一歳になった今、父王と同程度の身長になっていた。男親に似て、感情の見当たらない、人形じみた表情をしている。ただ外見は母親の血を色濃く受け継ぎ、癖のある栗色の髪に濃紺の瞳を持っていた。

マリエットを迎えた彼らに、恐怖や屈辱感は見て取れない。だが彼らの両脇と背後には、帯剣したウラガン大帝国軍の兵が立っており、重々しい空気が漂っていた。

視線を周囲へ向ければ、壁際にもウラガン大帝国軍の兵が幾人もいる。

彼らの視線の中を進まねばならないのかと喉を鳴らし、マリエットは覚悟を決めて謁見の間へ足を進めた。

注目された経験がないマリエットは、ウラガン大帝国軍の兵達から注がれる視線に萎縮する。足取りもぎこちなく、不格好なドレスも相まってか、兵達の表情は一様に険しかった。

逃げ出したい気持ちを堪《こら》えてなんとか玉座前にある階段下に辿り着いたマリエットは、膝を折って首《こうべ》を垂れる。

「マリエットでございます。お呼びだとお伺いし、参りました」

挨拶すると、父王ではなく、その斜め後ろに立っていたウラガン大帝国軍の兵が先に口を開いた。

「――失礼。先に確認させて頂きたい。貴女は、ネージュ王国国王陛下の血を継ぐ、マリエット姫でいらっしゃるのだろうか？　偽れば、処罰対象になる」

金髪碧眼《へきがん》の、社交の場に出れば女性が放っておかなそうな、派手な容貌をした青年だった。年齢は二十五、六歳くらいか。若いが父王の間近にいるなら、相応の高い地位にいる者だろう。

尋ねた彼の瞳は、どちらかというと心配そうな色に染まっていた。

本物の姫でなかった場合、マリエットは処罰される。それを案じて、ここでなんらかのやり取りをする前に確認したようだった。

王を差し置いて尋ねた兵に答えるべきか、マリエットは迷う。ネージュ王国では、何人も王の御前で許しなく口を開いてはいけなかった。

すると父王が兵を横目に見やり、淡々と答える。

「そう見えなかったならば、謝罪しよう。これでも私の血を継いだ、れっきとした王女だ。我が国は貧しく、姫に贅沢《ぜいたく》をさせる余裕もなかった。そうだな、ラシェル？」

言葉の最後に声をかけられたラシェルは、ギクッと肩を揺らした。左手にいた彼女を見上げた父王の眼差しは、鋭く尖っている。その目は明らかに、お前のおかげでこのような恥をかいたと語っていた。

ラシェルは押し黙り、兵は戸惑う視線を両者へ向け、引き下がる。

「……失礼した」

父王はふっと短く息を吐き、マリエットに目を向けた。マリエットの青い瞳から胸に垂れた同色の髪、そして腹の前で重ねられた手へと視線を走らせていき、感情の乗らない平坦《へいたん》な声で言った。

「マリエット。お前をここへ呼んだのは、役目を伝えるためだ」

役目と聞いて、やはり【彗玉の魔法使い】だと気づかれたのだと思い、マリエットは身を強張らせる。

父王は幾ばくかの間を置いた後、静かに告げた。

「昨日、タンペット王国国王が崩御なされた」

「え……っ」

マリエットは、瞬時に血の気を失い、思わず声を漏らしていた。戦況は詳しく知らなかったものの、昨日、徴兵の話を聞いたところだ。ウラガン大帝国がタンペット王国国王の首を取るほどに勢力を強めていたとは、想像もしていなかった。

だがネージュ王国の王宮はこうして占拠されているのだ。この状況を見た時点で、宗主国も同様だと予想すべきだった。

父王は僅かに眉を顰《ひそ》め、ため息を吐く。

「アラン皇太子によって、討たれたのだ」

時折侍女を捕まえて戦の状況を尋ねていたマリエットは、その名をよく聞いていた。

今年二十三歳になったウラガン大帝国の嫡子――アラン。

彼は開戦時より先陣に立ち、帝国魔法軍を率いていた人物だった。

高度な剣術と強大な魔力を持つ武人で、開発途中と考えられていた封魔術も、彼が既に完成させていたという。

敵兵はその尋常でない魔法と高度な技術で作られた武器でもって侵攻し、戦況は悪化の一途を辿る一方だと――。

かの敵国皇太子にタンペット王国国王が討たれたならば、王子や王女も同じ末路を辿っていてもおかしくはない。戦において侵攻国は、民の支持を得ていた王族を排除するのが常だ。

アニエスの姿が脳裏を過り、マリエットは狼狽《ろうばい》も露《あら》わに尋ねた。

「アニエス様は……っ、アニエス様はご無事なのでしょうか⁉」

彼女は、いつも人目を忍んでマリエットに会いに来ていた。二人が顔見知りだと知られると、出会いなどを聞かれ、いつマリエットの力について漏らしてしまうかわからないからだ。

だから二人に交流があるとは誰も知らず、父王は奇妙そうに軽く首を傾げ、冷えた目で咎めた。

「王の御前において、許しもなく口を開いてはならぬ」

マリエットの振る舞いを見たラシェルは汚いものでも見るように顔を歪め、カミーユは冷淡な眼差しを注ぐ。

マリエットははっとして、頭を下げた。

「申し訳ございません」

「……やはり多少は教育が必要か」

父王が面倒そうに零すと、ラシェルが耳打ちした。

「禁忌魔法を使うような蛮族には、教養のない娘が似合いでございましょう。教育の必要などありませぬ」

小声ながら、会話は聞き取れた。意味は汲み取れないが、蛮族がウラガン大帝国を指すのだとは察せられた。

ラシェルの近くにいたウラガン大帝国兵が鋭い視線を注ぎ、腰に下げた剣に手をかける。しかし先ほどマリエットに話しかけた男がすぐさま小さく手を振り、制した。

帯剣した兵に取り囲まれていても、ラシェルの矜持《きょうじ》は折れていないらしい。彼女はつんと鼻を高く上げ、敵兵には目もくれず父王から離れた。

父王はちらっと正妃を見やってから、マリエットに視線を戻す。

「まずは私の話を聞きなさい。その後、お前の質問に答える」

「承知致しました」

マリエットが畏《かしこ》まって応じると、王は抑揚のない調子で続けた。

「タンペット王国国王の崩御を受け、ネージュ王国は戦争を放棄した。これにより此度の戦は終結し、タンペット王国及びネージュ王国はウラガン大帝国の従属国となる。ウラガン大帝国皇室はこれ以上の領地拡大を望まず、タンペット王国とネージュ王国の直接支配を見送ったためだ。タンペット王国はクレマン王太子が統治者として立たれ、ネージュ王国は私が継続して統治する」

昨日の今日で性急な変革であった。

手を握って事態の理解に努めるマリエットに、父王はひたと目を据える。

「そして従属の証《あかし》として、タンペット王国はアニエス姫を、我が国はお前をアラン皇太子に差し出すこととした。アニエス姫は正妃として嫁がれ、お前は側妃として受け入れられる」

マリエットは、目を瞠った。

教育が云々《うんぬん》と話していた理由が、わかった。大帝国の皇太子に嫁ぐなら、高い教養が求められる。幼少期から学んでいても、マリエットは独学だ。十分な教養があるとはいえず、アニエスのような優美な動きもできるとはいえなかった。このまま嫁げば、不興を買いかねない。

青ざめるマリエットに、父王は首を振った。

「焦る必要はない。先方もお前に妃としての役目は求めぬだろう」

マリエットは父王が何を言わんとしているのかよくわからず、数秒考えてから理解した。

つまり、マリエットなど相手にされないと言っているのだ。教養と美しさを併せ持つアニエスを前にすれば、確かにマリエットなど視界に入らないだろう。

蔑みを含む言葉ではあったが、マリエットはほっと肩の力を抜き、ふと父王が声を出さず小さく口を動かしているのに気づいた。魔法薬を開発するために魔法の知識を蓄えたマリエットは、それが呪文だとすぐ悟る。口の動きから推測できた魔法は、術者が定めた任意の者以外に会話が聞こえなくなる――〝秘密のお守り〟だ。

父王が呪文を唱え終えると、マリエットは周りに膜ができたような感覚に包まれた。そしてすぐに父王の声が耳元で聞こえた。

「マリエット。姫達を差し出すよう求めたのは先方だが、これは人質としての意味合いが強い。おそらくアラン皇太子は当面の間、お前だけでなくアニエス姫にも妃としての役目は求めぬだろう。元敵国の姫など、いつ寝首を掻《か》かれるかもわからないからな」

元宗主国であるタンペット王国の姫に対し、妃として相手にされないなどと公に言うのは憚られたのか。それともウラガン大帝国の者に対し、アラン皇子は臆病者だと話していると受け取られるのを避けたかったのか。

誰にも聞こえぬようにして語った父王の想定は、理に適《かな》っている気がした。ついこの間まで自分の命を狙っていた者を、すぐに妻として信じられるわけもない。

父王の傍に立つ兵が、長い無言を訝って視線を向ける。

唇をほぼ動かさず話していた父王は、魔法を解き、朗々とした声で問うた。

「ウラガン大帝国へ嫁ぐことに、異論はあるか？」

マリエットは、胸に手を置く。どんな結果であれ、戦は終わったのだ。命を差し出す覚悟だったけれど、マリエットはひとまず生き永らえた。

しかしアニエスは父王を亡くし、その上親殺しの男に嫁がねばならない。彼女の心持ちは想像にあまりあり、せめても側妃として共に嫁ぎ、傍近くで彼女を支えたいと思った。そうすれば、不調の際には魔法薬で助けられるだろうし、彼女さえ望めば、辛《つら》い気持ちを聞くことだってできる。

マリエットは少しでもアニエスの役に立ちたいと願い、父王に首を垂れた。

「いいえ、異論ございません。不肖の身ではございますが――ネージュ王国の名を貶《おとし》めぬよう、精一杯努めます」

見よう見まねで王族らしい物言いを捻《ひね》り出して答えると、父王はしばらく黙り込み、最後にぼそっと呟いた。

「……お前は、ルイーズに似ていたのだな」

すぐにはなんの話かわからず、マリエットは視線を上げて目を瞬かせる。

マリエットは痩せこけ、決して美しいとは言えない様相をした王女だ。しかし当人の自覚はなくとも、高すぎない鼻や形良い唇、何より長い睫で縁どられた色鮮やかな青の瞳は、かつて王を虜《とりこ》にした母親を――〝白百合の君〟を彷彿とさせていた。

マリエットに愛妾の片鱗《へんりん》を見つけた父王は、娘の向こうにルイーズが見えるかのように甘い眼差しを注ぐ。

マリエットは戸惑い、彼の傍らに立つ者の表情が視界に入るや、動物的な速さで顔を伏せた。

亡き愛妾の名を口にした父王を、ラシェルが射殺しそうな眼差しで睨みつけていたのである。

幼少期からの刷り込みで、マリエットは本能的にラシェルの怒りを恐れ、縮こまる。

その頬に、ふわっと柔らかな風が触れ、通り抜けていった。

謁見の間の窓はどこも開いていないのに――と訝しく感じた次の刹那、間近で見知らぬ青年の声がした。

「――失礼する。話し合いは終えられたでしょうか？」

不意にコツリ、と石の床を踏む足音が右手から聞こえ、視界の隅に漆黒のブーツが映り込んだ。

今まで誰もいなかった場所に突如人が出現し、マリエットは肩を揺らした。一拍置いてから、魔法を使って現れたのだと理解する。

人と関わらず生きてきたせいで、魔法を間近で見る経験も少なく、何が起きたのかすぐにはわからなかったのだ。

彼が使ったのは、おそらく空間を移動する〝妖精の翼〟という魔法だろう。

マリエットはそっと視線を動かし、現れた青年を確かめる。

窓から射した光に照らされた髪は艶やかで、夜空のような紺色だった。

鼻筋はすっと通り、きりりとした眉に、凛々《りり》しい目元が一際目を引く。輪郭は整い、見惚れぬ者はいなそうな秀麗な容貌をした青年だった。

彼の相貌に目を奪われたマリエットは、その瞳の色に気がついて、胸をじわりと温かくする。

それは、長く辛い冬を越えた果てに離宮の片隅で咲く、菫《すみれ》の花と同じ色をしていた。

ようやく春が来たのだと、毎年マリエットの気持ちを和ませた花と同じ色の瞳を持つ彼は、しかし殺伐とした空気を漂わせている。

衣服へと視線を向ければ、背の高い彼が身に着けているのは、漆黒の軍服。一見すらりとしているが、よく見れば鍛えられた肉体を持っているのが布越しでもわかった。見たところ二十三、四歳ながら、相当高い階級の軍人なのだろう。他の兵とややデザインの異なるマントを右肩から垂らした彼の胸には、ウラガン大帝国の紋章と複数の勲章が並んでいた。

声をかけられた父王は、すっと目を細め、壇上から答える。

「今しがた、当人より了承を得た。お約束通り、ネージュ王国はウラガン大帝国に従属し、その証としてマリエット姫を嫁がせよう。マリエット、挨拶をしておきなさい。彼がウラガン大帝国皇太子、アラン殿下だ」

父王の視線を辿り、青年がマリエットの方を向く。

促されて頭を上げたマリエットは、ぎょっとした。まさか戦を終結させた皇太子当人が直接、王宮に足を運ぶとは考えていなかった。

驚いて見返した彼は、マリエットに身体ごと向き直り、己の胸に手を置く。

「――ああ、貴女がマリエット姫か。性急な要求を突きつけて、申し訳なく存ずる」

先ほどは横顔しか見えなかったので気づかなかったものの、戦で負傷したのか、彼の右目は黒い革の眼帯で覆われていた。

残された左目でこちらを見下ろした彼は、マリエットと視線が合った瞬間、ぎくっと頬を強張らせた。

「……っ」

痛そうに顔を歪め、目を押さえる。急な出来事に、マリエットは思わず心配になって近づきかけた。だがその気配を感じた途端、彼は素早く手を下ろす。

向けられた視線に、値踏みするような不躾《ぶしつけ》さはなかった。けれど必要以上近づくなと牽制《けんせい》する圧は如実に感じられ、マリエットはびくりと動きをとめた。

挨拶もしていないのに、近づこうとしたのが悪かったのだろうか。彼の態度の理由は知れない。

しかし黙って立ち竦んでもいられず、マリエットは動揺したまま口を開いた。

「……あ、い……いいえ。我々ネージュ王国王室への寛大なご采配に、感謝致します」

敗戦したネージュ王国の王族を断頭台に送らなかったウラガン大帝国の方針は、寛大以外の何物でもない。

姫らしい振る舞いなど知らない中、なんとかそれらしいセリフを紡ぎ出すと、彼は目を眇めた。

「……そうか。これから生国を離れ、不慣れな土地へ向かわれる貴女には、負担を強いる。だがどうぞ——無為な戦により失われた臣民への贖《あがな》いと己を戒め、堪えられよ」

マリエットは目を見開く。

王族が一番に気にかけるべきは、己の命ではない。——民だ。

そしてこの結婚は——愚かにも開戦した王族への罰。

暗にそう言って咎められたマリエットは、誤った返答をしたのだと悟り、頬に朱を上らせた。間違えた自分が恥ずかしく、同時に反発心も込み上げる。

そもそもウラガン大帝国が禁忌魔法を開発さえしなければ、こんな事態にはならなかったのだ。

更には、彼はアニエスの父まで討ち取った。

——罪深きは、どちらか——。

マリエットはふつふつと怒りに似た感情を抱き、それと共に本当に正しかったのはどちらなのかと、判断をつけかねる迷いも抱いた。

答えはすぐには見つけられず、複雑な思いを抱えたまま、深く首を垂れる。

「浅慮な発言を致しました。残された臣民とウラガン大帝国の皆様のため、献身して参ります」

マリエットは王女だ。この場では、可能な限り王女らしく振る舞うのが正解だと思った。

抗《あらが》わず反省を口にすると、アランの気配が幾ばくか和らいだ気がした。

彼は一つ頷いて、父王に視線を戻す。

「それでは今朝方お話しした通り、これより当面の間、貴国及びタンペット王国内にはウラガン大帝国軍が常駐する。また王宮全域には監視魔法を行使する故、留意して頂きたい。我々はこれ以上の損失を望まない。今後の運用については改めて時間を設け、共同で方針を定めるものとする」

不用意に反逆計画を立てて、再び争いを生むなと暗に命じられた父王は、淡々と応じた。

「ネージュ王国は、タンペット王国の方針に従って参戦したにすぎぬ。従属して以来、困窮する一方だったが、此度の戦で我らはもはや身動きも取れぬ状態だ。愚かな王を持ったがために苦しめられる民を哀れと思うならば――貴国との従属契約の際には、恩情を見せて頂きたい」

先ほどのマリエットの失態を逆手に取り、寛容な采配を求められたアランは、やり込められるだけではない父王を面白そうに見る。

「考慮しよう。またお会いした時に、状況を詳しく教えて頂けると助かる」

父王が承諾すると、アランは踵《きびす》を返した。

「それでは、私はこれにて失礼する。婚姻の日取りについては、追ってご連絡する」

彼は最後にマリエットに視線を向ける。美しい菫色の瞳を見返すと、彼はなぜかマリエットの瞳を数秒注視し、そして何も言わず忽然《こつぜん》と消えた。

魔法薬を作る以外、取り立てて特別な魔法が使えないマリエットは、見事なそれに薄く口を開ける。

一般的に魔法は呪文を唱えて行使されるものだ。けれど魔力の強い者は呪文を唱えずとも魔法が使えた。

——呪文を詠唱しない魔法使いを、初めて見た……。

母も父王も魔力は強く、声を出さずに呪文を唱え、魔法を使う様は見た記憶がある。だが両親を上回る魔法使いに会ったのは、これが初めてだった。

驚きなのか感動なのか、心はよくわからない感情に満ち、胸が騒ぐ。

彼は、臣民の命を第一に考え、敗戦国の事情も考慮する姿勢を見せた。しかも兵が本物かどうか疑うような有様のマリエットを見ても、驚きもしなければ不審そうにもしなかった。

その言動は、彼が思慮深く、聡明《そうめい》な人物であることを示している。

アランは今まで触れた経験のない、人として学びを得られそうな人物だった。

マリエットは純粋に彼に興味を抱いた。けれど、すぐにそんな自分を戒める。

——彼は、アニエス様の父王を殺した人よ。

アニエスの気持ちを考えれば、敵国の皇太子に興味を持つなど裏切りも同然だ。

今回の婚姻は、あくまで人質として求められたにすぎない。マリエットは役目を果たすに努め、余計な感情は持つべきではないだろう。

表情を引き締め、父王を見上げる。父王の傍らにいるラシェルは、マリエットの母の名を聞いた時から変わらぬ、不機嫌そうな表情をしていた。

彼女の勘気を察したマリエットは、長居は無用だと辞去の挨拶をして、早々に謁見の間から下がった。

三

タンペット王国王都リシェスの東部――州境付近に設けた幕舎に転移魔法で戻ったアランは、疲れの滲むため息を吐いて肩からマントを外した。

幕舎の中央に設けた机の脇に立ち、撤退指示の確認をしていた側近の一人――ダニエルが顔を上げる。

「ああ。お戻りですか、アラン殿下。ネージュ王国はどうでした」

漆黒の髪と瞳を持つ彼は、モネ侯爵家の次男で、今年齢二十五になる。強力な魔力と疲れ知らずのがっしりとした肉体を持ち、平時はアラン直属の第二近衛《このえ》騎士団副団長を担った。此度の戦では、帝国魔法軍第二部隊副隊長を任じられている。

アランは上着も脱ぎ、冴《さ》えない表情で答えた。

「従属の意思を確認した後、国内を見て回ったが……随分と困窮しているようだった。王も貧しさを認めていたが、あの国は既にタンペット王国に搾取され尽くしているな」

「そうですか……」

ダニエルはいかつい印象の顔を曇らせるも、すぐに気を取り直して明るく尋ねる。

「王女殿下ともお会いされたのでしょう？　どのような方でしたか？」

どうやら彼が聞きたかったのは、ネージュ王国の情勢ではなく、姫についてだったようだ。

アランは机の脇を通り抜け、奥に置いていた椅子にどさっと腰を下ろす。近くに置かれた荷物の上に無造作に上着を放り投げると、気のない返事をした。

「さあな。随分痩せていたが、それ以外はわからん。ああ、アニエス姫よりは多少若いかな……」

「お話もされなかったのですか？　……まあ、戦争が終わった昨日の今日で、呑気《のんき》に会話もできないか」

何を期待していたのか、ダニエルは若干がっかりし、最後は自分で自分を納得させる呟きを零す。

政略的とはいえ、二十三歳になるまで色恋一つしてこなかったアランが妻を娶《めと》ることになり、側近達は多少喜ばしく感じているらしかった。

だがアランは今のところ、浮かれた気持ちになれないままだ。


昨日、アランはタンペット王国の王城に攻め入り、国王を屠《ほふ》った。その後、間髪容《い》れず王の傍にありながら守りきれなかったクレマン王太子に剣を突きつけ、従属を命じた。

齢二十二になる彼は、鋭さのある翡翠の瞳と、背中まで伸ばしたシルバーブロンドの髪が印象的な青年だった。

目の前で父王を討たれたにもかかわらず、彼の顔に動揺はなく、眼差しは尚《なお》、意志の強さを窺わせる。

戦に敗れようと、彼の矜持は折れていない。それを肌で感じ、アランは拒まれるかと身構えた。

しかし彼は静かに膝を折り、『承る』と答えた。

敗北を認め、全面的に降伏したのだ。

ひとまず皇帝の指示通りにことを進められそうで、アランは顔には出さず安堵した。

今回の戦は、アランにとって迷惑極まりないものだった。

この世において魔法使いは、数に限りがある存在だ。血筋により受け継がれるその能力は、今やほぼ王侯貴族が独占し、市井では滅多に見ない。しかも魔力は確実に受け継がれるわけではなく、魔法使いの出生率が激減する年もある。

そんな世界で、キャトリエム大陸の東半分を領土としているウラガン大帝国は、西側よりも潜在的に魔法使いが少なかった。

元は小国であったタンペット王国の王族は、領土拡大に加えてより強い魔力を得るべく侵略を繰り返し、他国の王族や魔法使いを血族にして勢力を増していった。この王族の意思は貴族にも広がり、彼らは積極的に魔法使いと縁を結び、魔法を使える者の数を増やした。

ウラガン大帝国もまた似たような歴史を持つものの、タンペット王国ほど血気盛んではない。魔法使いの血を宿す貴族達は、魔力を手にする以前から恵まれた立場にあり、さほどその力を重要視してこなかったのである。

魔法の研究開発もさして進んでおらず、そういった国内情勢にアランは危機感を抱いていた。

何代王が替わろうと、タンペット王国は繰り返し他国を侵略し続ける。数十年前、かの国とウラガン大帝国の間にはいくつかの小国が存在した。しかしアランが生まれた頃にはもう、国境の向こうはタンペット王国になっていた。

この時点で、両国の経済力や領土面積は同等だった。ちょっとやそっとでは戦は起きないと考えられていたが――ウラガン大帝国は、魔法使いの数ではタンペット王国に劣った。攻め入られる可能性は、ゼロでなかった。

そこでアランは皇帝に願い出て、魔法研究を国家事業とし、幼少期から開発に取り組んだ。

そして昨年、多くの国で開発を禁じられている魔法――封魔術を完成させた。

この魔法が禁忌とされているのは、王侯貴族の保身によるものが大きい。だがどこの世界でも禁じられた魔法を使いたいと望む者は現れる。

それでも封魔術が実現しなかったのは、ひたすらに開発困難な魔法だったからだ。

アランも五歳から開発を始め、多くの優秀な魔法使いを登用し続けて、やっと二十二歳で完成させられた。

まさに血の滲むような努力を求められる実験の日々で、完成した瞬間、柄にもなく天を仰いで快《かい》哉《さい》を叫ぶほど喜んだ記憶がある。

その後アランは研究を進め、封魔術の派生として、魔法を解呪する〝解除魔法〟も開発した。

全ては、自国を守るためだった。

けれど封魔術は、アランが最も望んでいなかった戦を呼び寄せた。

懸念はしていた。しかし敵意はないと示し、各国と和平条約を結べば、全ての国が安寧を得られると考えていた。

タンペット王国政府に封魔術の開発を問われた際、ウラガン大帝国皇室は予定通り動いた。

国家防衛上、開発の進捗は秘匿としつつも、戦は望んでおらず、先方さえ良ければ期限を設けず和平条約を結ぶ用意があると申し出たのである。

それをタンペット王国は撥ね退け、開戦へと突き進んだ。

国防のために始めた開発が戦の要因となり、アランは歯嚙みする思いだった。

皇帝には申し開きもできず、膝を折って謝罪した。

するると頭を下げる息子に対し、皇帝は首を横に振った。

『アラン、此度の戦はお前の魔法開発が真の要因ではない。……西側は、戦を開くきっかけを探していたのだ。和平条約を蹴ったのが、その証拠』

どういう意味だと問えば、皇帝はその瞳にいっそ憐憫《れんびん》の情を滲ませて言った。

『タンペット王国王室は、かねてより戦術には長《た》けているが――統治能力は低いのだ。あの国は、国内の情勢が悪化するたびに戦を起こし、王室へ向けられる国民の不満を他国へと逸らして凌《しの》いできた。神の采配か否かは知れぬ。しかしタンペット王国は、どんなに領土を広げようと、必ず飢饉《ききん》に苦しめられる』

言われてみれば、ここ数年タンペット王国は冷夏や長雨続きで、国民は飢餓に喘いでいると諜報《ちょうほう》員《いん》が伝えていた。

『先方も戦ばかりでは埒《らち》が明かぬと考えたのか、近年王族を神聖化して民の支配を試みていたようだ。……しかし、それも限界がきたのだろう』

戦を起こしたところで、飢饉は解消しない。その場凌ぎも甚だしい政策にアランは啞然《あぜん》とするも、戦とは往々にして権力者の都合で起こされるものだ。

先方が戦を望むなら、屈するつもりがない以上、こちらは応じるしかない。

『――此度の戦、陛下はどのような成果をお望みですか』

防戦でいいのか、それとも侵略か。

戦を招いた元凶として、アランは先陣に立つ意思を端《はな》から皇帝に伝えていた。

アランには、腹違いの弟がいる。彼は玉座に据えるには難があり、アランが儚《はかな》くなるわけにはいかないのも承知していたが、責任は負わねばならない。

必ず生きて戻ると約束して初めて出陣を認めた皇帝は、アランの問いを受け、顔から同情を消した。瞳に怒りの炎を灯《とも》し、重々しい声音で命じた。

『いかなる理由があろうと、我が臣民を傷つける者は決して許さぬ。国を治める能力のない者に、玉座は相応しくない。タンペット王国国王には、その座を明け渡して頂く。残すは嫡子のみだ。――アラン。必ず、タンペット王国国王の首を取れ』

厳命され、アランは深く首を垂れて、御意と答えた。

皇帝は西へと目を向け、眉を顰める。

『……我が国は、大きくなりすぎた。国家として維持するためにも、大陸全土の支配は避けねばならない』

そしてアランは皇帝の望む通り、勝利を収めた。

タンペット王国は、封魔術がまだ研究過程にあると踏んでいたようだった。けれど既に完成させていたアランはそれを駆使し、ウラガン大帝国魔法軍は圧倒的な速さで侵攻していった。

大国同士の戦としては短すぎるほどの、僅か四か月での終結は、アランの自国での評判も上げた。

だが少なからず自国の兵を失い、それ以上の数の敵兵を滅ぼさざるを得なかったアランの内実は、全く晴れやかでなかった。

加えて、従属の証としてタンペット王国とネージュ王国の姫を娶るのだ。

成果だけを見れば、花嫁を手に帰還する、誉れ高い武将だろう。

しかし周囲の称賛とは裏腹に、アランの気持ちは沈んだままだった。

早急に撤退したい一心で直接両国に赴き、終戦処理をこなしているアランは、幕舎の卓上に広げられた予定表を見下ろす。ネージュ王国の陣営について書かれた部分を指さし、ダニエルに話しかけた。

「両国に対して言えるが、特にネージュ王国に配した兵には、いかなる金品も食料も徴収しないよう強く命じておいてくれ。あの国は、少々危うい」

戦勝国の兵は、戦後敗れた国の者にもてなされがちだ。しかしあの国には、そんな余裕もなさそうだった。さっと国内を見て回るだけで、ひっ迫具合がわかるほどだ。

自国兵の動きに対して警告を出したアランは、ふと魔法で誰かが出現する気配を感じ、ダニエルとは反対側の右手に目を向ける。そこに忽然と青年が現れた。

金色の髪に薄青の瞳を持つもう一人の側近——齢二十六になるバシュラール侯爵家の嫡男、クロードだ。

普段第二近衛騎士団団長として務めている彼は、今回の戦では、帝国魔法軍第二部隊隊長を任じられていた。終戦後、彼にはネージュ王国内及び国王の監視を命じている。その持ち場を離れた彼を訝り、アランは眉根を寄せた。

「どうした。ネージュ王国で、何かあったか」

クロードは幕舎内にダニエルとアラン以外いないのを確認してから、口を開いた。

「大きな動きはないのですが……マリエット姫の人質としての価値に、やや疑問がございます」

「と、いうと？」

聞き返されたクロードは、困惑した表情で話す。

「マリエット姫が妾腹の子だとは我々も存じておりましたが、どうにも王宮内では姫ともいえない境遇に置かれているようでして……」

アランが謁見の間を去った後、マリエットにも監視の兵をつけたが、彼女の離宮には使用人が一人もいなかった。寝起きも一人でしていると見受けられ、誰の介助も受けず着替えをし、泉の水を汲んで飲料水にしている姿を確認した。

「また、アラン殿下がお出ましになる直前、マリエット姫は王の御前に立つのも不慣れなご様子で、王は〝教育が必要か〟と懸念され、正妃殿下は〝蛮族には、教養のない娘が似合い〟と吐き捨てるようにおっしゃっていました」

ネージュ王国では、側室に妃の立場は与えられず、妾として扱われる。側室を側妃とするウラガン大帝国でも、妃同士のいがみ合いはあるのだ。それが妃でもない妾が産んだ子となれば、正妃にとっては面白くない存在となるのは理解できた。

しかし王の血を引く姫が一人で生活し、教育すら受けていない可能性があるとは、にわかに信じがたい。

アランは手のひらで口を覆い、記憶を辿った。

言われてみれば、確かにマリエットは姫らしからぬいで立ちをしていた気がした。身体に合わない大きいサイズのドレスを、リボンでなんとか押さえている雰囲気だった。

戦の手土産に姫を連れ帰るような今回の方針に、アランは少々引け目を感じている。そのため、昨日挨拶を交わしたアニエスも、今日会ったマリエットも、あまり容姿に注目していなかった。

二人の姫を娶ると決めたのは、アランの父だ。

タンペット王国とネージュ王国を従属国にするにも、二度と反旗を翻させぬ保証が必要。

そこに二人の姫がおり、戦で勝利を収めた独身の息子がいる。

成人以降、婚約者を定めよとせっついても応えなかった息子に嫁ができるなら、一石二鳥。

そんな思考のもとに下された指示だとは、容易に想像できた。

アランとて、妻は早急にもうけねばならないと考えていた。されどアランは人に知られたくない難しい問題を抱えており、相手を決めあぐねていたのだ。

それに可能ならば、妻を定めるより先に開発したい魔法があり、そちらに力を注いでいた。

昨年以来、悩ましくも複数の魔法開発に取り組んできたアランは、眼帯で覆った右目を手のひらで押さえ、ため息を吐く。

「では……そう長く時間は取れないが、確認しておこう。顔を合わせた際、彼女はこちらに敵意を抱いているようでもあったしな」

アランにとって最も大切なのは、ウラガン大帝国の安寧だ。そのため、婚姻は必ず王女自身から了承を得た上で進めると各国に通達していた。

望まぬ結婚に心を病み、姫に自決されてもいけないし、敵意を持ったまま娶って姦計《かんけい》を巡らされても困るからである。

タンペット王国の姫——アニエスは、意外にも微塵《みじん》も反発しなかった。

兄から父王の死を知らされ、その後アランの前に姿を現した彼女の顔色は悪かった。しかし結婚の意思を問われると、凛《りん》と背筋を伸ばし『承知致しました』と首を垂れたのだ。

タンペット王国は、王が創生主を名乗り、王子や王女は神子と称して活動する宗教国家。

王族は神聖化され、民は王子を聖人、王女を聖女として崇《あが》め奉っていた。

王子達は神の代理として定期的に各州の教会に足を運び、季節毎に実りへの感謝を促したり、厳しい冬を耐えよと諭したりする。

これは信仰心により臣民の支持を集め、厳しい生活も堪え忍ぶべきと従わせる手法だった。

だが近年それでもごまかしきれぬほど作物が実らず、民は飢えた。負け知らずであった彼らは、民衆の目を逸らすために開戦を選ぶも、惨敗。

幼い頃から神子として敬われ、崇拝されてきた王子達は、人々の上に立つのが当然という自意識を育てられている。彼らにとって、従属国になり下がる事態は受け入れがたいに違いなかった。

それも王女は、敵国に嫁ぐのだ。屈辱を覚えても無理のない状況だった。

蛮族と呼んで憚らなかったウラガン大帝国の皇子と結婚するなら、自決する。

それくらいの返事を想定していたのだが、全く嫌がる素振りを見せられず、アランはかえって警戒心を抱いた。今は大人しく従い、後に計略を立てるつもりではと疑わしく感じたのである。

とはいえ多くの民に崇拝されている彼女は、人質としての価値が十分にあった。承ると答えられたなら、娶る以外ない。

こうしてタンペット王国側との縁談をまとめたアランは、ネージュ王国側とはあまりいざこざを起こしたくなかった。

タンペット王国の指示により、最前線に多くの国民を送り込まねばならなかったネージュ王国の経済は、既に破綻寸前だ。

戦では男が真っ先に徴兵され、ネージュ王国兵はそのほとんど——およそ人口の四割に達する戦死者を出している。かの国は現在、男手をほぼ失った状態で、復興にはかなりの時間を要すると見込まれた。

反旗を翻す余力がないのは明らかであり、ウラガン大帝国が真に用心せねばならないのは、国力を残したタンペット王国のみ。

魔法開発に力を入れる必要があるアランは、戦を終えた今、時間を浪費したくないのが本音だった。

一方で、クロードの忠言を無視することもできない。

マリエットは、アニエスとは正反対に、暸然たる危うさを抱えていた。

彼女と対面した時、アランは妙な現象に襲われた。

マリエットの鮮やかな青い目と視線を重ねた瞬間、視界にバチッと火花が散り、眩暈《めまい》に襲われたのだ。同時に微笑《ほほえ》む彼女の映像が脳裏を走り抜け、咄嗟に呪い魔法でも使われたかと警戒した。

近づこうとするマリエットの気配を感じ、視線で寄るなと制すれば、彼女は萎縮する。その顔つきに邪心は全く見当たらなかったものの、脳内を過ったのは、現実よりも健康的で、随分と美しい容貌をした彼女だった。

——従属に承服する気がなく、催淫系の魔法でもかけて俺を操ろうとしたのか——？

そんな疑いと共に言葉を交わせば、彼女はまず王族を廃さない采配に対して感謝した。

最初に自らの命が失われずに済んだと喜ぶなど、王族としての自覚がないと公言したも同然。

アランはつい、彼女を咎めた。

王族には、民を守る責任がある。西側が開戦を選んだばかりに、少なくない命が失われた。その罪深さを自覚せよと言って初めて、彼女は過ちに気づいたようだった。

しかし羞恥か母国を落とした者への怒りか、彼女はそこで隠しきれぬ反発心を漂わせた。

もとより敵国の姫。多少の敵愾心《てきがいしん》を持たれるのは致し方ないと理解している。それでも彼女の敵意がいかほどか見定めておく必要はあり、また妙な映像が見えた現象も気がかりだった。

あれがマリエットによるものなら、慎重に動かなければいけない。

「全く……戦を終えてもあちこちに問題があるな……」

アランは嘆息し、別の懸念事項を思い出して、身に着けたシャツの襟元を広げる。

鍛え上げたアランの胸の中央には、心臓を剣で貫かれたような生々しい傷痕があった。

それは深手を負った後にできる特有の形状をしていて、皮膚は引き攣《つ》れ、肉が盛り上がっている。

横からアランの傷痕が見えたクロードは、心配そうに眉尻を下げた。

「その傷痕……痛んだりしていませんか？」

「いや、痛みもなければ、呪われている感じもないままだ」

ダニエルも肩を竦めるアランの傷痕に目を向け、気がかりそうに眉根を寄せた。

「開戦の日に、目覚めたらそんな傷痕ができていたなんて、とても偶然とは思えませんが……一体なんなのでしょうね。背中にも同じ傷痕があるのが、まさに胸から背中を剣で貫かれた痕跡のようで、嫌な感じです」

この傷痕は、タンペット王国との戦に向かう日の朝にできていた。

前夜までは何もなかったのにと鏡で確認すれば、背中にも同様の傷痕がある。

ダニエルの言う通り、心臓を一突きにされた痕にしか見えず、いい気分ではなかった。

痛みはないが念のため医師に診せると、呪いをかけられた兆候はなく、心臓が傷つけられている様子もないという。

未知の呪いである恐れもあり、アランは警戒しながら戦に臨んだ。そして結局、戦の間この傷痕が悪さをする日はなかった。

原因もわからず、傷痕を消す薬もない以上、一生つき合うことになるのだろうか。

アランは気味悪さを呑み込み、ダニエルに対してにやっと笑いかけた。

「違うぞ、ダニエル。傷痕からすると、俺は後ろから心臓を一突きにされたんだ。背中の傷幅の方が大きいからな」

剣の作りを考えると、後ろからの攻撃だった。それも本当に刺されたなら、骨を貫通しているから、魔法をかけた剣で刺されたのだろう。

訂正すると、ダニエルは目を瞬かせ、口を歪めた。

「では、殿下は敵に背中を取られたのですね。そんな格好悪い死に方、絶対しないでくださいよ」

武人にとって、背中の傷は敵から逃げたのだと受け取られ、不名誉とされている。

大帝国の皇子がそのような無様を晒《さら》してくれるなと忠告され、アランはくっくっと笑った。

「さて、どうだろうな。俺も何かを恐れ、這《ほ》う這《ほ》うの体で逃げ出した過去があるのかもしれない」

「俺の知る限り、殿下は何事に対しても立ち向かっていかれる、勇敢なお方です。戦では先陣を切り、いかなる時も怯《ひる》まず果敢に道筋を開いていかれました。貴方は敬愛すべき皇太子殿下です」

真剣な眼差しで言われ、アランは視線を落として鷹揚《おうよう》に応じた。

「そうか。では今後も、お前達の期待を裏切らないように努めよう。……クロード、マリエット姫の監視に戻り、新たに気になる点が見つかれば報告してくれ。あと、栄養状態も気になるから、食事が足りていないようなら、こちらのものを提供しろ」

終戦処理へと意識を戻したアランは、マリエットを思い出し、指示を追加する。

さして観察もしなかったのに、彼女の姿は不思議と鮮明に記憶に残っていた。

こけた頰に、王族女性らしからぬ浮き出た鎖骨。アランの眼差しに臆する気弱そうな一面は虐げられてきた環境を想像させるも、瞳は生気に満ちていた。

痩せ細っていながら、みすぼらしさを感じさせない、鮮やかな青い目。

——好きな男の一人も、いただろうか。

もしも彼女に想う者がいたら——と想像しかけて、アランは首を振る。

想い人があったなら、彼女にとってこのまま縁談が進むのは辛いだろう。しかしそれは、考えても仕方ない。国のために生きるのが、王族の定めだ。

「食事、ですか？」

聞き返したクロードに、アランは頷く。

「随分痩せていた。虐待でもされているなら、放ってもおけない」

「……マリエット姫は、アラン殿下に好意的だったとは言えませんが……それでも目をかけられるのですね」

娶るかどうか検討している最中にもかかわらず、敵意を向けてきた者の世話を焼くのか——とクロードは苦笑する。彼も、マリエットが醸し出した反抗的な感情に気づいていたらしい。

「……どんな態度を取られようと、理不尽に虐げられている者が目の前にいたら、お前も放っておこうとはしないだろう」

取り立てて珍しい振る舞いでもない。他愛ない調子で答えたところ、横で話を聞いていたダニエルが嬉々《きき》として身を乗り出した。

「それはもしや、マリエット姫に一目惚れ《ひとめぼ》れなされたという意味でしょうか……!?」

「うん？」

考えもしなかった言葉にアランは眉根を寄せ、クロードは表情を曇らせる。

「……そういうわけでしたら、マリエット姫に目をかけられるのはいいのですが……僭越《せんえつ》ながら、正妃殿下にはアニエス姫を置かれる方がよろしいかと」

惚れていてもマリエットは正妃に適さないと諫言《かんげん》まで寄越《よこ》され、アランは頬を引き攣らせた。

「誰も一目惚れなどしていない。これまでの両国の関係を鑑みて、予定通り正妃にはアニエス姫を置くつもりだ。せっかく戦を終えたのに、新たにややこしい問題を起こすわけがないだろう！」

断言すると、クロードはほっとし、ダニエルはつまらなそうに唇を窄《すぼ》める。

「なんだ、違うんですか？　政略結婚でも、せめて恋ができたらいいと思ったんだけどなあ」

アランは呆れて目を据えた。

「好いた者と結婚できる王族など、そうそういるか。それくらい覚悟して生きている。俺も――おそらく彼女達もな」

――我々は、王の子として生まれたのだから。

アランの達観した物言いに、ダニエルは納得いかない顔をし、クロードは少し悲しげに微笑んで頭を下げた。

「……失礼を致しました。それでは私は、ネージュ王国へ戻ります」

「ああ、また詳細を知らせてくれ」

「承知致しました」

転移魔法を使ってクロードが消え、アランは卓上に積み上げられた書類を引き寄せて作業を始める。

残ったダニエルだけが、諦めきれないように話しかけた。

「あ、でもマリエット姫の動向を確認なさるのですよね？　せっかくですから、直接会われてはいかがです。人となりも知れ、親近感が湧くかもしれませんよ」

「……そんな時間はない」

色恋を経験してほしいらしい部下をすげなくあしらい、アランは書類の確認に没頭していく。

皇子として生まれ、その役目を理解しているアランは、結婚に対してなんの期待もしていなかった。

――俺が手に入れねばならないのは、国を傾けぬ妻と、世継ぎだけだ。恋などする必要はない。

二章

一

数名の仕立て屋が行き来する離宮の一室で、ラシェルが嘆いた。

「蛮族の妻だなんて、お前には似合いだけれど、アニエス様はご不憫で仕方ないわね……」

窓辺に置かれた長椅子に腰を下ろす彼女の視線の先には、姿見の前で寸法を測られるマリエットがいる。

戦が終結してから二週間――婚姻の日取りが翌月に定められ、花嫁衣装の準備に入っていた。

ラシェルに意地悪を言われたマリエットは、しかしあまり堪《こた》えていない。

――なんだか、ウラガン大帝国の人達もそんなに悪い方じゃないみたいだし……もしかしたら、アニエス様も大切にされるのじゃないかしら?

マリエットがそんな風に思うのは、終戦後ウラガン大帝国の監視下に入った途端、生活が一変したからだ。

開戦時こそ、禁忌魔法を開発して世界の安寧を揺るがそうとする、野蛮な者達だと考えていた。

だが実際に会ってみると、兵達は誰に対しても丁寧に対応し、その上、マリエットの生活まで気にかけてくれる。

監視する中で、日に一度しか食事が運ばれていないのに気づいたのだろう。

ウラガン大帝国軍の兵は、終戦後、毎日朝晩食事を運んでくれるようになっていた。

曰く、アランの妻として今後マリエットには役目を果たしてもらわねばならず、食事の回数を増やし、体調を万全に整えてほしいのだとか。

ウラガン大帝国の兵は、職務として監視についているだけで、彼ら自身に決定権はない。その判断は、戦後敗戦国の監視及び従属契約手続きの責任者となっている、アランが担っている。

監視役の兵からそう聞いたマリエットは、一度顔を見たきりではあるが、アランを情のある人物かもしれないと想像していた。

施しはありがたく、餓えた感覚のない身体は奇妙に感じるほどだ。

しかしマリエットは三歳の頃から一日一食で生活してきたため、すぐにはたくさん食べられず、いつも食事を残してしまっていた。申し訳なく日々謝っていると、先方は試行錯誤し、食べきれるよう、朝は栄養価の高い種実類を、夜は多すぎない量の魚や肉を出してくれるようになった。

おかげで近頃マリエットは血色も良く、頬にも肉がついた気がする。

鏡に映る自分を見て、表情には出さないが、マリエットは心を躍らせる。

——少しだけ、お母様に似てきたかしら。

父王に熱愛された母。あの美貌は、マリエットの憧れだった。母の面影しか残さない、出来損ないの自分が、僅かでも当時の彼女に近づけたなら、これ以上の誉れはない。

「袖丈はいかが致しましょうか?」

仕立て屋が、そっとマリエットに尋ねる。すると長椅子に座るラシェルが横から答えた。

「袖は九分よ。袖口も肌に添わせて頂戴。アラン皇太子の正妃となるアニエス姫は七分丈で袖口を広く取るらしいから、側妃になるお前は目立たぬよう、控えめなデザインにしなくてはね」

アニエスと競う気などないのに、鏡越しに見たラシェルは、してやったりといった顔をしている。

王宮中に張り巡らされた監視魔法を警戒してか、終戦後、彼女の折檻はやんでいた。この変化はマリエットの気持ちをかなり明るくしてくれ、ウラガン大帝国の監視には感謝するばかりだった。

対するラシェルは溜まった鬱憤を晴らすが如く、花嫁衣装への注文を次々に追加していく。そして最終的にマリエットのドレスは、布地を最小限に抑えた、身体に沿った細身のデザインとなった。

貴族社会では、いかにふんだんに布地を使うかで優劣が競われる。人々の目には、マリエットは非常に貧相に見えること請け合いだった。

といっても、アニエスの引き立て役になれるなら、マリエットは本望である。

開戦後、タンペット王国はマリエットを戦の道具として使おうとしなかった。それは、マリエットが【彗玉の魔法使い】であることをアニエスが誰にも告げず、守ってくれたからに他ならない。

心優しい彼女のためなら身を粉にする心づもりで、マリエットは所作についてなど独自に学び直しつつ、嫁ぐ日まで過ごしたのだった。

通常、王族が結婚する際は、盛大に式を挙げ、後に都でパレードが開かれる。しかしアラン皇太子と敗戦国の姫達の結婚は、書面のみの手続きで進められることになった。

ただし姫達をお披露目するために、彼女らが移住する際、帝都メネストレルでパレードだけは開催される運びとなった。

ウラガン大帝国の街はあちこちに国旗が掲げられ、建物はどれも新築かと見紛《みまが》うような美しさだ。

パレードが開かれた通り沿いには多くの民が集い、祝福の言葉と共に姫達に手を振っていた。

マリエットは馬車から人々に手を振り返しながら、淡い笑みを浮かべる。

安寧を守るための大義はあれど、戦争を仕掛けたのは西側諸国の方からだった。

その結果、アニエスの父王は儚くなり、ウラガン大帝国軍も相応の死者を出している。それでも歓迎してくれる人々の懐深さが、ありがたく感じられた。

先方を走る馬車に目を向ければ、その周囲に星屑《ほしくず》のような煌《きら》めきや、色とりどりの花が舞っている。本物に見えるそれらは、地に落ちると霧散して消え、魔法で作られているようだった。

「……綺麗。あんな魔法、初めて見た」

屋根のない馬車を使っているおかげで、その魔法は座っているマリエットも鮮明に観察できた。

青空の下、星明かりや花が煌めいては無限に降り注いでいる。こんな幻想的な光景は、生まれて初めて見た。

マリエットの母が残した魔法の本は、薬学や植物学など、専門性の高い本ばかりだ。そのせいか、目の前で使われている魔法は全く知識になかった。

「……あれらの魔法は、〝祝福の星〟や〝祝福の花々〟というのですよ、マリエット姫」

後方から声をかけられ、マリエットは振り返る。馬車の後ろには、二名の騎士がついていた。

一人は母国で父王の監視役を務めていた、帝国魔法軍第二部隊隊長のクロード。もう一人はラシェルの監視についていた、同部隊副隊長のダニエルである。

彼らはアランから王女の様子確認も命じられていたのか、時折マリエットの離宮まで足を運び、不足はないか尋ねてくれた。

たまに雑談もし、マリエットの魔力が弱いことも伝えている。それぞれ穏やかだったり快活だったり性格に違いはあれど、総じていい人達だと感じていた。

親切に魔法の名前を教えてくれたクロードに、マリエットは微笑む。

「そうなのですね。皆ちっとも驚いていないから、きっととても身近な魔法なのでしょう？　私は魔力が弱く、外界と接する機会も少なかったので、あまり魔法を知らないのです。驚かせてしまったかしら」

勉強した魔法ならばわかるが、説明が長くなるので多くは語らず応じると、クロードは穏やかに笑い返した。

「いいえ、国ごとに習慣は異なりますから、ご存じでなくともおかしくはありません。あれらの魔法は、ウラガン大帝国では祝賀や宴《うたげ》で必ず目にする魔法なのです。魔力が弱くても使えますので、よろしければ今度お教え致しますよ」

マリエットは目を丸くし、さっと上半身をクロードに向ける。

「魔法を教えてくださるのですか？　ぜひ、お願い致します……！」

今まで講師をつけられていなかったマリエットは、師となる人物が喉から手が出るほど欲しかった。自力では理解できない物事を問える者がおらず、苦労が絶えなかったのだ。

勢い込んで頼むと、彼はぎょっとする。

「――マリエット姫、できればお身体は民衆の方へ向けて頂けると……っ」

「あ……っ、ごめんなさい。教えてくれるなんて言ってくださる方、初めてだったから」

マリエットは我に返り、民衆に視線を戻して、再び手を振る役目に徹した。

笑顔を振り撒《ま》いてしばらくした頃、集った人々の合間から突然、幼い子供の声が上がった。

「後ろの姫様も綺麗だよー！　頑張れー！」

無邪気な応援を聞いた周囲の大人達は、血相を変えて子供の口を塞ぐ。

このパレードは、アニエスを乗せた馬車が先頭を走っていた。その後ろにタンペット王国からの献上品や侍女らが乗る馬車が続き、マリエットはそれらの後。

ネージュ王国からも献上品はあるが、馬車はたった二つで、圧倒的に侘《わび》しい様相だ。

おまけに花嫁衣装も歴然とした差があり、細身のドレスを着たマリエットを見た民衆の中には、驚きの声を漏らす者まであった。

明らかな貧富の差に思わず応援してしまった子供と、無礼な真似をしたと青ざめる大人達に、マリエットは破顔する。気持ちはいささかも曇っておらず、むしろ初めて他人から応援されて嬉しかった。

「ありがとう！　頑張るわ」

朗らかに答えると、周囲の大人達は安堵するやら心配するやら、複雑そうな顔で手を振ってくれた。

その後パレードはつつがなく進み、王城前に到着したマリエットは、口を開ける。

ウラガン大帝国の王城は、見上げるほど巨大だった。

小国のネージュ王国の王宮とは比べ物にならないほど、無数の塔が林立している。土地は一つの街が収まるのではと思われる広さで、それらを囲う外壁は終わりが見えなかった。

人間の身長を遥《はる》かに超える高さの重厚な門は、先にアニエス達が通過したため、既に開かれている。マリエットを乗せた馬車もあっという間に通り抜けてしまい、なんとなく背後を振り返った。

華やかな魔法の花や星屑が、通ってきた街のあちこちで舞い上がり、まだ歓声が響いている。

——戦が起きなければ……この国を平民として訪れる日もあったかしら。

不意に王宮から逃げ出そうと考えていたいつかの未来を想像しかけ、マリエットはいけない、と前方に視線を戻した。

魔力の弱いマリエットを見放した父王は、冷酷だ。しかしその王としての考えは、認めざるを得ない。

王族は、民のためにある。王女であるマリエットは、民の安寧を守るため、課された役目を果たさねばならないのだ。

マリエットは眼差しを強くし、凛と背筋を伸ばす。その背後で、ゆっくりと巨大な門が閉じられていった。


王城内に入ったマリエットの馬車は、中央から更に北に進んだ位置に建つ、イデアル塔の前で停まった。

出入り口付近は切り揃えられた石が整然と敷き詰められ、ダンスでもできそうな広さがある。

従者により馬車の扉が開かれ、護衛をしていたクロードがさっと脇に回って手を差し伸べた。

エスコートをされた経験がないマリエットは、一瞬躊躇ってからおずおずと手を重ね、石畳の上に降り立つ。

先に到着したタンペット王国の一団は、扉前に集い、マリエットの用意が整うのを待っている様子だった。

パレードでは前後に並んでいたものの、マリエットはまだアニエスに直接会っていない。

両国の姫は、ウラガン大帝国軍の護衛のもと、それぞれの国から魔法で帝都メネストレルまで運ばれた。そこからパレード用の馬車に乗り込んでここまで移動したのだが、この間、両者が交わる機会はなかったのだ。

アニエスの姿が見えないだろうかと、マリエットは一団に目を向ける。その時、集団の中から真っ白な綿毛のようなドレスを着た女性が飛び出した。

「姫様、なりませぬ……っ」

侍女の一人が咎める声をかけたが、その女性は足をとめず、マリエットの方に駆けてくる。

よく手入れされたシルバーブロンドの髪は光を弾き、翡翠の瞳は宝玉そのものだった。柳のような眉は持ち前の気の強さを表し、白い柔肌《やわはだ》は相も変わらず染み一つない。

長くすらりとした両腕を広げて走り寄る彼女に、マリエットは明るい笑みを浮かべた。

たくさんのフリルを使った愛らしい純白のドレスを纏う彼女こそ、マリエットが長く敬愛してきたタンペット王国の王女――アニエスその人だった。

「アニエス様、お会いしとうございました……！」

「――私もよ、マリエット……！」

少し背の高い彼女は、容易くマリエットの身体に両腕を回し、ぎゅうっと抱き竦める。

「ああ、マリエット。お前が生きていて、本当に良かった……っ」

アニエスは、心からマリエットの無事を喜ぶ声を漏らした。

魔法薬を渡して以来、一度も会えていなかった。その分、再会には不安があった。

アニエスに対する親愛の情は、微塵も薄れていない。けれどアニエスの方は、マリエットの薬で身体が良くなり、それで興味が失《う》せたのではと憂う気持ちがあったのだ。

これほど喜んでもらえて、マリエットは感無量だった。

「それは私のセリフでございます、アニエス様。……辛い思いをなされましたね。よくぞご無事でおられました……」

周囲にいるウラガン大帝国の者に聞かれぬよう、後半の言葉は声を潜めて囁きかける。

父王を失ったアニエスは、マリエットの肩に額を押しつけ、同じく小声で答えた。

「ええ……そうね。兄上の目の前で、父上は討たれたの。私は城の奥で母上と身を潜めていたけれど……父上の訃報を聞いた時は、目の前が真っ暗になったわ。——よくも……よくも私の父上を……」

恨みの籠もった呟きが最後に漏れ聞こえ、マリエットははっとする。

ウラガン大帝国軍に占拠されたおかげで、マリエットの生活は大きく改善した。それに心が軽くなり、アニエスもきっと大切にされると楽観視していた自分が、いかにも愚かに感じられた。

父王を殺されて、心が晴れているわけがない。彼女は今も、苦しんでいるのだ。

「……アニエス様は、よく耐え忍んでいらっしゃいます。共に嫁げたのも、何かの縁でございましょう。お困りになることがあれば、どうぞなんなりと声をおかけください」

申し出ると、アニエスはぱっと顔を上げ、花のような笑みを浮かべる。

「ありがとう、マリエット。だけど、これも私の務めよ。これからはアラン皇太子殿下のお気に召すよう、可愛《かわい》く振る舞うつもり」

その笑みを前にすれば、どんな男性も彼女の虜になるだろうと思える、眩い表情だった。しかし今しがた聞いた声にはまだ、確かに悲哀の感情が色濃く残っていて、マリエットは心配になる。

父を殺した男に、アニエスは数多《あまた》の感情を抱いているはずだ。それにもかかわらず、尽くすと言い切れるのは、矜持のなせる業か。

潔い覚悟には改めて敬意を覚え、マリエットは穏やかに頷いた。

「それでは、私は波風を立てぬよう……生国と変わらず、大人しく過ごして参ります」

アニエスがその気なら、マリエットに出る幕はない。子もアニエスが産んだら、それで十分だ。さして期待もしていなかったので、さらっと日陰者になると答えると、アニエスは目を瞬かせた。

短く考えた後、顔を寄せ、耳打ちする。

「……そうね、その方がいいかもしれない。アラン殿下は禁忌魔法を率先して開発してきた、野蛮で恐ろしい人だもの。私の父だって、その手で討った。人を殺せる者など、根は邪悪よ。近づかないようにするのが一番だわ」

彼女の言葉に、マリエットは一瞬、答えを迷った。

アランはマリエットの生活を改善しただけでなく、従属契約の際にもかなりの譲歩を見せてくれていた。

彼が定めたウラガン大帝国への税や貢物の上納量は、タンペット王国に従属していた頃より大幅に少ない。その上、条項には国家としての復興に注力するよう指示する文言まで記載されていて、真実民を思う人なのだと感じられた。

気に入られるよう努力すると言ったアニエスは、本心では彼に近づきたくないのだろうか。

「アニエス様……」

マリエットも、アランがどんな人物か断言はできない。だけど人となりを判断するのは、交流してからでも遅くはない。

そう進言しようとした時、タンペット王国の侍女が歩み寄りながら声をかけた。

「姫様、どうぞお戻りください。そのように抱き合っては、御髪《おぐし》もお召し物も崩れてしまいます」

「あら、そう?」

アニエスはマリエットから手を離し、身に着けたドレスを見下ろす。間近に来た侍女が、腰に下げた道具の中から櫛を取り、アニエスの前髪や髪に挿した豪奢な花飾りを整えだした。

マリエットも姿を確認したかったが、鏡は荷物の中。世話を焼いてくれる侍女もいないので、諦めるしかなかった。

母国では敬遠されていたとはいえ、移住に際し、当初は二名の侍女がついてくる予定だった。しかし今日になって二人とも体調不良になり、辞退となったのだ。他の者も皆、体調を崩したそうで、マリエットは側仕えのいない状態での嫁入りとなっていた。

どうせマリエットを困らせるための、ラシェルの姦計だ。

もともとマリエットと共に母国から移り住んで世話をしてくれるという侍女はなく、皆パレードが終われば帰る手はずだった。体調を崩したらしい侍女達も、行って戻る手間が省けて良かっただろう。

ただ、質素な花嫁衣装に側仕えも用意できない有様は、母国の経済力の弱さを露呈させる。国の威信を保つためには、避けるべきだった。

といっても敗戦した事実に変わりはなく、ラシェルはどうでも良かったに違いない。

実際、ネージュ王国は戦により多くの働き手を失い、貧困の一途を辿っている。王族も贅沢はできない国で、身の丈に合った装いと人員であるともいえた。

いつも一人だったおかげで、マリエットはこんな事態でもさして辛くはない。甲斐甲斐《かいがい》しく世話を焼かれるアニエスを和やかに眺めていると、横目にこちらを見ていた彼女が顔をこちらへ向けた。

「姫様……っ」

髪を直している最中だった侍女が咎めるも、アニエスは気にせずマリエットに話しかける。

「さっきは気づかなかったけれど……お前、ちょっと綺麗になった？　髪かしら？　顔つき？」

痩せぎすだったマリエットを知るアニエスには、変化が見て取れたらしい。

さすがに嫁ぐ日なので、髪先は整えられ、香油を塗り込められていた。食事も増やしてもらったおかげで、頬には以前よりも肉がついている。

傍に控えてやり取りを見守っていた騎士のダニエルが、アニエスの言葉に反応して口を挟んだ。

「そうでしょう。私達も、マリエット姫が以前より美しくなられたと感じていたのです。食の細いマリエット姫に、食事量を増やして頂く努力をした甲斐があります」

突然護衛兵に声をかけられ、アニエスの頬が僅かに引き攣った。

タンペット王国は、ネージュ王国以上に王族の地位が高い。王だけでなく姫や王子に対しても、側仕え以外は許しなく声をかけてはならないと定められていた。

ネージュ王国はそこまでではなく、ウラガン大帝国も同じだったため、マリエットは隔てなく彼らと話していたのだ。

文化の違いを説明せねばいけないのではと焦るも、アニエスは微笑み返した。

「まあ、貴方達がマリエットに施しを与えてくれたの？　優しいのね。私からも、お礼を言うわ。ずっとこの子を綺麗にしてあげたいと思っていたのよ」

気を悪くしなかったようで、マリエットは安堵する。アニエスはマリエットのドレスに視線を向け、くすっと笑った。

「そうね。ドレスも以前に比べればかなりマシだわ。本当はこの程度のものを普段着にするべきなのだけれど、お国柄が出るものだし、仕方ないわね」

言外に、貧相だがこういうドレスが主流なら仕方ないと言われる。

ネージュ王国もタンペット王国同様、ドレスに関する流行は同じだ。けれど指摘しても、彼女を気まずくさせるだけ。聞き流そうとすると、今度はダニエルの横にいたクロードが会話に加わった。

「確かにシンプルではありますが、マリエット姫の美しさを際立たせる素晴らしい装いだと思います。淑《しと》やかで、白百合の花を彷彿とさせる花嫁衣装ですね」

母の二つ名に使われていた白百合に例えられ、マリエットはドキッとする。振り返れば爽やかに微笑みかけられ、ぎこちなく笑い返した。

道中では民衆に貧しそうな有様を驚かれ、子供には応援され、挙句アニエスには酷評される。あんまりといえばあんまりな状況に、フォローを入れてくれたようだった。

「ありがとうございます。……ですがその、私はさほど注目して頂かなくともいいので……」

方々から視線を浴びて落ち着かなくなり、話題を変えてほしいと頼むと、アニエスの侍女が主人を引っ張った。

「さあ姫様、くだらない話をしている場合ではございません。中では皇帝陛下やアラン皇太子殿下がお待ちかねです。早く戻らなくては」

「そうね、話し込んじゃったわ。またね、マリエット」

アニエスは軽く手を振り、元いた一団の方へ戻っていった。

「マリエット姫も、移動しましょうか。……アニエス姫と旧知の仲でおられたとは、存じ上げませんでした」

クロードが近づき、エスコートのためにマリエットの手を取る。

マリエットの頭の中は一気にこの後の段取りでいっぱいになり、質問には深く考えず答えた。

「アニエス様とは誰にも内緒で会っていたので、母国でも知っている人はいないと思います」

イデアル塔は中に祭壇が置かれていて、皇室専用の教会として使われているそうだ。

挙式はなくとも最初の顔合わせは神聖な場でという先方の意向で、ここが選ばれた。

まず、マリエットはアニエスと横並びで屋内に入り、皇帝に膝を折って言葉を賜る。その次にアランと対面する予定だった。

マリエットが所定の位置に立つと、すぐに扉が開かれ、鮮やかな光景に息を呑む。正面最奥に、神の姿を描いた色とりどりのステンドグラスがあり、そこを通った光が室内を虹色に染めていた。

皇室関係者のためだけに造られた塔内には、一般的な教会にある椅子など置かれていない。広々とした空間の先の、一段高い場所に祭壇が置かれているだけだった。

左右の壁側には軍服を着た高官と思《おぼ》しき人々がずらりと居並び、祭壇の足元に紅蓮《ぐれん》のマントを羽織る男性が立っている。白髭《しろひげ》の目立つ、壮年の男性だ。彼が皇帝だろう。

恰幅《かっぷく》の良い皇帝の両脇には二人の青年が並び、眼帯をつけている右隣の人物がアランだと遠目にもわかった。

ウラガン大帝国側から伝えられた事前情報によれば、現ウラガン大帝国皇帝には二人の妃がおり、アランが正妃の、弟のディオンが側妃の子だ。正妃が先に嫡子を生んだおかげで、皇室内は世継ぎに関わる争いなどもなく、安定しているとか。

従者が高らかにタンペット王国王女とネージュ王国王女の来訪を告げ、マリエット達は教会内に足を踏み入れた。

石で造られた床は足音を高く響かせ、マリエットの緊張感が増す。

アニエスはと見れば、臆さず笑みを浮かべ、聖女然と淑やかに歩を進めた。書物でしか所作を学んでいないマリエットも、背筋を伸ばしてそれらしく振る舞うが、酷く心もとない。

教会の中央を進んでしばらく、皇帝やアランの厳《いか》めしい表情がはっきりと見え、マリエットの身体にますます力が入った。彼らは祝いの席とはとても思えぬ硬い顔つきをしていて、マリエットは不安を覚え、視線を彷徨わせる。

だが集った人々もまた、皆一様に険しい表情だった。唯一、皇帝の左隣に立つ青年——アランの弟ディオンだけは柔和に微笑んでいて、異彩を放っている。

皇帝の血は色濃く、親子三名とも髪は紺色で、瞳は紫だ。容貌はアランが凛々しく端整なら、ディオンは瞳も大きめで、愛らしい印象だった。髪もディオンの方が長く、肩口辺りで揃えられている。

皇帝の数歩手前まで歩み寄ると、マリエット達は立ちどまり、膝を折った。そこで皇帝が口を開く気配がし、覇気のある声が鼓膜を揺らした。

「――遠方より、よく来てくれた」

アニエスとマリエットは、皇帝の言葉に応じる意味を込めて、首を垂れる。

皇帝は一度間を置き、続けて語りかけた。

「此度の戦は、我々にとって望むところではなかった。汝らの国家による開戦の決断は、大変残念に思う。国の方針は王が定めるもの。されど汝らはその指針を支えた一人だ。二人には、戦に関わった三国より多くの命が失われた事実を、決して忘れぬようにしてほしい」

開口一番咎められ、マリエットの心臓はキンと冷たく凍りつく。皇帝やアランの表情が硬い理由が、ここでようやく理解できた。

いくら民衆に祝われようと、王族だけはこの婚姻を喜ぶべきではないのだ。

タンペット王国とネージュ王国は、戦を起こし、数多の命を犠牲にした。マリエットとアニエスは己の一族が犯した過ちを忘れてはならず、永久にその罪を背負わねばならない立場なのである。

罪深さを意識したマリエットの身は強張り、アニエスも何かを感じてか、僅かに身じろいだ。

その二人に、皇帝は顔を上げるよう命じる。

視線を上げたマリエットは、びくっと背筋を震わせた。皇帝と目が合った瞬間、心の奥まで覗くような強い眼差しに射貫《いぬ》かれたのだ。

構えていなかったマリエットは、咄嗟に動揺を隠せず、瞳を揺らす。

アニエスにも同様の眼差しが注がれたが、彼女は表情を崩さず、まっすぐ皇帝を見返していた。

さすがに覚悟が違うのだなとマリエットは感心し、皇帝は僅かに眉尻を下げ、薄く微笑んだ。

「だが嫁いでこられたからには、ウラガン大帝国皇室の一員として認め、歓迎しよう。不足があれば、可能な限り対応する」

最後は柔らかな声で言い、皇帝はアランに挨拶するよう目配《めくば》せをした。

皇帝の視線を受け、漆黒の軍服に身を包んだアランが前に出る。

「このたびは、遠路よく来てくれた。二人とも、終戦間もなくの婚姻となり、落ち着かぬ心地でおられるだろう。本国議会でも、当面の間はこちらの生活に慣れて頂くことを優先すると定められた。二人には、それぞれの住まいにてゆるりと過ごして頂ければ幸いだ」

つまり、しばらく公務が免除されると言っているのだろうか。

遠回しな言い方でぴんとこないマリエットの横で、アニエスが優美に首を垂れて応じた。

「承知致しました。寛容なお気遣い、恐れ入ります。ですが私共は、妃としての務めを果たす心づもりで参りました。アラン皇太子殿下におかれましては、どうぞ気兼ねなく、ご用命の際はお声がけください」

私共とまとめて答えられ、マリエットは何も言えぬままアニエスにならい、頭を下げる。

アランは「承知した」と答え、その後ディオンが前に出た。

「初めまして、第二皇子のディオンと申します。このような美しい姫君達が兄の伴侶になるとは、嫉妬の念を禁じ得ませんが――」

「――ディオン」

話しだすなり軽口が飛び、皇帝がため息交じりに窘《たしな》める。

いつものことなのか、彼は気にするでもなく、マリエット達に向けて悪戯っぽく笑った。

「――失礼。先ほどの兄上の話をわかりやすくお伝えしますと、此度の婚姻は、議会にて〝半年間の白い結婚とする〟と定められました。戦で疲弊した心を休め、こちらの生活に慣れて頂きたいという、兄の気遣いです。とはいえ、長い休養期間になるやもしれません。気晴らしに買い物や遊興施設に出かけられる際は、お気軽に僕にも声をおかけください。喜んで荷物持ちを致しましょう」

以前父王が話していた通り、白い結婚期間が置かれるらしい。母国を離れて嫁ごうと、元敵国の姫だ。すぐ信用する方が難しいだろう。

マリエットはアランの方針に納得し、気さくな雰囲気のディオンに挨拶を返して、続く軍部高官らの自己紹介に耳を傾けた。その最中、アニエスがそっと身を寄せて小声で言う。

「半年も白い結婚になさるなんて、よほど警戒なさっているのね」

アニエスも額面通り気遣いとは受け取らず、元敵国の姫を遠ざけていると理解していた。

マリエットは控えめに苦笑する。

「私達は、ついこの間まで敵対していましたから……仕方ないですね」

母国での良識的な采配もあり、マリエットはアランに対し殊更不満は感じていなかった。

しかしアニエスは挨拶をする高官に目を向けながら、冷えた笑みを浮かべる。

「あら、戦で勝利を収めた武将のくせに、随分臆病な性格をなさっていると思わない？　女の一人や二人、御せずに次期皇帝になどなれるものかしら」

アニエスは辛辣に言って鼻を鳴らし、元の位置に戻った。

マリエットは、そっとアランに目を向ける。

アニエスの目には情けなく映るようだが、マリエットは警戒する彼の気持ちもわかった。

夫婦となれば、無防備な姿を見せる時だってある。いつ何時も油断せず過ごすのは、中々難しいだろう。相手の人となりを確かめる期間を置こうとするのも当然だ。

アニエスの父を討ち、母国を落とされても、一矢報いるつもりではないマリエットは思案する。

彼には、食事を与えられた恩があった。それに住まいを移せたおかげで、ラシェルの折檻からも逃れられたのだ。

アランが妻を警戒して気を張った状態でいるなら申し訳なく、誤解は早めに解きたい。

――どうしたら、安心してもらえるかしら。

考えていると、ちっとも嬉しくなさそうな顔で正面を見ていたアランが、こちらに視線を向けた。

ばちっと目が合い、マリエットの鼓動が跳ねる。すぐに目を逸らしそうになるも、踏み留まった。

顔を背けたら、嫌っているだとか、何か企《たくら》みがあるのだと怪しまれるかもしれない。

敵意はないと示すため、マリエットは目を合わせ続けた。

するとアランも視線を逸らさず、見つめ合った状態になってしまう。

彼は変わらず真顔で、何を考えているのかさっぱり摑めなかった。

目が合って数秒――マリエットは早々に限界を感じ、額に汗を滲ませる。もう目を逸らしていいかしら、どうかしらと惑う最中、ふと彼の瞳の色に意識が吸い寄せられた。

儚く、けれど凛と鮮やかに咲く菫の花を思い出させる、紫の瞳。春の訪れを知らせる菫の花は、冬の寒さで凍えた心身をいつも温め、安心感を与えてくれた。

色とりどりの光に照らされた室内でその瞳の色は一際美しく、マリエットは無意識に笑みを浮かべる。

と、アランが目を瞠り、顔を歪めた。出会った日と同じ、痛みでも感じているような表情で、マリエットは途端に心配になる。

しかし彼はすぐに真顔に戻り、視線を正面に戻した。何事もなかったような態度に、マリエットは見間違いだったのかなと思い直し、挨拶をする人々の顔と名前を憶《おぼ》えていくのに専念した。

二

マリエットの居室は、王城の東にあるコライユと呼ばれる塔内に設けられた。

対してアニエスの住まいは、真西にあるエメロード塔だ。この二つの塔は遠く離れ、同じ王城内だというのに、馬車を使わねば容易に行けない場所にあった。

更にウラガン大帝国では、側妃が王城に召し上げられた場合、一か月他の妃と交流せずに過ごす慣習がある。

〝蜜月の暇《いとま》〟と呼ばれるその期間、側妃は夫とのみ交流するのだという。

白い結婚を定められたマリエットには、あまり意味を感じられない仕来たりだ。

しかし慣習を破ると後世に影響が出るとかで、ウラガン大帝国に移り住んでから一週間――マリエットは一度もアニエスと対面できていなかった。

「アニエス様のお近くに住めたら良かったのにな……」

窓辺の花瓶に花を生けながら呟くと、別の窓辺でもう一つの花瓶に花を挿していた少女――イネスが陽気に答える。

「古今東西、正妃殿下と側妃殿下は不仲と相場は決まっておりますからねえ。妃殿下がお二人いらっしゃる場合は、諍《いさか》いを減らすために住まいを離すのが定石なのです。それにアラン殿下はマリエット様とアニエス妃殿下が旧知の仲だとご存じなかったのですから、仕方ないですね」

彼女は、マリエットのためにアランが手配した新たな侍女だ。

帝国魔法学院大学の薬学博士をしているコルトー男爵の娘で、アランの護衛兼側近であるクロードの推薦を受け、王城勤めになれたという。

なんでもイネスとクロードは親同士がかねてから懇意にしており、昔馴染《なじ》みなのだとか。

ピンクゴールドの髪に、猫のようなチャーミングなアーモンド色の瞳を持つ彼女は、いつも明るく、笑みを絶やさなかった。

母国ではラシェルの目を気にして、口を利くのも嫌そうな侍女しかいなかったマリエットにとって、彼女はとても新鮮だ。

年齢も十六歳と同い年だからか、出会って数日でマリエットとイネスはすっかり打ち解けていた。

「そうなの？　嫁ぐ時に、ウラガン大帝国の皇室は安定していると聞いていたけれど」

相場が決まっているとまで言うなら、正妃と側妃は不仲なのか。

尋ねてみると、イネスは腰につけたエプロンで濡れた手を拭きながら、こちらを振り返った。

「まあ、そのようにはっきり聞いてはいけませんよ、マリエット様。あと、お花は私が生けますから、お手伝いはいりませんと申し上げました」

マリエットは花からぱっと手を離す。

「――ごめんなさい、手持ち無沙汰で……」

誰かに世話を焼かれるのに慣れておらず、何かと一緒に作業しようとしてしまうマリエットに、イネスはにこっと笑って機嫌よく近づいてくる。

「謝られる必要はありませんけれど。マリエット様はアラン殿下の妃殿下なのですから、本を読むなり、散策なさるなり、お好きに過ごしてくださればいいのです。今までのご環境からすると、落ち着かれぬのも無理はないですが」

侍女として紹介されたその日の夜に、マリエットは【彗玉の魔法使い】であること以外の自身の背景を、大方イネスに話していた。

母国では庶子として生まれ、偶然庭園で出会ったアニエスと旧知の仲になったこと。母は早くに亡くなり、国が貧しかったため講師はつけられず、独学で教養を身につけたこと。

だけど学力や所作に自信はないから、どこかおかしければ言ってほしいこと。

実際は父王に見放され、正妃に虐待されていたため教養が足りないのだが、人質としての価値を下げると考えてそうとは言わなかった。

マリエットから話を聞いたイネスは、独学で教養を――？　と、にわかには信じられない様子だった。しかし数日もすれば本当なのだと理解した。

彼女によれば、マリエットは椅子の座り方や紅茶の飲み方などが、優雅とは言えないのだとか。

淑女らしからぬ振る舞いの主人など、本来なら敬愛に値せず、嫌だろう。でも彼女は貧しい小国出身の姫だと承知して仕事に就いたそうで、そのままのマリエットを受け入れてくれた。

目の前まで来たイネスは、マリエットの手を取り、窓辺に設けられた愛らしい二人掛けの長椅子に向かう。

「今は休養して頂く時期ですが……何もしないでいるのが辛いのでしたら、アラン殿下にお願いして、所作のお勉強などなさいますか？」

アランに講師をつけてほしいと頼んでみてはどうだと問われ、マリエットは身を硬くする。

元敵国の姫を警戒して白い結婚を設けた彼に、敵意はないと弁明したくはあった。

しかしイネスを紹介するためにこの部屋を訪れたきり、彼には一度も会っていない。

アランは『侍女は追って増やす予定だが、信頼の置ける者でなければならぬ故、少し時間がかかる』と端的に話し、すぐ帰っていった。

彼は堅苦しく、近づきがたい雰囲気がある。それもこれも戦の結果だと思うと、マリエットは弱りきり、情けない表情でイネスを見返した。

「そんな贅沢なお願い、してもいいのかしら？　私は、戦を起こした国の者なのに」

ただでさえマリエットの母国は戦を起こし、彼に負担を強いたのだ。わがままを言って手間をかけさせるのは申し訳なかった。

それに妃としての役目は、アニエスが引き受けるだろう。日陰者として過ごすだけのマリエットが、自分の見栄えを良くしようなんて、おこがましく感じた。

尻込みすると、イネスは意味がわからないという顔をする。

「次期皇帝の妃殿下が品のない振る舞いをし続ける方が、問題だと思いますが。〝蜜月の暇〟が終われば、王城にて妃殿下達をお披露目する宴も予定されております。講義を受けるなら、早い方が良いのではありませんか？」

マリエットは目を瞬かせ、眉根を寄せた。言われてみれば、妻として眼中に入れられずとも、お披露目やら公務で多少は人前に出る機会はある。

「そ……そうね……。毎日十分すぎるお食事に、立派なドレスまである贅沢な生活をさせて頂いているから、これ以上なんてと思ったのだけれど……」

ウラガン大帝国に嫁いでから、マリエットの毎日は天国のようだった。

起きれば機嫌の良い侍女がカーテンを開けて茶を淹《い》れてくれ、温かな食事が運ばれる。それも一日三回も。正確には昼は食事ではなく軽食らしいが、マリエットには十分すぎる量が提供された。

しかも合間にお茶と甘いお菓子も出してもらえる。

これだけでもかなり贅を尽くした生活なのだが、アランはマリエットにたくさんのドレスまで用意してくれていた。

監視役をしていた騎士達から何か聞き、まともな衣服を持たないと判断したのか。

嫁ぐ際にマリエットが持ち込んだのは、数点の母のドレスだけだった。母国に残してもラシェルに処分されるだけかもしれなかったが、全てを持ってくると父王が悲しむ気がして、多くは置いてきたのだ。

こちらでは、その数点のドレスを仕立て直して着ようと考えていた。

それが嫁いだ日から真新しい服が用意されていて、驚いた。夜着に部屋着、夜会服に至るまで揃えられていたのだ。

しかもサイズを伝えた記憶はないのに、全てマリエットの身体にぴったり合う。

どうやって知ったのだろうと不思議がっていると、イネスは『花嫁衣装を作る際に測ったサイズを、どこかから入手されたのでしょう』と気にもしない素振りで答え、マリエットは妙にドキドキした。

気の利いた振る舞いが、母国で読んでいた恋愛小説のヒーローを彷彿とさせたのである。

今も身に着けているのは、彼が用意した淡い水色のドレスだ。春も深まり暖かな季節で、袖は七分丈。胸元やスカート部分には緻密な模様が入ったレースがたくさん使われていて、とても美しかった。

髪はイネスがハーフアップにし、生花を挿してくれている。日常で髪を彩るのも初めての経験で、毎日あれこれ色々な種類の花を見せてはどれにするか尋ねられ、圧倒された。

ほんのちょっと嬉しい気持ちを顔に出してドレスを見ていると、イネスが不憫そうに呟く。

「……お食事やドレスだけで十分だなんて……母国では、本当に苦労なさっていたのですね……」

よく聞き取れず、顔を上げて聞き返そうとした時、部屋の扉がノックされた。

イネスが素早くエプロンを外し、対応に向かう。マリエットも気になり、彼女の後を追った。

扉が開かれると、クロードが顔を見せ、イネスに柔らかく微笑んだ。

「こんにちは、イネス嬢。仕事はどうだい？」

「あ、はい。大変やりがいのあるお仕事をさせて頂いております。主人もとても優しく、ご紹介くださって、本当にありがとうございます」

彼の紹介で侍女となったイネスは、瞳を輝かせて応じる。

「そう。困ったことがあったら、相談してくれていいからね」

「ありがとうございます。今日は、マリエット様にご用事でしょうか？」

イネスが用向きを尋ねると、彼は頷いた。

「うん。アラン殿下がお会いしたいとおっしゃっているから、ご対面して頂けるか確認を……」

穏やかに要望を伝えようとしていたクロードが、途中で部屋の奥へ目を向ける。少し離れた場所で二人を見守っていたマリエットと視線が合うと、彼は面白そうに笑った。

「そちらにいらっしゃったのですね、マリエット妃殿下」

「えっ」

イネスがぎょっと振り返り、目を見開く。

「まあ、マリエット様……っ。お客様は私がご案内しますので、マリエット様はお椅子に腰かけてお待ち頂いていれば良いのですよ……！」

来訪があった場合、通常貴人は直接対応せず、使用人が仲介すると作法の本に書いてあったが、その通りのようだ。

今までマリエットを訪ねる貴人といえば、ラシェルのみ。彼女はいつもノックもなくマリエットの部屋に入り、いきなり鞭打ってくる人だったので、二人のやり取りはとても興味深い光景だった。

「そうなのね。ごめんなさい、こういう生活に慣れていなくて。それでは私は奥に……」

大人しく下がろうとしたところ、クロードがすっと身を引き、マリエットは動きをとめる。不意に漆黒の上下を着たアランが姿を現し、低い声で引き留めた。

「下がらずともいい」

今日の彼は、軍服姿ではなかった。袖や襟元には金糸で花などを模した刺繍が入っていて、貴公子然としている。

おかげで多少雰囲気は柔らかいが、婚姻した日と変わらず表情は硬く、マリエットは気後れを感じつつ膝を折った。

「お会いできて光栄でございます、アラン殿下」

「ああ。突然訪ねてすまない。……生活はどうだろうか。不足はないか？」

淡々と尋ねられ、顔を上げたマリエットは、既視感を覚える。

彼の表情は、感情の見えない人形じみた顔で過ごす――父王とよく似ていた。

――お父様も……好きでもない女性と結婚したから、いつもああだったのね。

アランに至っては、命を害されるかもしれない妻だ。

マリエットは自分が妻になってしまって申し訳なく感じ、またラシェルと同様の結婚生活を送るのかと想像すると、気持ちが沈んだ。

存在さえ視界に入れてもらえない日々は、やはり辛いだろう。

マリエットは視線を落とし、静かに答えた。

「はい。毎日、夢のような日々を送っております」

衣服にも食事にも困らない、素晴らしい生活だ。返答は本心だったが、アランはこちらを注視し、もの言いたげな空気を漂わせる。

しかし何か尋ねようとはせず、踵を返そうとした。

「……そうか。様子を確認しに来ただけだから、問題がないなら……」

「あ……っ」

一言交わしただけで立ち去られそうになり、マリエットは焦る。せめて敵意はないとだけでも、言葉で伝えたかった。

引き留めようと手を伸ばしかけた時、彼の後方に控えていたクロードが大げさに声を上げた。

「ああーっと、そうだ！　今日は天気が良いので、お二人で散策などなさってはいかがでしょう？　アラン殿下も、本日の午前中はお時間がおありですし……っ」

「散策……？」

アランが不審そうに部下を見返したと思えば、今度は扉脇に立っていたイネスが両手を打つ。

「素敵なご提案だと思います！　それにマリエット様は控えめな方なので、先ほどは満足しておられるとおっしゃいましたが、お願いしたいことがおありのようなのです。どうぞマリエット様のためにも、時間をかけて、お話をして頂けないでしょうか？」

どうも二人は、アランと話したいマリエットの気持ちを汲んで、協力してくれているようだった。

とはいえ彼の時間を無駄に使うのも悪く、マリエットはすぐに用件を明かそうとする。

「いえ、その。お伝えしたいことが……」

「――マリエット様……！」

簡潔に害意はないと話そうとするも、横からイネスに力強く腕を摑まれ、とめられた。

彼女の気迫に押されて口を閉じると、イネスは何事か訴える強い眼差しを注いで微笑む。

「マリエット様は奥ゆかしくていらっしゃるので、お気持ちが落ち着かねばうまくお話しできないとおっしゃっておられましたよね？　リュシオルの庭でしたら、今時分静かですから、お二人で過ごされるのに良い場所かと存じます。後ほど使い魔においしいお菓子と紅茶を運ばせますので、ごゆっくり時間をかけて、交流なさってみてはいかがでしょうか？」

イネスは必死の形相で、否定しにくい雰囲気だった。

かつて読んだ小説の中に〝使用人達は、仕える主人がいかに王の寵愛を受けているかで優劣を競う〟といった描写があったけれど、あれも事実なのだろうか。

もしそうなら、顔も振る舞いも劣るマリエットがアニエスに勝るはずがないので、イネスには大変申し訳ない。後々争いに負けるのは必至ながら、ひとまずここはアランと交流した実績を残すべきだろう。未来は変わらずとも、多少なりイネスの面目を保てる。

マリエットは意を得たとイネスに頷き、アランを見上げた。

「二人ともこう言っておりますし、せっかくですから少しお散歩致しませんか、アラン様？」

誘いかけると、アランは真顔で黙り込む。クロードとイネスの協力で勇気を出してみたが、とても良い返事はもらえそうにない反応だった。

マリエットは心の中で、やっぱりダメよねと早々に諦めた。

「――では、そうしよう」

「ええ、そうですね。図々《ずうずう》しいお願いをしてしまって、申し訳……えっ」

断られたと早合点して応じていたマリエットは、彼の返事を頭の中で反芻《はんすう》し、目を丸くする。

――今、〝そうしよう〟とおっしゃった？

アランは落ち着いた声で続ける。

「庭園を散策するくらいの時間ならある。落ち着かねば話せない性分とは知らず、すまなかった」

その場しのぎの引き留め文句に対して謝罪までされ、マリエットは淡く頬を染めて首を振った。拒絶されなかったことが、とても嬉しかった。

「あ……っ、いいえ、そんなことはありません。こちらこそ、急にお誘いしてしまって申し訳ありません……」

——何かしら。お顔が怖いから、厳しい方なのだろうと思っていたけど……アラン様って、もしかしてものすごく優しい方なの？

警戒しているなら近づきたくもないだろうに、マリエットの誘いを無下にもしない。

冷遇されて生きてきたマリエットは、アランの人の好《よ》さそうな返事に胸が温かくなり、俯いた。彼の思いやりを感じ、頬が緩んだ。

——アラン様だけじゃない。イネスも、ダニエル様やクロード様も、皆優しくて、人が好《い》いわ。

イネスは笑顔を絶やさず親切にしてくれるし、ダニエルはマリエットの見目が良くなったと喜んでくれた。クロードは質素な花嫁衣装を淑やかで百合のようだと褒めてくれ、皆、それぞれに気遣いを見せる。

「それでは、私はお茶菓子の用意を致しますので、お二人はどうぞお先に……っ」

イネスが嬉々として庭園へ向かうよう促し、マリエットは先に廊下に出たアランの後ろを戸惑い交じりについていった。

心がふわふわとして、抱えきれないくらいの喜びで満ちていた。

——どうしよう。私は戦を起こした、罪深い王族の一人なのに……ウラガン大帝国の人達を、すごく好きになってしまいそう。

三

リュシオルの庭は、マリエットが生活しているコライユ塔からほど近くにあった。

イネスが静かだと言った通り、高い木々が林立するそこは、小鳥の声と風のざわめきしか聞こえない。木々の隙間から注ぐ光はほどよい明るさで、夏は涼しく過ごせそうだった。

一歩先を歩くアランの後ろで、マリエットは空を仰いで胸いっぱいに空気を吸う。

――不思議。故郷と変わらず、私は城に住んでいるのに、以前よりずっと気持ちは晴れているわ。折檻する人がいないからだろうか。

ほんのりと笑みを浮かべていると、アランがマリエットを振り返り、尋ねた。

「こちらの気候はどうだ。ウラガン大帝国は、西側諸国よりも風がよく吹く。空気も乾燥しているから、肌が乾くとアニエス姫は話していたが」

アニエスの名を聞いた途端、マリエットは目の色を変えてアランに近づいた。

「アニエス様にお会いされたのですか？　どのようにお過ごしでしょう？　お元気そうでいらっしゃいましたか？」

マリエットは会いたくても会えない。少しでも彼女の様子が知りたくて、つい食いついて矢継ぎ早に尋ねると、アランは若干身を引いた。

「……そういえば、アニエス姫とは旧知の仲だったな。クロードから、君は〝アニエス姫との関係は誰にも知られぬようにしていた〟と話していたと聞いたが、理由を聞いても？」

マリエットはぎくっとする。皇帝達と対面する直前だったので、繕う余裕がなく、クロードに真実を答えてしまっていた。

マリエットは目を泳がせ、迷い迷い答える。

「ええっと……それは、人目があると、こう、気も休まらないので……内緒で会う方が楽しかったといいますか……」

子供特有の悪戯心で、特に意味もなく内緒で会っていた。

咄嗟に思いついた理由を並べると、アランは額に汗まで滲ませているマリエットをじっと見つめ、「ふうん」と言った。

硬い雰囲気の彼から放たれたにしては、やけに軽い返事だ。違和感を覚えて視線を上げると、彼は安心したように僅かに口の端を持ち上げた。

「随分な環境で生活していたように見受けるが……気の置けない仲の者がいたなら、良かった」

「……」

マリエットは小さく口を開け、言葉もなくアランを見つめる。鼓動は一気に乱れ、頬に朱が上っていくのを感じた。

——この方……ものすごくお優しい人なのだわ。

真実はとても話せず、口から出まかせを言ったのに——彼は不機嫌そうに見せていた顔を緩め、マリエットの細《ささ》やかな幸せを喜んでくれたのだ。

あまりに思いやり深い態度に、マリエットは堪えられず、瞳にじわっと涙を滲ませる。

ウラガン大帝国に移住してからというもの、誰も彼もが優しくて、信じられなかった。まるでおとぎ話の世界にでも迷い込んだようだ。

慣れない状況は落ち着かず、しかし居心地はよくて、マリエットは両手で顔を覆う。

震える息を吐くと、アランが狼狽する気配がした。

「どうした……？　何か、気に障る話をしたか？　それとも体調が悪いのか？」

彼はおろおろとマリエットの顔を覗き、誰かいないか周囲を見渡す。けれど護衛のクロードは庭園に入ったところで下がっていて、ここにはマリエットと彼しかいなかった。

困らせてはいけないと、マリエットは涙を零さぬよう歯を食いしばる。指先で瞼を押さえ、口元は笑って答えた。

「いいえ、なんでもありません。こちらの国の人達が、皆優しいものだから……驚いてしまったのです。急に俯いてしまって、ごめんなさい」

だが声を出すとかえって感情は乱れ、涙は余計に込み上げた。

——情けないわ。自力で生きていけると気づいた日から、どんなにひもじくたって、鞭打たれて血が出たって、泣かなかったのに。

父王に見捨てられた三歳当時こそ、しばらく泣き暮らした。けれど自分の世話を自分で見るようになってからは、泣かなかったのだ。

だから辛く当たられても、平気でいる自信はあった。しかし優しくされるのには慣れていなくて、あっという間に心が安定を欠いてしまった。

マリエットは深く息を吸って気持ちを落ち着かせ、手を下ろす。なんとか涙は零さずに済み、瞬いて濡れた睫を乾かして、困惑しているアランに笑いかけた。

「甘えた態度を取ってしまい、申し訳ありません。どんなに親切にされようと、私が罪を負う一族であることに変わりありません。どうぞ気にせず、冷たくして頂いて大丈夫です」

婚姻した日から彼の表情が硬いのは、娶った妻に命を狙われる可能性があるからだけではない。彼はきっと、戦を起こし、多くの命を奪った敵国の王族に怒りを抱いているのだ。

だというのに彼は、命を狙うかもしれない敵国の姫を無意識に気遣う。

根の優しい人なのだと思う。でも芯の部分でマリエットを嫌悪しているなら、徹頭徹尾冷たくしてほしかった。

優しさに慣れた頃、不意に拒絶されたら、どんなに戦を起こした罪深さを自覚していようと心は折れる。

そう言うと、アランは目を瞬かせ、眉根を寄せた。

「……いや。……罪は忘れてはいけないが……別に、君を冷遇する気はない。俺と結婚して、君はもうウラガン大帝国の者になったのだ。俺の妻でいる間は、ウラガン大帝国民の幸福を願い、そのために生きてくれたら、それでいい」

マリエットは意外に感じ、首を傾げる。

「……私も、ウラガン大帝国の者として生きて良いのですか？　図々しいと、怒ったりしませんか？」

ラシェルは、離宮に住まうだけでも図々しいと怒り、鞭打ったものだ。そういう真似はしないのかと思って聞き返すと、アランは軽く眉尻を下げた。

「姫を寄越せと命じたのは、こちらだ。そんな無茶苦茶な真似はしない。……俺はどんな男に見えているんだ……」

最後は独り言らしく、彼は悩ましげに髪を掻き上げる。

「警戒しないといけない妻をもらって、嫌なのだろうなあ……と、お見受けしておりますが」

思ったままを言うと、彼はぴくっと肩を揺らした。図星らしく、大仰にため息を吐いて背を向ける。

「それは失礼した。そんな気持ちは全くない」

その物言いは実に空々しく、再び庭園の奥へ歩みを進める彼の背中を見つめ、マリエットはふふっと笑った。内心を隠しきれない態度も、彼の人の好い性格を表しているように感じた。

「まあ。お気遣いあるお言葉、ありがとうございます。私も、貴方を害そうなんて気持ちは全然ありません。終戦間もなくから食事の面倒を見て頂いた上、こちらに来たら衣服まで贈ってくださった優しい方ですもの。恩に報いられればいいなと思っております」

後ろをついていきながらずっと言いたかった気持ちを伝えると、アランは足をとめた。こちらを振り返り、手を差し出す。

「それなら、安心だな」

マリエットは、目の前に突き出された手を見下ろし、きょとんとする。衣服と色が揃っていたから気づいていなかったが、彼は黒革の手袋をはめていた。手の甲だけを覆った、指先の見える変わったデザインだ。

「俺のエスコートはいらないか？」

手袋に意識を持っていかれていたマリエットは、思わぬ問いかけをもらい、目を瞠る。

「え、あ……っ、いいえ！」

誰かにエスコートをされた経験がほぼなく、意図を汲めていなかった。

多分、敵意がないなら触れても大丈夫だと判断されたのだ。

慌てて彼と手を重ねると、そっと握り返され、マリエットの胸はドキドキと高鳴った。

「……男性の手のひらは、大きいですね。こちらへ移る際に初めてエスコートして頂いたのですが、クロード様の手も大きくて驚きました」

「……初めて？」

アランが訝しげに聞き返し、マリエットはヒヤッとする。愛されて育った姫なら、父王や臣下の誰かにエスコートされた経験があるはずだ。

「えっと……私は十六歳になったばかりで、まだ社交界にも出ていなかったので……」

慌てて言い訳をすると、彼は無言でマリエットを見つめ、それ以上追及はしなかった。マリエットはほっと安堵し、共に歩きだしてしばらく、繋いだ手から彼の体温を感じて口元を緩める。

「……アラン様は、お優しい方ですね。貴方のもとに嫁げた私は、とても幸運です」

端々から情の深さを感じる彼なら、母国で過ごしたような過酷な日々をマリエットに課しはしないだろう。

感謝と喜びを感じて呟くと、アランがまたこちらを見る気配がした。けれどマリエットは正面に現れた景色に目を奪われる。

背の高い木々で構成された庭園の中に、ぽっかりと木々のない場所があった。明るい光が注ぐそこには、豊かに水を湛《たた》えた泉があり、水面が風に揺れるたびに眩く煌めく。

「……なんて綺麗な泉……」

マリエットは思わずアランの手を離し、泉に駆けていった。泉のほとりに膝をついて覗き込むと、まるで何もないかのように底まで見える。

「……すごい。こんなに澄んだ水、初めて見た」

後から歩いてきたアランは、傍らに立って笑みを浮かべた。

「気に入ってくれたなら、良かった。ここはこの城ができた当時からある泉で、魔法装置でろ過せずともずっと清い水を保っているんだ」

自慢の泉らしい。水の底に魚影まで見つけ、潜れば獲《と》れるのかしら、とマリエットは邪《よこしま》な考えを巡らせる。故郷の離宮脇にあった泉もそこそこ綺麗だったが、魚はいなかった。

「こんなに綺麗なら、お水もお魚もおいしいでしょうね」

思わず零すと、アランはしばし黙り込み、ぼそっと答える。

「……飲食のためには、使っていないかな」

「そうなのですか。あんなに立派なお魚なのに……」

絶対に焼いたらおいしい——と、生活を切り詰めていた名残で呟くと、アランがふっと笑った気配がした。

何か面白かったかしらと振り仰いだマリエットは、首を傾げる。

笑ったと思ったアランが、訝しそうに眉を顰めてこちらを凝視していた。

「どうかされましたか？」

尋ねると、彼は顎を撫で、戸惑った調子で言う。

「いや……君が魚を見ておいしそうと話すのを、以前も聞いたような気がして……。ネージュ王国で会った際、そんな話をしただろうか？」

マリエットは首を振った。

「いいえ、謁見の間でお会いした時は、そんな話はしませんでした」

「そうか……そうだな」

別の記憶と混同したのか、アランは頷いて話を切り上げ、改めてやんわりと左目を細めた。

「何か頼みごとがあるのだろう？　そろそろ言えそうか？」

マリエットは目を瞬かせ、そういえばと思い出す。

イネスが〝マリエットは奥ゆかしいので、気持ちが落ち着かないと頼みごとが言い出せない〟と、いい加減な話をしたのだった。

「あ、そうですね。その、お願いといいますのは、私に講師を……」

あっさり答えかけたマリエットは、途中で口を噤《つぐ》む。

よく考えると、一国の姫が正しい所作も知らないなど、あり得なかった。そんな話をすれば、愛されていないどころか、見放されていた姫だと気づかれてしまう。

「……い、いいえ。やっぱり、大丈夫です。お願いごとは、また今度申し上げます」

焦って別の機会にすると言うと、アランはまたマリエットを見つめ、「そうか」と考え込むように顎を撫でた。

マリエットは俯き、小さくため息を吐く。

——イネスには迷惑をかけるけれど、作法は彼女にできる範囲で教えてもらおう。

妃としてこのままでいるわけにもいかず、代替方法を考えていると、アランが隣に腰を下ろした。

彼を見返そうとしたマリエットは、その先の空に大きな鳥を見つける。鳥はぐんぐん近づいてきて、茶色い羽を持つフクロウだとわかった。

「あの鳥、こちらへ来るのでしょうか」

よくわからず聞くと、アランはマリエットの視線を追って上空を見上げ、腕を持ち上げる。

「ああ、王城の使用人達が使う使い魔だ。茶を持ってきたのだろう」

使い魔は、動物に魔力を与え、寿命を延ばす代わりに使役する。基本的に強い魔力を持つ者しか所持できず、マリエットは当然持っていないが、父王は蛇の使い魔を飼っていた。

父王はよく使い魔を地中に隠して使い、母が存命だった頃は、いきなり床から巨大な蛇が顔を出して恐ろしかったものだ。

それ以外の使い魔を見たことがなかったマリエットは、目を瞬かせる。

「使用人の皆が使役している使い魔、という意味ですか？」

通常使い魔とは、一人の魔法使いに一匹だ。複数人で同じ使い魔を所有する方法なんて、魔法学の本には書かれていなかった。

アランは降下してきたフクロウを右腕にとまらせ、その足が摑んでいた小さな箱を受け取る。

「ああ、俺が開発した魔法だから、他国ではないだろうが……皇室から許しを得た者には、王城で飼っている使い魔を使役できる魔法札を渡しているんだ。それを使えば、魔力が弱い者でも使い魔を使えるようになっている」

「へえ……それはとても便利そうですね」

アランは強大な魔力を持つと言われているが、禁忌魔法だけでなく、人々がより働きやすくなる魔法も開発しているらしい。

アランはフクロウを再び空へ返し、箱の蓋を外す。するとポンッと音を立てて、二人の間に茶器と湯気を立てた紅茶が入ったカップ、それに焼き菓子入りの籐籠《とうかご》が現れた。ご丁寧にそれらの下には、大きなハンカチまで敷かれている。

マリエットは驚き、表情を明るくした。

――本物の生活魔法を、初めて間近で見られたわ！

母国でマリエットにつけられていた侍女達は、皆魔法使いではなく、いつも手で食事を運んでいた。侍女や使用人としか関わりがなかったマリエットは、たまに父王やラシェルが使う姿を遠目に見るだけで、魔法に触れる機会はほぼなかったのだ。

アランは平然とティーカップを手に取り、口をつける。マリエットもティーカップを両手で持ち上げて一口飲み、香り高さに目を閉じた。

「おいしい……」

ポロリと零すと、アランは一度カップを持つマリエットの手に視線を注いでから、薄く笑う。

「そうか。こちらの食事はどうだろう。気に入ってくれているか？」

マリエットは嬉しそうに笑い返した。

「はい。お食事もお菓子も、毎日おいしいものばかりで、本当に夢のような日々です」

「それなら、良かった」

居室で同じ返事をした時、彼はマリエットの答えが信じがたいような、もの言いたげな雰囲気を漂わせていた。しかし今はほっとした表情をしていて、マリエットはあの時と今で何か違ったかしら――と記憶を辿った。そしてはたと気づき、指先で口を押さえる。

居室で答えた際、マリエットはアランと冷えきった夫婦関係になる未来を想像し、気落ちしていた。きっと浮かない表情をしていただろう。

彼はその顔色を見て、何か問題があるのかとでも考えたのかもしれない。

だからマリエットが落ち着いて話せると思われるここで改めて確認し、表情からようやく本心だと判断して、安心した。

――アラン様は、お優しすぎるくらいの人なのね……。

当初の印象とかなり違ういい人ぶりに、もはや敬服していると、彼が言いにくそうにしつつも切り出した。

「……その、先ほど君は、お願いごとはまた今度にすると言っていたが……」

マリエットはギクッとする。ここにきて再び尋ねられるのは、予想外だ。

講師をつけてほしいとはとても言えないし、かといって別のお願いも特にない。

マリエットは全身を強張らせ、聞かないでほしいと願いながら、にこっと笑った。

「はい。お願いごとはまた今度で、大丈夫です」

念押しが如く同じ返答をすると、彼は眉尻を下げ、苦笑した。

「そうか。では俺から一つ、頼みごとをしよう」

「……？　はい」

アランからどんな頼みがあるのか想像もできず、マリエットはきょとんとする。

その表情に彼は目を柔らかく細め、穏やかな口調で言った。

「国によって、美しいとされる所作や振る舞いに若干の違いがあるんだ。ネージュ王国とウラガン大帝国でも差異がある。だからすまないが、講師をつけるのでダンスや所作の勉強を改めてしてもらいたいと思うのだが、どうだろう？」

諦めていた作法の講師をアランの方からつけたいと提案され、マリエットは瞳を輝かせた。これほどありがたい提案はない。

「はい、もちろんです……！　喜んで勉強致します！」

嬉しさを抑えきれず、マリエットは笑み崩れてしまう口元を手のひらで押さえ、隠す。

――良かった……！　日陰者になる予定だけれど、アラン様の妻として、お茶会や宴に出席する日もあるかもしれないもの。彼に恥をかかせないように、よく勉強しよう。

マリエットの反応をしばし見つめたアランは、手のひらで目を覆い隠し、天を仰いだ。

「……まずい……可愛いな……」

――何がおいしくなくて、何が可愛いのかしら。

訝しく思って見返した彼は、マリエットの視線を感じたようで、手を下ろす。目が合うと、先ほどまでよりも一層甘く微笑んで首を傾げた。

「どうかした？」

輝きでも放っていそうな笑みで問いかけられ、マリエットは気恥ずかしくなって首を振る。

「……い、いいえ。その、何か苦手な味のものが入っていたのかな、と思って……」

籐籠の中のお菓子に文句を言っているのかと思ったと答えると、彼はふっと笑った。

「いいや。どれも味はいいはずだから、好きなだけ食べていいよ」

表情どころか言い回しまで甘くなっている気がして、マリエットは妙にどぎまぎする。注がれる視線には熱が籠もっている気もして、マリエットは頬が熱くなるのを感じながらクッキーを取った。

四

マリエットには、人質としての価値はないかもしれない。

終戦直後、クロードからの忠言を受けたアランは、それから数日間、監視魔法を介して自身の目でも彼女の動向を観察した。

彼女の住まいは劣悪な環境であり、周囲の対応も酷い有様。また一国の姫であるにもかかわらず、食事は日に一度しか運ばれない。正妃ラシェルによる暴言も多々あるとの報告も入り、クロードの言葉は真実だと認めざるを得なかった。

しかし彼女と交流した部下達は皆、ウラガン大帝国への敵意は見受けられないとも話し、アランは婚姻へと舵《かじ》を切った。

食事もまともに与えられぬ環境に捨て置くより、娶った方が彼女のためにもなると考えたのだ。それに虐げられていたならば、母国との繋がりは薄いだろう。姦計を巡らせる恐れも弱くなる。

一点、彼女と目が合った瞬間、脳裏に見知らぬ映像が流れた現象だけは気がかりだった。

けれどアランを上回る魔力を持つ者など滅多におらず、たとえあの謎の現象を起こしたのが彼女であったとしても、対処できる自信があった。

そうして話を進め、慎重を期して半年間の白い結婚を議会に認めさせてから、アランは二人と結婚した。

妻達にはしばらくゆっくり過ごせと言い、遠回しに当分部屋を訪ねるつもりはないとも伝えた。

アランは晴れて、魔法開発に専念できるようになった——と思いきや、結婚翌日からアニエスが会って話がしたいと連絡を寄越し始め、渋面になった。

アニエスには母国から三名の侍女がつき添い、ウラガン大帝国側からも一名侍女をつけている。他者への連絡や要望は、監視も兼ねて、全てウラガン大帝国が雇った侍女を使うよう伝えていた。その侍女によると、理由は聞かされず、ただ会いたいとだけ言っているらしい。

結婚後、全く顔を合わせないのも不躾だとは思う。だが急用でないならと、アランは職務を理由に彼女の誘いを断った。

しかし訴えは六日続き、重い腰を上げた。

護衛と共に彼女の居室を訪ねると、暖炉近くの席を勧められ、しっかりと話す場を設けられた。

シルバーブロンドの髪をハーフアップにして愛らしく巻き、美しい花の髪飾りを挿したアニエスは、アランが向かいに座ると機嫌よく雑談を始めた。

食事も新たな侍女も素晴らしく、大変満足している。ただ気候が乾燥していて肌が荒れるのだが、許してくれるだろうかと謎の質問をされ、アランは困惑した。

完璧に整っていなければならないかと問うているのかなと考え、特に気にしないと応じれば、彼女は花のような美しい笑みを見せた。間違った返答でなかったらしく、安堵していると、今度はドレスを見ろと言う。

母国から持ち込んだという桃色のドレスには、金糸の刺繍が入っていた。薄布を重ねた袖口は鈴の形に広がり、スカート部分には真珠が縫いつけられていて光沢がある。

随分贅を凝らした仕上がりのそれには特に不備も見当たらず、アランは良いのではと答えた。

これにアニエスはアランの好みに合わないのではと思って憂えていたと言い、ほっとした表情を見せた。

どうやら彼女は、嫁いだからには夫婦として仲睦《むつ》まじく過ごしたいと考えているようだった。タンペット王国での対面時に感じた、氷を彷彿とさせる凛とした気配は鳴りを潜め、人懐こい調子であれこれと話しかけてくる。それから小一時間経過し、そろそろ帰ろうかというタイミングで、アニエスはマリエットについて言及した。

「私共から伝えておりませんでしたので、もしかしたらご存じないかもしれませんが、私とマリエットは旧知の仲なのです」

顔合わせをした後、クロードから〝二人は昔馴染みのようだ〟と報告を受けていたアランは、話を切り出されて身構えた。

結婚する際、マリエットはやや危うそうではあるが、彼女一人なら危険性はほぼないと判断した。でもそこにアニエスが関わるなら、話は違ってくる。

クロードによれば、二人は相当気の置けない関係のようだったらしく、そうなるときな臭さが生じるのだ。

もしもアニエスが姦計を巡らせた場合、マリエットが手助けをする可能性が高まる。

「……ああ、部下から仲の良い様子だったと聞いている。幼少期から交流を持たれていたのか？」

ネージュ王国はタンペット王国の従属国だった。定期的に宗主国から視察も入るだろうし、王子や王女も顔を合わせていたのだろう。

二人がどれほどの仲なのか尋ねると、アニエスは笑みを浮かべて頷いた。

「ええ。マリエットとは、私が十二歳の頃から交流があるのです。私が宗主国の姫だからか、あの子はとても私に心酔していて。此度の戦の結果についても、大変悲しんでくれました」

アニエスの父を討ったアランは、誤った行いをしたとは考えていない。しかし娘からすれば、唯一無二の父親だ。悲哀の感情を持ち出され、恨み言を聞かされるかと表情を硬くしたところ、アニエスははっとして首を振った。

「私の父について、アラン殿下を詰《なじ》るつもりはないのです。此度の戦は、父の愚策でございました。もうお気づきかと思いますが、父は国内の飢饉をどうにもできず、不満を解消するために戦に踏み切ったのです。ですが自力で国を保てないのであれば、父は玉座に腰を据え続けるべきではなかったのでしょう。致し方のない結果だと、理解しております。……ウラガン大帝国民にも、迷惑をかけてすまないと思っています」

アニエスは驚くほど正確に、今回の戦の有様を理解し、殊勝に視線を落として謝罪した。

ウラガン大帝国の者への思いやりも見受けられ、敵意は全く感じられない。

ではどういう意図で話しだしたのかと思えば、アニエスは憂い顔で続けた。

「ですがマリエットは……。これは決して、あの子を貶《けな》したいわけではないのですが——母親を三歳の折に亡くし、それ以降、良い環境で育ったとは言えぬのです。教養も高くはなく、此度の戦を正確には理解しきれてはいないでしょう」

「……なるほど」

確かに、王族としてしっかり教育されていたなら、アランとの対面時、あのようなセリフは出てこなかっただろう。盾となるはずだった母親を失い、その後大切にされなくなった状況も、監視魔法で垣間見《かいまみ》た生活環境を思えば、事実と受け取れた。

アニエスは頰を手のひらで押さえ、ほう、とため息を吐く。

「アラン殿下に対しても、良い印象を持っていないと思うのです。下手をすると、仇討《かたきう》ちなんて考えているかもしれず……。私はこれ以上の諍いを望んでいないと、あの子によく話そうとは思っています。けれどこちらの国では皇帝の妃だけでなく、皇太子の妃もまた、結婚後一か月、正妃と側妃の交流が禁じられているでしょう？　ですからあの子と関わる際は、どうぞお気をつけください」

彼女が執拗《しつよう》に対話を求めてきた真の理由はこれかと、アランは納得した。

アニエスは、アランもマリエットも傷つかないでいいように、先回りしたかったのだ。

対面時の印象通り、アニエスは聡明な姫だった。

アランは整合性のある話に頷き、微笑んだ。

「そうか。忠告をありがとう。そのような話があるとは考えておらず、長く対話の要望に応えずすまなかった」

謝罪すると、アニエスはぱっと表情を明るくして笑う。

「あら、お話をしたいと申し上げたのは、このためだけではありません。アラン殿下と仲良くなりたくて、お誘いしていたのですよ。せっかく夫婦になったのですもの。白い結婚の間に、恋人のようになれたら嬉しいと思っています」

真正面から恋人になりたいと告げられ、アランは若干驚いた。

いかにも王族らしい姫なので、アランとも形式的な関係でいいと考えていそうだと思っていたのだ。

夫婦になったのだから恋をしようとは、案外に少女らしい一面もあるのだなと、アランは苦笑して立ち上がった。

「それはありがたい。私も険悪な夫婦関係は望んでいないので、じっくり互いを知っていければ嬉しく思う」

短く応じて席を離れようとすると、アニエスは残念そうに眉尻を下げて共に立ち上がる。

「まあ、もう帰ってしまわれるのですか？　もうちょっといてくださってもよろしいのに」

「すまない。今、魔法開発に注力していて、あまり時間がないんだ。当面の間はアニエス姫も、私については気にせずゆるりと過ごしてくれ」

やんわりと断ると、彼女は傍らまで歩み寄り、アランの右手を何気なく取った。指先のあいた革の手袋を物珍しそうに見て、首を傾げる。

「ずっと気になっていたのですが、こちらは戦でお怪我なされたのでしょうか。眼帯も、以前はしておられなかったとお伺いしております。私の家系は代々収集した秘術も持ち合わせておりますし、魔力だけは強いので、魔法開発のお役に立てることもあるかと思いますけれど……」

言動がいかにも少女然としているので、アランは油断していた。アニエスはさっともう一方の手を伸ばし、手首の上側についていた革手袋のボタンを外す。手首を覆っていた布が開き、皮膚が見えかけた刹那、アランは手を引いた。

「いや、大丈夫だ。これは魔法実験で少々怪我をしただけだ。気にかけてくれてありがとう」

いささか乱暴に手を離されたからか、アニエスは両手を開いて驚いた顔をする。

しかしすぐに笑みを浮かべ直し、追及はせず扉口まで見送ってくれた。

「では、またおいでくださいね」

にこにこと笑って手を振る彼女に、アランは軽く頷いて背を向ける。

彼女の部屋の扉が閉じると、護衛として背後で会話を聞いていたダニエルが、見透かすように笑った。

「ありゃあ、随分可愛らしくも、油断ならなそうな姫様ですねぇ」

――真実の愛らしさか、それとも計算か。

アランは廊下を歩きながら革手袋のボタンを留め直し、ため息交じりに言う。

「ひとまず、明日マリエット姫を訪ねる。ネージュ王国に置いていた監視兵達は敵意はないと報告していたが、実際に確認しておかなくては」

白い結婚期間を置けば魔法開発に注力できると考えていたが、やはり何かと時間を取られる。

げんなりと呟くアランを見やり、ダニエルは肩を竦めた。

「アラン殿下はアラン殿下で、慎重すぎる性分ですねぇ」

「……俺も問題を抱えているのだから、仕方ないだろう」

これ見よがしに革手袋をつけた手のひらを持ち上げると、ダニエルは眉尻を下げ、頭を掻いた。

「早く治癒魔法を開発してくださいよ、殿下。気が気じゃないったらありません」

――重々、承知している。

アランは腹の内で応じ、魔法開発室へと向かった。

そして翌日――アランはマリエットと対面した。

アランの記憶には、花嫁衣装を纏って教会内に入ってきたマリエットの姿が色濃く残っていた。

彼女のドレスは、およそ流行とはかけ離れた、スカートのボリュームを最低限まで落とした質素な作りだった。誰もがふんだんに布地を使った豪奢ないで立ちのアニエスに目を向けていたが、アランだけはマリエットから目を逸らせなかった。

出会った当時、頬はこけ、栄養失調から青白く見えていた肌は、食事を増やさせたためか血色が良くなっていた。頬も若干ふっくらとし、生気に満ちた瞳はそのままに、随分と様変わりしていたのだ。

布地の少ないドレスはほっそりとした身体によく似合い、清廉な百合の花を彷彿とさせる。

挙式のために整えられた青い髪は癖一つなくまっすぐで、純白のドレスを纏った彼女はまるで、童話に出てくる妖精のようだった。

挨拶を終えた後も気になり、目を向ければ視線が重なって、なぜか逸らせなかった。

――美しいな……。

そんな感想を抱いた時だ。彼女が青い瞳を細めて微笑みかけ、アランの鼓動は大きく跳ねた。

と、同時に初めて会った日と同じく、視界に火花が散り、眩暈に襲われた。

脳裏には眩い笑みを浮かべてアランの手を引く彼女の姿が映し出され、心は急激にマリエットを愛《いと》しく想う恋情に染まった。

記憶にない、美しい彼女の映像と恋心は、歯を食いしばると消失した。

やはり……催淫系の魔法でもかけようとしているのか――？

同じ現象に二度も襲われ、アニエスの忠告を聞くまでもなく、アランはマリエットを警戒していた。

しかし部屋を訪ねてみたところ、彼女から敵意は一切感じられなかった。

生活に不足はないか尋ねても、〝夢のような日々を送っている〟と答える。

アランはそれならと、早々に切り上げて帰ろうとした。

こちらへの反発心を隠している可能性はあるが、すぐに判断もできない。彼女の本心は、時間をかけて確認しようと考えたのだ。

ところがクロードとイネスに引き留められ、アランはもうしばらく彼女と過ごすことにした。

王城では、かねてより正妃と側妃が皇帝からの寵の深さを争う傾向にあり、使用人同士も同様の張り合いをしている。アランの妃達の間でも、同じ問題が起きると予想したのだろう。二人は必死に交流させようとし、マリエット当人からも誘われたので、思い直した。

イネスによれば、マリエットは気持ちが落ち着かねば話ができないらしい。それならば人となりを判断するにも、相応の時間を共に過ごす必要があるかと判断した次第だ。

場所を移し、庭園の入り口でクロードと別れて少しした頃、アランはアニエスの名を出してみた。するとマリエットはすぐさま食いつき、その瞳はやや違和感を覚えるほど熱を持った。

アニエスに聞いた通り、かなり心酔している様子で、アランはクロードから聞いた、二人が秘密で会っていた理由を尋ねた。宗主国と従属国の姫同士であれば、公に会っても良さそうなものだと不思議に感じていたのだ。

彼女の返答は、単純に内緒で会う方が楽しかったからだという素朴なもので、アランは少し安堵した。育った環境は愛情に乏しいようでも、子供らしいつき合いができる友人がいたなら良かった。そう感じたまま応じると、マリエットは突然瞳に涙を浮かべた。

辛く当たったつもりはなかったアランは焦り、どうしたと問えば、彼女は皆が優しくて驚いたのだと答える。

アランは人として普通の態度しか取っていなかった。それを震える声で優しいと評され、アランの胸は苦しくなった。

どれほど酷い環境で生きてきたのか——監視魔法を介し、ラシェルがマリエットに辛辣に当たる声は何度も聞いた。なのに対する彼女は堪えた様子もなく、酷い言葉が平気になるほど繰り返し聞かされてきたのだとは、容易に想像できた。

その上アランに対しては甘えた態度を取ったと詫《わ》び、冷たくしていいと言われては、こちらも立つ瀬がなかった。

出会った日、マリエットを叱責したのは、王族としてもっと思慮深くあれと伝えたかったにすぎない。一生罪深き者だと詰られる覚悟をし、笑顔もなく生きよと命じたわけではないのだ。

しかし王族とは何かを学ぶ機会もなく生きてきたなら、アランの言葉の意味も汲み取りきれなかっただろう。

本宮に住まいはなく、生活の場は離宮のみ。そしてそこを訪れるのは侍女と意地悪を言うラシェルだけでは、教育も何もあったものではない。

離宮の中には学問書が多くあったと報告されているが、それで学んだとしても、文字だけで全てできるようになるはずもなく――。

そんな恩義も何もない母国のために、彼女は精一杯王族らしく振る舞おうとしていたのだ。

初対面時、彼女がいかに必死だったかが推し量られ、アランは厳しく当たった過去をすまなく感じた。

続けて〝警戒せねばいけない妻をもらい、嫌なのだろう〟と内実を言い当てられ、アランは更に動揺させられた。

育ちのせいか、彼女は王族らしからぬ単刀直入な物言いで、アランは咄嗟に感情を隠しきれなかった。

明らかに嘘《うそ》だとわかる返答をしてしまい、まずいと思うも、彼女は逆に気を許した笑い声を漏らした。

そして食事を与えられ、ドレスまでもらった恩があるから報いると言う。

彼女は、純粋な少女に見えた。

些細《ささい》な優しさに涙し、すぐに気を許して笑みを浮かべ、王侯貴族特有の遠回しな話し方もしない。

笑顔の裏で綿密に謀《はかりごと》を巡らす姿も、想像できなかった。

短時間話しただけながら、彼女への警戒心は薄れ、気がつけばアランはマリエットの手を取っていた。

彼女は嬉しそうにアランに嫁げた自分は幸運だとも呟き、胸が妙な熱を持った。

泉を前にした彼女はその美しさに目を瞠って駆け出し、魚を見てはおいしそうと子供のような呟きを零す。茶菓子を用意するために使われた生活魔法に瞳を輝かせ、ころころと表情が変わって目が離せなかった。

頼みごとがあるのだろうと聞くと、講師をつけてほしいと言いかけてやめ、人質としての価値を下げまいとする気持ちも覗かせた。

大切にされなかったなら、母国がどうなろうと知ったことではないと思ってもおかしくない。だが彼女はお人好しにも役目を全うしようと努めていて、人を恨みきれない優しい性根が垣間見えた。

ティーカップを両手で持っている姿から、作法の勉強がしたいのかと推察し、こちらから講師をつけると言ってみる。そうすると彼女は勢いよく頷き、よほど嬉しいのか笑み崩れた。

あまりに愛らしい態度に胸がざわめき、アランは呻いた。

はしたないと思ってか、口を押さえて俯くも、目も頬もにこにことしているのは丸見えだ。

マリエットは、今まで見てきた貴族令嬢と違いすぎた。反応の一つ一つが予想の斜め上をいき、気を引かれる。しかも笑顔は異様に可愛い。

婚姻を結ぶ日――花嫁衣装姿の彼女から目を逸らせなかった。あの時からアランは、己の感情が揺れているのに気づいていていた。

彼女と目が合うのをきっかけに起こる眩暈と、脳裏を過る見知らぬ映像。先日は、まだ芽生えていないはずの強烈な恋情まで感じた。

彼女への疑いは、まだ晴れたわけではない。理性は警鐘を鳴らし続けている。

それでも愛らしい反応に騒ぐ気持ちは抑えられず、アランは常より甘い口調でマリエットに茶菓子を勧めていた。

三章

一

アランと結婚してから二週間——午前中の授業が終わり、マリエットは窓辺の席に座って王族の心得が書かれた本を読んでいた。傍らでは、イネスが香り高い紅茶を淹れている。

「……今は休憩時間ですから、お勉強の本は閉じられてもいいのではありませんか？」

心配そうに声をかけられ、マリエットはきょとんと顔を上げた。目の前に温かな紅茶が差し出され、笑みを浮かべる。

「わあ、ありがとう。イネスが淹れてくれる紅茶はおいしいから、毎回嬉しくなってしまうわ」

作法通りティーカップの持ち手を片手で摘《つま》み、口元へ運ぶ。

ウラガン大帝国へ移住した頃、マリエットはティーカップを両手で包んで紅茶を飲んでいた。

母国では温かな飲み物は滅多に提供されず、その温度をめいっぱい楽しみたくて、無意識に両手で包み込んでいたのである。

紅茶の飲み方の作法も本で読んでいたのに、いつの間にか忘れてしまっていた。

身に沁《し》みついていない分、正しい飲み方はぎこちない。だけどこれも慣れれば平気になる。

リュシオルの庭で改めて作法などを学び直してほしいと言ったアランは、翌々日には講師を用意してくれた。それも行儀作法やダンスだけでなく、帝王学など座学の講師もつけてくれ、大変ありがたかった。

幼少期から本を頼りに独自で学んでいたマリエットは、元来勉強は苦ではない。むしろ質問できる師が与えられ、理解が容易に進んで日々充実していた。

作法の矯正も、慣れれば美しい所作が身につくと思うと、苦しさすら楽しめる。

「お褒め頂き光栄です、マリエット様」

お茶を淹れる腕を称賛されたイネスは嬉しそうに笑うも、すぐに表情を曇らせた。

「作法の勉強をなさってみてはと申し上げたのは私ですが、毎日毎日、こんなに根を詰めて勉強なさる必要はないのですよ。辛くありませんか？」

根を詰めているつもりも全くなかったマリエットは、目を瞬かせた。

「いいえ、ちっとも辛くないわ。誰も私を鞭打ったりしないし、意地悪も言わないもの」

皆丁寧な口調で、間違えても叱責もしない。穏やかに違うと指摘して正してくれる。

素晴らしい人ばかりで、毎日感謝の気持ちでいっぱいだった。

マリエットが屈託なく答えると、イネスは虚を衝かれた顔になり、頬に朱を注いだ。

「と……当然でございます……！　マリエット様は、アラン皇太子殿下の妃殿下です。貴女を鞭打ったり、酷い言葉を投げかけたりする者など、この世にあってはなりません！」

急に大きな声を出され、マリエットはびくっと肩を揺らす。イネスははっとして、口を押さえた。

「あ……っ、申し訳ありません。マリエット様に、怒ったわけではございません。……私は……貴女を傷つけてきた方に、怒っているのです……」

こちらへ移り住んでから、マリエットは湯も浴びさせてもらえた。入浴の手伝いもしてくれるイネスは、衣服を脱いだマリエットの背や手足を初めて見た日、酷くショックを受けていた。

マリエットの身体には、ラシェルに鞭打たれてできた、無数の傷痕がある。

他でもない治癒の力を持つ【彗玉の魔法使い】なのだから、傷くらい自力で治せそうなものだ。

けれど実際には、【彗玉の魔法使い】は他者に対してしか力を使えず、自らは癒せない。

マリエットは使い勝手の悪い自分の力に不満を覚えていたが、衣服で見えなくなる傷痕はさして気にしていなかった。

しかしイネスがどんどん青ざめていく様を見て、これは普通ではないのだと悟った。姫や貴族令嬢の身体にはきっと、傷痕などないのだ。

この傷をアランが見たら、マリエットに人質としての価値はないと気づくかもしれない。

すぐさまそんな恐怖を覚え、マリエットもまた青ざめていった。

誰がしたのだと聞かれるかと身構えるも、彼女は無言で身体を清めてくれた。でもその手は小刻みに震えていて、マリエットは彼女を動揺させて申し訳なくも感じた。

姫らしくない身体は恥ずかしく、『もしもアラン様がこの姿をご覧になったら、ご気分も萎えてしまうわね』と自虐的に笑う。するとイネスは真剣な表情で首を横に振った。

そして翌日、薬を持参した。彼女の父が開発研究しているという、新薬だ。

この世では、魔法で薬は作れないとされている。しかし彼女の父が在籍する帝国魔法学院大学では新たな魔法を開発し、一般的な薬と魔法を融合させる実験に成功したのだとか。

まだ研究過程にあり、薬は未承認だ。それでも効くはずだと勧められ、マリエットは毎日傷に薬を塗ってもらい始めた。

薬の効果はあり、徐々に傷痕は薄れている。この調子なら遠からず傷は消え、アランに疑いを抱かれる恐れもなくなる。マリエットは日ごと明るい気分になり、イネスには感謝の気持ちでいっぱいだった。

そうして手を尽くしてくれている彼女は、マリエットの酷い過去が垣間見える言葉を聞き、気持ちを高ぶらせてしまったようだ。

イネスは大きく深呼吸をして落ち着きを取り戻してから、茶菓子を小皿に取り分けていく。

「……マリエット様は特殊な環境で育たれ、ご自身を大切にするお気持ちが薄いようですが……貴女は貴い立場の方なのですから、身体的にも精神的にも、何者からも傷つけられてはなりません」

優しい口調で諭した後、彼女はしばし黙り込み、眉を吊り上げて改めて言い直した。

「いいえ、立場など関係ありません。高貴な立場であろうとなかろうと、傷つけようとする者を受け入れたり、許したりしてはならないのです！　よろしいですか？　鞭打つ者に遭遇されたら、必ず逃げてください。私のもとへおいでくだされば、必ずお守り致します！」

熱い眼差しを注がれ、マリエットは彼女の優しさを感じてふふっと笑った。

こちらへ来てもう何度目かもわからないが、他者の優しさに触れるたび、胸は温かくなる。同時に泣いてしまいそうな心地になりながら、それは堪えて素直に応じた。

「はい、わかりました。貴女は本当に優しい人ね、イネス。物語に出てくる、天使様みたい」

辛い境遇にいる主人公を、正しい方向へ導く天使。

小説の中で読んだ存在に重ねて言うと、イネスはぽっと頰を染めた。

「まあ、天使だなんて……っ。私は普通のお話をしただけです。マリエット様が、御身を大切にしていらっしゃらないようだから……」

マリエットは、紅茶を飲む際膝に置いた本を見下ろし、小首を傾げる。

王族とは、民を第一に考え、彼らのために道を布かねばならない。時に安寧を守る代償として命を差し出すこともまた務め。

王族の心得についての本はそんな風に記していたが、目の前の侍女は自分を大切にしろと言う。

——難しいのね。

この世界には多くの人がいて、それぞれに信じる道があるようだ。たった一つの正解は、ないのかもしれない。

離宮から離れ、初めて外界に出たマリエットがそんな感想を抱いた時、扉をノックする音が響いた。

イネスがさっと振り返り、対応に向かう。

マリエットは、以前のようについてはいかず、大人しく席についたまま彼女を見送った。イネスが誰かと話す声が遠くに聞こえ、また本を読み始める。

内容に集中し、やがて周囲の音も聞こえなくなった頃、視界の端に一通の封筒が映り込んだ。顔を上げると、傍近くに戻ったイネスが怪訝そうな表情で手紙を差し出していた。

「……アニエス妃殿下より、お手紙だそうです」

アニエスの名を聞いた途端、マリエットの胸が熱くなる。アランのもとに嫁いだ日から、彼女とはまだ会えていなかった。

「ありがとう。お元気になさっているのかしら」

誰にも内緒で会っていた二人は、顔見知りだと気づかれぬよう、手紙も送り合っていなかった。

どんな内容が書かれているのだろうと、ドキドキしながら封筒を開いていると、イネスが小声で言う。

「……そのお手紙を届けたのは、タンペット王国側の侍女でした。本来なら、他者へ連絡する際は、ウラガン大帝国が雇った者を介さなければいけないのですが……」

「そうなの？　その侍女が、何かで忙しかったのかもしれないわね」

自国から侍女を連れてきていないマリエットは、そんなルールがあったとは知らず、さして気にも留めず応じた。そして手紙に目を通していき、アニエスが自国の侍女を使った理由を察する。

『――私の大切なマリエットへ
元気にしていますか？　こちらへ移った日以来、一度もお前の顔を見ていないから、私はとても寂しく過ごしているわ。

アラン皇太子殿下とは、もう言葉を交わしたかしら。あの方は厳しい考えをお持ちです。戦を起こした私達を、決して良くは思っていません。

父王を討った非道な人物ですから、できるだけ距離を置くのですよ。

お前がネージュ王国と同様の扱いを受けぬよう、創生主に祈るばかりです。

今回手紙を書いたのは、お願いしたいことがあるからです。母国を離れたせいか、私の体調が少し優れないの。

悪いのだけど、また魔法薬を作ってもらえるかしら。かつてのように、誰にも内緒で。

こちらの国でも【彗玉の魔法使い】だとは、誰にも知られぬように過ごしなさい。安寧の国に見えようと、いつ凶事が襲い、お前の命を奪ってしまうかもわからないもの。

マリエット。どうぞ私のためにも、お前の命を大切にしてね。

薬ができたら、月が中天に上る頃、リュシオルの庭に持ってきて。侍女を使いに出すわ。

私のわがままを許してね。

——アニエス』

この手紙を使いの侍女に読まれたら、ウラガン大帝国にマリエットが【彗玉の魔法使い】だと知られてしまう。だからアニエスは、自国の侍女を使ったのだ。

マリエットはアニエスの心遣いに感謝する一方で、心配に顔を曇らせた。

——お身体の調子が悪いなんて……すぐに薬を作ってお渡ししないと。

考えている間に手紙は熱を持たない魔法の炎に包まれ、塵《ちり》となって消える。

それを見たイネスが、顔色を変えた。

「——マリエット様。手紙には、なんと書かれていたのですか？　形跡を残さず互いに連絡を取り合うなど、姦計を巡らせていると疑われても仕方のない行為です」

今までの優しい態度が嘘のような、硬く厳しい物言いだった。

イネスの尖った視線に驚き、マリエットはもうそこにはない手紙を見るように、己の手のひらに目を向ける。

「えっと……」

そこで気づいた。

――そうか。イネスは、私を監視する役目も負っているのだわ……。

アニエスが他者と連絡を取る際、ウラガン大帝国の侍女を使うよう言われていたのも、おそらくそのためだ。

アランは元敵国の姫達の動向を、自国の者を使って監視している。

一度は母国の安寧を脅かした者達だ。すぐに信用する方が、どうかしていると言える。

急に優しい態度を覆したイネスについても、致し方ないと理解できた。

皇太子から命じられたなら、彼女は絶対に謀《たばか》りを未然に防がねばならない。

マリエットはどう答えるべきか目まぐるしく考えを巡らせ、時を置かずにこっと笑った。

「ごめんなさい。子供の頃から、お手紙は消していたの。大人に秘密を持っているみたいで、楽しいでしょう？」

手紙のやり取りがあったかどうかまでは、彼女に話していなかった。子供じみた遊びなのだと言うと、イネスはまだ疑わしそうにしつつも、肩の力を抜く。

「そうですか……。ですが、どういった内容だったのですか？　企みごとでないなら、お聞かせください」

また難題を突きつけられ、マリエットは額に汗を滲ませた。アランと通じているイネスには、マリエットが【彗玉の魔法使い】だとは伝えられない。

アランとは、庭園を散策した後も会い、茶や散歩をしていた。交流する毎に頻繁に彼の笑みを見られるようになり、優しい振る舞いも増えて、日ごと信頼は深まっている。

とはいえ国を背負う人は、時に非情になるものだ。父王とて、自国を守るために嫡子を戦場に送り出そうとしていた。

アランがマリエットの力を軍事利用しないと言えるかどうか、現状まだわからない。

全てを詳《つまび》らかにするのは抵抗があり、マリエットは懸命に思考を巡らせ、口を開いた。

「……その、私達……あと二週間は直接会えないでしょう？　同じ城にいるのに、ずっと会えないでいるのも寂しいから、同じ月を見上げましょうとお誘い頂いたの」

「月を……？」

イネスは意外そうに目を瞠り、マリエットは思いつきの出まかせにしては妙案だと、微笑む。

「そうなの。同じ月を見れば、互いを感じられるわ。だから月を見たいのだけど、部屋よりリュシオルの庭の方が、よく見られそう。今夜、行ってみてもいいかしら？」

姫同士なら、情緒あるやり取りをしてもさして疑われないだろう。そしてこう言えば、ひとまず夜間に堂々とリュシオルの庭に行ける。

期待の眼差しを向けると、イネスはため息を吐いた。

「……それは構いませんけれど……マリエット様とアニエス妃殿下は、本当に仲がよろしいのですね。同じ月を見て互いを感じようだなんて、まるで恋人です」

趣深いやり取りをする相手が、アランでなくアニエスだとは——。

そんな不満を零しつつも、イネスは気のいい侍女に戻って準備をしてくれた。

二

月が中天に差しかかる頃、マリエットはイネスと一緒にリュシオルの庭に向かっていた。月がよく見えそうだと言ってみたものの、考えるとそれは庭園の中央にある泉のほとりだけだ。

そこに至るまでの道は背の高い木が林立し、夜になれば足元も見えなくなるだろう。

「……ついてきてもらって、ごめんなさい。昼間は木漏れ日が綺麗だけれど、リュシオルの庭って、夜は真っ暗になるわよね？」

庭園に向かう道中、マリエットはおずおずとイネスに尋ねる。

イネスは籐籠にお酒や果物を詰め、ランタン片手に前を歩いてくれていた。

こちらを振り返った彼女は、明るい表情で答える。

「大丈夫ですよ。王城は、夜間できるだけ闇を作らないようにされているのです。リュシオルの庭も、あちこちに灯火が飛んでいますから、きっと楽しんで頂けると思いますよ」

「……灯火が、飛ぶ……？」

奇妙な言い回しに首を傾げたマリエットは、リュシオルの庭に入ってその意味を知った。

リュシオルの庭に着くまでは、ポールの先に灯籠が載っている、一般的な外灯が立っていた。しかしそこから庭園の中に入ると、木々の間を小さな光の玉が浮遊していたのだ。

それはまるで蛍のようで、庭園内を明るすぎるでも、暗すぎるでもなく照らしている。

「……なんて綺麗なの……」

マリエットは美しさに息を呑み、イネスはにこにこと笑う。

「そうでしょう？　王城の庭園はどこも昼夜を問わず美しく、皇族の皆様も時間を気にせず出歩いておられるそうですよ。王城の結界は皇帝陛下が直々に張っておられるので、不審者も侵入できませんし、安心してお過ごし頂けます」

ウラガン大帝国内で最も強い魔力を有する皇族の長の手で守られているならば、ここ以上に安全な場所はないのは確かだ。

マリエットは頷き、やがて道の先に泉を見つけた。想像した通り、木々が生えていないぽっかりと開けたそこには、月の光が注いで一際明るかった。

「まあ、本当にマリエット様のおっしゃった通りですね！　月の光がまっすぐ注いでおります」

イネスが嬉しそうに泉に目を向けた時、マリエットは視界の端に人影を見つけた。目を向けると、頭からショールを被《かぶ》った女性が木の裏に隠れていて、本能的に肩を揺らしてしまう。

アニエスの使いが来ると知っていなければ、亡者か不審者かと見紛う雰囲気だった。

ウラガン大帝国に住まいを移した日、マリエットに抱き着いたアニエスを引き戻しに来た侍女だ。

彼女はマリエットをじっと見て、ゆっくりと手招きする。

マリエットはイネスを窺った。イネスは主人より先に泉のほとりへ行き、飲み物や座る場所の準備をし始めていた。

音を立てないようにして女性が隠れている木に近づくと、先方がぼそりと尋ねる。

「魔法薬はご用意頂けましたか」

マリエットはアニエスの指示を受けた侍女だと確信し、胸元から魔力を込めた小瓶を取り出した。

「……こちらです。どうぞお大事になさってくださいと、お伝えください」

小声で言って手渡すと、女性は膝を折って軽く頭を下げ、森の中へ消えていく。

——アニエス様が、楽になりますように。

祈りを込めて女性の背を見送っていると、イネスが声をかけた。

「マリエット様？　いかがされましたか？」

マリエットはイネスを振り返り、笑みを浮かべた。

「いいえ。光があんまり綺麗だから、見入っていたの」

これも嘘ではない。浮遊する灯火は幻想的で、気を抜くと時を忘れてしまいそうだった。

イネスは笑い返して、芝の上に広げた大きな布の上に酒などを並べていく。

「さようですか。どうぞお楽しみください。クロード様によると、この光はアラン殿下がお作りになったそうです。そうそう。マリエット様が夜にお出かけになるご予定だと、アラン殿下にお伝えしているのです。おいでになるかもしれませんよ」

「え……!?」

イネスの傍まで歩み寄ったマリエットは、ぎょっとした。思わず背後を振り返り、歩いてきた道に彼がいないか確かめる。アニエスの侍女とのやり取りを見られていたら、何をしていたのか問われかねない。

イネスはその態度を見て、申し訳なさそうに言い添えた。

「あ……確実においでになるかは、わからないのです。近頃アラン殿下は魔法開発に熱を入れておられるようで、お時間に余裕がないらしく」

マリエットは内心ほっとし、イネスの隣に腰を下ろす。

以前、一緒にお茶をした時、マリエットはアランに眼帯や手袋をしている理由を尋ねた。それらは魔法開発で負った怪我らしく、美しい肌とはいえないので隠しているそうだった。顔や手に傷を負っても取り組み続けているのだから、アランは相当作りたい魔法があるのだろう。

「そう、お忙しいのね。……私とお会いされていた時も、無理にお時間を作っておいでだったのかしら。お話しするのが楽しくて、いつもまたおいでくださいとお願いしてしまっていたわ」

アランとは、ほぼ一日置きに会っているが、毎回長時間ではなかった。昼間の数時間、お茶をしたり散歩をしたりしているだけだ。

故郷でほとんど人と交流する機会のなかったマリエットにとって、不快感や敵意を示さない相手と話す時間は新鮮だ。

アランも出会った当初こそ厳めしく、近づきがたかったけれど、話をしてみれば柔らかな表情が見られ、恐ろしさはなくなった。それにエスコートや言葉の端々には優しさが滲み、一緒にいると胸が温かくなって、別れ際にはまた会いたくなる。だからまた来てほしいとお願いしていた。

配慮が足りなかったかしらと悔やんでいると、イネスはくすっと笑う。

「それはいいのですよ。別れ際のお言葉なんて、社交辞令として聞き流すこともできます。にもかかわらず会いに来られるのは、アラン殿下もマリエット様のお顔を見たいからに他なりません」

マリエットは目を瞬かせ、じわっと頬を染めた。

「そ……そうかしら。そうだったなら、嬉しいけど……」

イネスは鼻を高く上げ、自慢げに胸を張る。

「アニエス妃殿下は、何度もお会いしたいと使いを出して、やっと一度お時間を頂けただけだそうですよ。ですがマリエット様に対しては、一日置きに会いに来てくださっています。今のところマリエット様の方が、アラン殿下に愛されておいでだと言えるでしょう」

愛という、母を失って以来およそ耳にする機会もなくなった言葉を聞いて、マリエットは目を丸くした。それも、イネスはアニエスを差し置いて、マリエットの方が愛されていると言う。

マリエットはとても肯定できず、あはっと笑った。

「まさか、それはあり得ないわ。アニエス様は気品高いお方だから、アラン様も慎重に距離を縮めておられるのでしょう。私は品も何もない、お勉強中の身だもの。気安く接しやすいか、私がおかしな真似をしていないか心配で、顔を見に来ていらっしゃるのよ」

白い結婚期間が置かれたせいで、すっかり忘れていたものの、アランはアニエスとマリエットの夫だ。

正妃と側妃で夫の寵愛を争う構図はまま発生するとはいえ、アニエス相手では競争にもなりはしない。

容姿も教養も兼ね備えたアニエスに惹《ひ》かれぬ男性はいないだろう。しかも彼女は、アランに気に入られるよう頑張るとも言っていた。

あんなに美しい人から歩み寄られて、陥落しないわけがない。

一笑にふされたイネスは、不満そうに口を尖らせた。

「あら、そうでしょうか。アラン殿下はどう見ても、マリエット様に……」

「——俺がどうかしたか?」

「きゃあっ」

突然背後から声がかかり、イネスは悲鳴を上げ、マリエットは咄嗟に口を押さえて、ぎゅっと身を丸めた。

数秒後、我に返って背筋を伸ばす。後ろから聞こえたのは、男性の声だった。ラシェルではない。イネスの悲鳴で暴力を連想し、反射で鞭打たれると思って身構えてしまった。

震える手を口元から下ろし、気づかれぬようぎゅっと握る。と、アランが気遣わしげに尋ねた。

「……すまない。大丈夫か、マリエット？」

何度か顔を合わせる内、アランはマリエットの名を呼び捨てにするようになっていた。

今日も名を呼び捨てにされ、マリエットはほんのり嬉しく感じて振り返る。それを聞くと、なんとなく彼との心の距離が近しくある気分になれた。

漆黒の上下を纏った彼は、〝妖精の翼〟で空間を移動してきたらしく、騎士服を着たクロードと一緒に、中空から地に足をつく。

マリエットは肩の力を抜き、にこっと笑った。

「まあ、おいでくださって嬉しいです。アラン様、クロード様」

アランは黒が好きなようで、いつも同じ色の服を身に着けていた。皇太子だけあって襟の形や刺繍の紋様はどれも違い、総じて洗練された雰囲気だ。

素直に歓迎の意を示すも、彼は腹の前で不自然に握られたマリエットの拳に目を向け、眉尻を下げる。

「次からは横着せず、足で来よう。怖がらせたな」

緊張がすぐには抜けず、無意識に拳を握っていたマリエットは、慌てて手を開いた。

「だ……っ、大丈夫です。魔法を見る機会があまりなくて、驚いてしまっただけなのです。〝妖精の翼〟を間近で見られて、とても嬉しいです。……私は微々たる魔力しかないので、空を浮いた経験もありませんし」

　明るく笑いかけると、アランは微笑み、手を差し伸べる。

「ではその内、一緒に空の散歩でもしようか」

　会うたびエスコートされているマリエットは、もはや躊躇いなく彼の手を取った。

「……魔力が弱くても、できるのですか？」

　空を飛ぶには、かなりの魔力が必要だとされている。少数精鋭で知られる魔法騎士達でも、飛行できる者とできない者に分かれるほどだ。

　マリエットにはとてもできそうもないが、と聞き返すと、彼は手を引いて立ち上がらせた。

「できるよ」

「あ……っ」

　いつもより強く引っ張られ、マリエットは驚いた。バランスを崩しそうになるも、アランは優雅な動作で腰に手を添え、緩く抱き合う体勢になる。見上げれば甘く微笑みかけられ、いつもと違う距離感に、マリエットは頰を染めた。

　彼の方は顔色も変えず、間近でマリエットを見つめて悪戯っぽく言う。

「だが空を飛ぶ前に、練習をしようか？　宙に浮くにも、安全性を確保せねばならない」

「魔法の練習をするのですか？」

　こちらへ来てから魔法だけは学んでいなかったマリエットは、瞳を輝かせた。

「そういえば、〝祝福の星〟と〝祝福の花々〟をお教えすると、お約束していましたね」

　クロードが、マリエットが立つのに合わせて自らも腰を上げようとしていたイネスに手を貸しつつ、笑って会話に加わる。

マリエットは彼を振り返って大きく頷いた。

「ええ、そうでしたね！　いつ頃、教えて頂けますか？」

あんなに綺麗な魔法、きっと毎日使っても飽きないだろう。

クロードが返答しようとしたところ、アランが腰に添えた手に力を込め、くるっと半回転した。彼の身体で物理的に視界を塞がれ、クロードと会話ができなくなったマリエットは、あら、とアランを見上げる。

アランはにっこりと笑い、顔を寄せた。

「マリエット。〝祝福の星〟や〝祝福の花々〟が学びたいなら、俺が教えよう。空の散歩は君一人では無理だから、俺と一緒に飛ぶ必要があるが、それでもいいかな？」

吐息も絡みそうな距離まで近づかれ、マリエットは耳まで赤くする。

「は……はい、もちろんです。その、教えてくださるのは、お忙しくない時で大丈夫ですので」

今しがた、イネスからアランが忙しくしていると聞いたところだ。無理に時間を割いてもらわなくてもいいと念のためつけ足すと、彼の頬が強張った。

「……アラン様？」

「うん？」

どうかしたのかと思うも、返事をした彼は元の優しい笑みを浮かべていて、マリエットは気のせいだったかしらと考え直す。同時にゆったりと彼が動きだし、マリエットは目を丸くした。

「え……っ、あ、あ……っ」

それは、ダンスのステップだった。頭ではわかっていても身体はすぐに動かず、マリエットは不格好にトトトッと足を動かしてついていく。その足さばきを見たアランは、思わずといった雰囲気でふっと息を吐き、それから不自然に唇を引き結んだ。

明らかに笑いそうになるのを堪えた表情で、マリエットは眉根を寄せる。

「……私のダンスが皆目上達しないと、講師の方から聞いたのですか？」

マリエットは、座学や所作に関してはみるみる上達していた。しかしダンスだけはからっきしなのだ。

あまりに下手で、教え方が悪いのかと講師が悩み始めるくらいである。

マリエットはばつが悪く、口を尖らせる。

「仕方がないのです。皆さんは小さな頃から習っていたのでしょうが、私は人前に立つことも……」

言い訳をし始めたマリエットは、途中で口を閉じる。

――いけない。人前に立つ機会がなかったなんて言ったら、生い立ちが知れるわ。

食事が少なかったり、衣服が十分になかったりする状態は、まだ国が貧しかったからだと言い訳も立つ。けれど離宮に閉じ込められ、滅多に他者と会っていなかったと話してしまえば、マリエットが捨て置かれていた姫だと気づかれる。

変に黙り込んだ間をごまかすため、マリエットは殊更明るく笑い直した。

「私はどうにもセンスがないようなので、人前でダンスをされる際は、アニエス様をお選びくださいね。お二人が並べば、誰もが見惚れること間違いなしですもの」

シルバーブロンドの髪に、翡翠の瞳を持つアニエス。

肌はきめ細かく、笑顔など花が咲いたように見える。

彼女とアランが寄り添う姿は、想像するだけでため息が零れそうだった。

アニエスの名を出されたアランは、ぴくっと肩を揺らす。そしてマリエットの内心を確かめるかのように、顔を覗き込んできた。

アニエスとアランが並べば綺麗だろうなとしか考えていなかったマリエットは、不思議な心地で彼を見返す。その表情に、彼は目を細めた。

「……全く嫉妬が見当たらないのも……いや、その方がいいのか……?」

ぼそっと呟いた言葉はよく聞き取れず、マリエットは首を傾げる。

「どうかされましたか?」

彼はマリエットの青い瞳や頬、イネスに紅を乗せられた唇に視線を彷徨わせ、困った顔で応じた。

「……ダンスを披露するなら、先に正妃の手を取るのが慣習だが……君とも踊ることにはなる」

「やっぱり、そうですよね……」

マリエットは眉尻を下げ、項垂《うなだ》れる。外見だけでも劣っているのに、下手くそなダンスまで披露させられるとは、拷問だ。

アランはマリエットの悲しげな返答に苦笑し、手を引いた。

「……要は俺とうまく踊れるようになればいいだけだ。空を散歩するためにも、ダンスには慣れていた方がいい」

「……空の散歩にも、ダンス技術が必要なのですか?」

それでは、一生空は飛べそうにない。己のダンスの下手さを知るマリエットは、絶望的な心地になりながら、アランの動きに合わせてステップを踏み始めた。

ひとまず空の散歩に関する疑問は横に置き、足の動きに集中する。

不思議なことに、講師相手ならあっという間に崩れるテンポが、非常にスムーズだった。

視線を下に向けてしばらく、マリエットの足はたびたび怪しい動きを見せ、もつれかけた。しかしそのたびアランが手を引き、腰に添えた手に力を込めて立て直してくれる。

ついに見事一曲分のステップを踏み終えると、マリエットは満面の笑みを浮かべた。

「すごいです、アラン様……っ。私、初めて転ばずにダンスができました！」

感動を抑えきれないマリエットに見つめられ、アランは至極優しく笑い返す。

「それは良かった。次は、俺を見ながらステップが踏めるといいかな」

「あ……」

言われてみれば、講師にも相手の顔を見て踊るよう、何度も注意されたのだった。

失態に気づくも、ようやく一度ダンスを成功させたマリエットは、上機嫌で頷く。

「それでは次にお相手をして頂くまでに、お顔を見て踊れるようになっておきますね」

たった一度の成功体験で、マリエットは楽観的にも次もできると信じていた。

実際のところ、先ほどのダンスはアランのサポートが大いにあったが故に成功しただけである。

そこに気づいていないマリエットに、アランは甘い声で応じた。

「やる気が出たようで、良かった。だけどこれからは、ダンスも俺と練習しようか。注意されてばかりでは、気分も萎える一方だろうしな」

言いながら身を屈め、彼は非常に自然な仕草で頬に唇を押しつけた。

ちゅっと間近でキスをする音が聞こえ、マリエットは離れていく彼の顔をぽかんと見つめる。

「……そう、ですね……」

生まれて初めて、母以外の人にキスをされた。頬にじわじわと朱が上っていき、どんな態度を取ればいいのかわからず、マリエットは俯いて黙り込む。

常に護衛がついている彼は全く気にしていないが、イネスやクロードは少し離れた場所にいた。気を遣っているのだろう。今は二人とも視線を逸らしているけれど、絶対に見ていたはず。

マリエットはどんどん気恥ずかしくなっていき、頬だけでなく、耳や首まで赤くしていった。

――でも、アラン様は私の夫だもの。キスくらい、するわよね……。

頬へのキスは、挨拶も同然だ。使用人の目を気にする方が、おかしいといえばおかしい。

しかしこれは政略結婚で、半年は白い結婚だと定められている。それに彼の正妃はあのアニエス。

マリエットは、自分が妻として接してもらえるとは考えていなかった。

離宮で過ごした日々と変わらず、なき者として扱われる未来だってあると想像していたのだ。

それが、頻繁に顔を見に来ては優しい態度を取られ、今日はキスまでされた。

妻として扱ってくれているのだと身をもって感じられ、胸が苦しいくらいに熱くなった。

彼の甘い微笑みもキスも、全然嫌じゃない。もっと笑顔を見たいし、言葉を交わしたいと思える。

――何かしら、この感覚……。

ドキドキと煩《うるさ》い胸を押さえ、マリエットは困惑した。思考がふわふわして、身体中落ち着かない感情に満ちている。

経験したことのない気持ちの名前を探していると、アランがそっと肩に垂れた髪に手を伸ばし、一束掬い上げた。

イネスが毎日梳り、香油を込めて丁寧に手入れしてくれている髪は、以前よりずっと艶がある。指を通されれば、月の光を弾いて絹糸のように指の間を滑り落ちていった。

その様にアランは微《かす》かに口角を持ち上げ、呟く。

「君は、どんどん美しくなるな……」

マリエットはまた驚き、首を振った。

「いいえ、私は美しくなど……」

母の面影を持つだけの、不出来な娘だ。幼少期から、泉に映る自分を見てはがっかりしていた。アニエスのような日に焼けていない白い肌も、ふっくらとした唇も、大きく愛らしい目も持っていない。

昔からラシェルに彼女と比べられてきたマリエットは、刷り込まれた劣等感が頭をもたげ、いたたまれず視線を逸らした。

「そうか。まだ自覚はないかな」

アランは穏やかに言って、また顔を覗き込む。その瞳が艶っぽく細められ、マリエットの鼓動が高く跳ねた。

「だが公の場に出るまでに、理解しておいた方がいい。……あるべき姿になった君は、どんな女神にも勝る美しさを持つはずだよ、マリエット」

——あるべき姿……？

他者に蔑まれもせず、適切な量の食事を摂り、学び、睡眠を取る。それだけで、マリエットの顔つきは穏やかになっていた。根の素直さや明るさが表に出るようになり、人を惹きつける磁力を持ち始めている。

これに加え、日々髪や肌は手入れされ、両親から受け継いだ本来の容貌が露わになりつつあった。清らかな水を彷彿とさせる青い髪に、長い睫で縁どられた瞳は宝石が如く澄み、視線を交わせば逸らすのも難しいほど美しい。

痩せぎすだった手足には徐々に肉がつき、更に時間を置けば、ネージュ王国中を魅了した母の再来となるのは誰もが予見できた。

そんな自分を知らぬマリエットは、不思議そうにアランを見返す。

アランは無垢《むく》な妻に微笑みかけ、静かにその場に膝を折った。目を瞠るマリエットの手を取り、厳かに告げる。

「マリエット。——貴女がウラガン大帝国を裏切らぬ限り、私は永久に貴女を愛し、守り抜くと誓約する」

薬指にそっと口づけを落とされ、マリエットは驚愕《きょうがく》した。

マリエットは、戦の人質として差し出されただけだ。そこに恋情はなく、結婚生活は形式的なものになると予想していた。

愛されるなどあり得ず、日陰者として生きる覚悟をしていたのに——。

泉のほとりは煌々《こうこう》と月が照らし出し、木々の闇間にはいくつもの小さな灯が揺らめいている。妖しくも美しい世界でアランに跪かれたマリエットは、激しく鼓動を乱し、瞳を潤ませた。

アランに出会って以来、マリエットは幾度も同じ感覚に見舞われた。彼の笑顔に胸が騒ぎ、会えるのを待ち遠しく思い、言葉を交わせば高揚感に包まれる。

その名も知らぬ気持ちは膨れる一方で、真摯に守ると誓われた今、マリエットはやっと理解した。

――私、アラン様に恋をしているのだわ……。

元敵国の姫として警戒しながらも、優しさを見せてしまう。それどころか思いやりのある言葉をかけ、マリエットの些細な幸福を喜んでくれる。そんな彼の懐深さに、マリエットは日々惹かれ、あっけなく恋に落ちていたのだ。

マリエットは答えに迷い、弱りきった心地で呟く。

「……そんな風にされては……貴方を好きになってしまいます――アラン様」

誰にも愛されてこなかったマリエットは、自分が他人を好きになっていいのかわからなかった。

彼を想ったら、アニエスとの仲はどうなるだろう。立場を弁《わきま》えぬ真似をしたと不興を買い、彼女に嫌われてしまうのではないか。

想像すると恐ろしく、マリエットは今にも泣きそうな心地になる。

そんな妻を見上げ、アランは目を瞬かせた。ゆっくりと立ち上がり、親指の腹でそっと目尻を拭う。

「……俺達は夫婦だから、想い合っていてもいいと思うが……何か支障があるのか？」

気遣わしげに尋ねられ、マリエットは不安に瞳を揺らした。

その表情に何を思ったのか、アランは決まり悪そうに視線を逸らす。

「……すまない。出会って二か月も経《た》っていないのに、愛を誓うのは性急だっただろうか。……だがどうにも……会話をするたびに君を可愛く思ってしまい……」

「……可愛い……？」

聞き慣れぬ表現に、マリエットは目をぱちくりさせた。

彼は視線を戻し、柔らかく笑う。

「君は可愛いよ、マリエット。優しくされるのに不慣れで、すぐ涙ぐんでしまうところも、恩義をまっすぐに受け入れる素直さも。遠回しな言い方をせず、屈託なく笑う仕草も、ちょっと姫らしくない言動も——全部、俺は可愛く感じている」

姫らしくない部分があるのだと気まずく思うが、間違いなく人生で一番褒められ、マリエットは両手で口を押さえた。隠さないと、みっともなく緩んだ表情を見られてしまう。

しかしその気持ちは到底隠しきれておらず、アランは喜色を浮かべるマリエットに目を細め、ふと眉尻を下げた。

「あと、生来の性格が起因しているのかもしれないが……母国を守ろうとする君のお人好しさには、もはや好感を通り越して憂いすら感じる。死なない程度に生かされてきただけの国を、後生大事に守る必要はないと、俺は思う」

それまでの幸福感が一瞬で吹き飛び、マリエットはぎくりと身体を強張らせた。

彼の口ぶりは、マリエットがどんな扱いを受けて生きてきたかを知っているようだった。

「それは……どういう……」

ごまかさねばいけない。額に汗を滲ませて身構えたところ、彼は追い打ちをかけるが如く、視線を逸らさず言った。

「マリエット。身体に無数の傷を負う姫など、普通はいない」

話した覚えのない傷について触れられ、マリエットは唇を引き結ぶ。

――イネス。

傷を癒してくれていたから、てっきりアランには秘密にしてくれるものと踏んでいた。

だがイネスはアランが雇った侍女だ。マリエットの背中に傷があったと伝えるのも、彼女の役目。

考えが足りていなかったマリエットは、血の気を失った。

アランは既に、マリエットが愛されていなかったと気づいているのだ。この場をどう切り抜ければいいのか、皆目見当がつかなかった。

この結婚は、もともとはアニエスを支えたいと考えて、受け入れた。

父王を殺され、その父を殺した男の妻になるアニエスが辛い時に傍にいたいと願い、嫁いだのだ。

けれどそれだけではない。

アランに言われる通り、マリエットは母国を守らねばならないとも意識していた。

懸命に王族らしく振る舞い、人質としての価値を損なわぬように努めたのは、国民を守るためだ。

王の血を継ぐマリエットは、課された役目を果たし、母国の安寧を維持せねばならない。

そこまで考えて、マリエットはふと眉根を寄せる。

何かが違う気がした。

父王は、王族とは民のために存在すると言った。

そしてアランは、愚かな王族の決断によって失われた臣民への贖いとして、望まぬ結婚を受け入れろと言った。

だからマリエットは、ここに住まいを移し、人質として価値ある者だと取り繕って過ごしてきたのだ。

しかし——本当に、その必要はあっただろうか。

そもそも国民は、マリエットの父が王でなくともいいだろう。父王が統治者から外されたとしても、ウラガン大帝国皇帝がより良く導くなら、そちらの方がいいに決まっている。

ネージュ王国は貧困を極め、父王の統治能力の低さは明らかだ。

マリエットの振る舞いは、唯々諾々と母国の現状を継続させているだけで、真に国民を救ってはいないのではないか。

アランの指摘を覆す打開策を見つけるため、自身の行動原理をなぞっていたマリエットは、すうっと息を吸う。

鼓動は激しく乱れ、手のひらは汗でぐっしょりと濡れていた。

国民を守っているつもりだった。しかし実際にマリエットが守っていたのは——自らを見放し、傷つけてきた、父王やラシェル達なのだ。

国民を守ろうと、必死に虚勢を張ってきたマリエットは、呆然《ぼうぜん》と呟く。

「……私がウラガン大帝国に来る必要は、なかったの……?」

己を虐げていた者達を守っていた事実は、酷く心を傷つけ、瞳には新たに涙が込み上げた。

彼らはマリエットを最後まで道具として利用し、国から放逐して、今も伸びやかに生きている。

悔しさか悲しさか、心は激情に呑まれ、マリエットは唇を噛んだ。

涙だけは零すまいと歯を食いしばるマリエットを見つめ、アランが静かに語りかけた。

「……マリエット。俺は、君が母国で非道な扱いを受けていたのを承知の上で、婚姻を結んだ。だから過去を隠す必要はないと伝えたくて、話している」

マリエットは怪訝に思い、顔を上げる。

「私に人質の価値がないと知っていたなら、どうして私を妻にされたのですか……？」

なぜ別の条件を出さなかったのか。

当惑して見ると、彼は困り顔になった。

「……そうだな。姫達は、反旗を翻させぬための人質だ。だがネージュ王国は既に国力もなく、君を娶る必要はなかった。しかしあそこに君を残しても、幸福になるとは思えなかった。だから結婚し、そして伴侶にしたからには大切にしたい。それだけだが……何か不安か？」

マリエットは、しばらく理解に苦しんだ。そんな話があっていいのだろうか。

つまり彼は、善意でマリエットを妃にしたと言っているのだ。

「……人質の価値もないのに、私をここに置いてくださるのですか……？」

——そんな図々しい真似を、貴方は許すのですか？

半信半疑で尋ねると、アランは眉尻を下げて微笑んだ。

「今しがた、永久に愛し、守ると誓ったところだ。もう忘れたか？」

人質の価値がないと知られた衝撃で、それ以前のやり取りは頭から抜けていた。

マリエットは彼の誓いを思い出し、目を泳がせる。思考は完全にはついていけないが、彼は真のお人好しなのかもしれない。

優しさで迎えたマリエットを愛し、永久に守ると約束して、妻のまま傍に置いてくれる。

次第に気恥ずかしさが蘇り、マリエットは再び頬を染めて、おずおずと答えた。

「えっと、その……もしもお傍にいても良いのでしたら……喜んで、誓約をお受け致します」

アランはほっとした表情になり、その態度に鼓動が跳ね、マリエットは続けて言う。

「──私も、アラン様を永久にお慕い致します」

マリエットは側妃。二番目に愛される立場だろう。それでも彼への想いは抑えられず、勢いのまま想いを告げていた。

アランは嬉しそうに破顔し、そっと距離を縮める。腰に両腕を回して緩く抱き締められ、マリエットがときめきに瞳を揺らして見つめると、彼は額を重ねて囁いた。

「……必ず、君を守るよ。マリエット」

マリエットの胸が、また熱くなる。自分を大切にしてくれる人がこの世に現れるなんて、本当におとぎ話のようだ。

情愛に満ちた眼差しに心は満たされ、マリエットは幸せいっぱいに笑った。

「はい。……永久に貴方を愛し、裏切らないとお約束致します」

心から誠意を込めて約束すると、アランは顔を寄せる。

「……愛してるよ、マリエット」

愛情に満ちた言葉と眼差しにマリエットは瞳を潤ませ、唇がゆっくりと重ねられた。

初めてのキスは温かく、けれど次第に熱を帯び、マリエットはあっという間に何も考えられなくなっていった。

三

王城の北東――オニクス塔二階に設けた魔法実験室で朝から実験を繰り返していたアランは、疲弊した心地で三階にある居室へ戻っていた。

クロードと共に護衛としてついていたダニエルが廊下の窓を見やり、揶揄《からか》い半分の声で尋ねる。

「本日も、マリエット妃殿下のお部屋へおいでになるのですか？」

「いや……今日は、どうするかな」

結婚してから、三週間が経過していた。あともう三週間もすれば諸侯貴族に妃をお披露目する宴を開かねばならず、その準備にも手をつける頃合いだ。

魔法実験は一向に成果が出ず、のんびりともできない。

考えながら答えたアランは、窓の外に緋色《ひいろ》の小鳥が飛んでいるのに気づき、塔にかけた結界を僅かに緩めた。それは、アニエスの使い魔だった。

婚姻当初は侍女を連絡手段にさせていたが、使い魔を使いたいと言われ、最近認めたのだ。

王城内は、許可のない魔法道具や使い魔は自由に使えない。アランが住まうオニクス塔に至っては、使用許可があろうとよほど信頼できる者の使い魔でないと、自由に結界内に入れない造りにしていた。

「マリエット妃殿下ばかりに現《うつつ》を抜かしておられるので、催促が来たようですね」

「……そんなつもりはないが」

ダニエルに茶々を入れられ、アランは眉根を寄せて小鳥から手紙を受け取る。

人懐こい使い魔は、仕事を終えた後もしばらくまとわりつき、褒美をねだる。しかし緋色の小鳥は手紙を渡すとすぐに飛び去り、気位の高そうな素振りがいかにもアニエスの使い魔だった。

アランは自室へ向かう足をとめず、手紙に目を通す。

〝また会いに来てほしい。プレゼントもある〟と誘い文句が書かれており、アランは小さく呟いた。

「……まあ、そうか。そうだな」

ダニエルの言う通り、アランはマリエットとばかり会っていた。

知識はあるが、ダンスなどの実技になると全く経験値の足りない彼女が気になって、つい顔を見に行っては練習相手になっていた。

会いに行けばマリエットは嬉しそうにするし、ダンスが成功すれば無邪気に喜ぶ。ちょっと触れると頬を染め、反応がいちいち可愛くて、また会いに行きたくなってしまうのだ。

彼女は何をしても可愛く、また面白かった。

姫らしくない言動をするかと思えば、勉強も厭わず喜んで取り組み、こちらの些細な優しさに頬を緩ませる。

かと思えば過去の出来事を想像させる怯えた素振りも垣間見え、目が離せなかった。

リュシオルの庭に転移魔法で出現した際、彼女はイネスの声に身を竦め、口を押さえて背を丸めた。その姿を見た時は、愕然とした心地だった。

あれはおそらく、鞭打たれると思い、反射的に受け身の体勢になったのだ。口を押さえたのは、悲鳴を上げぬため。すぐに膝上に下ろされた彼女の手は小刻みに震えていた。

彼女は反射的に身を守ってしまうほど、何度も声を殺して虐待に耐えてきたのだろう。

残酷な仕打ちだと思う。だというのに笑顔を失わず、明るく振る舞えるあの芯の強さは、どこからくるのか。

彼女への興味は尽きず、それは時を置かず己の手の内で慈しみたい欲求に変わっていった。

大切にすればするほど、マリエットは美しく変貌する。

傷んだ青い髪は手入れされる毎に艶を増し、十分に食事を摂らせれば血色は良くなった。痩せぎすだった身体は少しずつ肉がつき、見る者を不安にさせない姿になりつつある。

窓辺の席で本を読む横顔など、いくら見ても飽きないくらいに美しく、彼女の母が父王の寵愛を一身に受けたという話も頷けた。

マリエットは日ごと生来の美貌を取り戻し、遠からず多くの者の目を奪う存在になるのは明らかだった。

結婚してから現在まで、アランは繰り返し奇妙な現象を経験している。

マリエットと目が合った途端、視界に火花が散り、眩暈に襲われ、脳裏には心惹かれずにはおれない彼女の映像が過る。

回数を重ねる毎に映像が流れる時間は長くなっており、内容も随分詳細に変じていた。

彼女と買い物に出かけたり、遠出したり、時に会話をする。先日は、真夜中に転移魔法で彼女の部屋を訪ね、ベッドに組み敷く情景が流れた。

医師の検査を受けても持病以外に呪われている兆候はなく、原因はさっぱりわからない。

白昼夢にしてはやけに生々しく、かといってマリエットがなんらかの魔法をかけているとも思えない。

結婚前は、彼女の魔力を直《じか》に確かめておらず、呪いをかけられた可能性を否定できなかった。しかし実際に会って簡単な魔法を使う姿を見れば、魔力の脆弱さはすぐにわかった。マリエットは花を咲かせる程度の魔力しか持たず、アランが普段己にかけている呪い除《よ》け魔法を掻い潜《くぐ》る力は絶対にないのだ。

何より彼女は日増しにアランを慕うようになっており、敵意など微塵も感じさせない。この奇妙な現象と、現実の彼女に因果関係はなく、何かあるとしても別の者の仕業だろう。

愛らしく笑う彼女に惹かれる一方だったアランは、自分に都合よく考えている節がないでもなかったが、そう判断した。そして出会って二ヶ月も経たぬ内に、彼女に想いを伝えた。

性急すぎた自覚はある。けれど諸侯貴族に彼女をお披露目する宴が差し迫っていて、気持ちを抑えられなかった。

美しくなる未来しか見えぬ妻は、無垢で、他者の優しさに取り分け弱い。それは他の男につけ入る隙を与えかねず、誰にも手出しさせぬために、アランは彼女の心を強く惹きつけておきたかったのである。

されどアランの妻は、マリエット一人ではない。皇室の安定を保つため、公平性を欠く行動は慎むべきだ。

アランはアニエスからの手紙で己の立ち位置を思い出し、横から手紙を盗み見たダニエルはにやっと笑った。

「ほら、催促じゃないですか。そもそも、側妃殿下を先に口説くのはどうかと思いますよ」

「ええ。私も、アニエス妃殿下よりも先にマリエット妃殿下に愛を誓われたのには、驚きました」

本来なら先に正妃と想いを交わさなくてはと護衛二人から注意され、自室の前に到着したアランは顔をしかめる。クロードが先に立って開いた扉から中に入ると、肩を竦めてぼやいた。

「側妃だろうが、妻に違いないだろう。好きにさせろ」

アランの居室は、扉を開いた正面側に暖炉があり、その手前に長椅子と一人掛けの椅子が四脚置かれていた。

部屋の左手には執務机があり、壁面には書棚が並んでいる。右手にある大きな窓の手前には、瀟《しょう》洒《しゃ》な机と椅子が二脚設置されていた。

護衛らも共に部屋に入り、アランは扉が閉められたのを確認してから、眼帯を取る。両目とも見えるのに片方を隠すのは、やはり邪魔に感じた。

「それに俺はいつまで生きていられるかもわからないんだ。悔いは残したくない」

執務机に向かい、眼帯を適当に置いて椅子に腰かけると、机の左手に立ったクロードが心配そうに眉尻を下げた。

「……目の下の染みが、若干広がっておられますね」

アランは目を細め、引き出しの中から鏡を取り出す。顔を確認して、げんなりと息を吐いた。

生まれ落ちた時は菫色だったアランの目は、右側が禍々《まがまが》しい紅蓮色に染まっていた。その目の下は、皮膚とも思えぬ黒い染みが覆っている。

戦が勃発する一年前に発症した――【黒染症《こくせんしょう》】という病だ。

数百万人に一人発症するかどうかの、厄介な病である。

【黒染症】を患うと、皮膚が黒く染まり、その部位がだんだん動かなくなっていく。治療法が解明されていない不治の病であり、発症すれば早くて数年、長くとも十年で死亡した。

アランは瞳に病を受けたらしく、目の色と眼下の皮膚が変色している。加えて右手の甲から肩にかけても黒く浸蝕《しんしょく》されていた。

まだ目は見え、腕も動くが、近頃病の進行は速く、腕の染みがじわじわと胸に伸び始めている。

このままでは確実に父親よりも先に――向こう九年以内にアランは命を失う見込みだが、発症は現時点では機密事項とされていた。

これを知っているのは、皇帝と母親である正妃、そして信用の置ける側近と一部の皇室指定魔法使いのみ。弟や側妃には伝えられておらず、国民には完全秘匿と定められていた。

アランの病が知られれば政界は安定を欠き、国も荒れると予想されるからである。

皇帝からは必ず治癒魔法を開発しろと命じられ、アランもできれば誰にも気づかれぬ内に治したかった。

一般薬では緩和療法すら見つかっておらず、望みがあるとすれば魔法による治癒だとされている。国内で最先端の魔法技術を持つのは皇族であり、封魔術を開発した実績があるアランは、一縷《いちる》の望みをかけて研究に取り組んでいた。

しかしどれほど時間をかけても良い兆しは見えず、近頃は疲弊するばかりだ。

昨日よりも頬へと広がった目の下の染みを見て舌打ちし、アランは天を仰ぐ。

「もうディオンを矯正する方が、ずっと楽じゃないか？　そのための弟だろう」

ウラガン大帝国の側室制度は、他国同様、確実に嫡子を残すためにある。本来なら、ディオンがいるのだから、アランは先に死んでも問題はないはずだった。

投げやりに言うと、右手に立ったダニエルがにこやかに笑う。

「ひとまず生きる道を探しましょう、アラン殿下。マリエット妃殿下は、これからかなり美しくなられること間違いなしです。良いのですか？　死んでしまえば、確実に他の男が手を出しますよ」

マリエットがこれからますます美しくなるのは、確かだった。あの純朴で素直な可愛らしさに、整った外見まで揃えば、他の男が放っておくわけがない。

考えたくもない未来を想像させられ、アランは眉間に皺を刻む。

「そうですね。アラン殿下が子もなさず亡くなれば、妃殿下達はまずディオン殿下に手をつけられるでしょう。そしていずれディオン殿下が皇帝になられるのでしょうが、お役目が務まるかは謎です。妃殿下達の幸福どころか、国そのものを亡《ほろ》ぼす確率の方が高いのでは……」

クロードからも暗澹《あんたん》たる未来を提示され、アランは両手で顔を覆い項垂れた。

アランが生まれた翌年、皇帝の側妃に迎えられたユベール侯爵令嬢――ベレニス。柔らかなミルクティー色の髪と翡翠の瞳が印象的な女性だ。

彼女は快楽主義者で、酒と煙草を愛し、華やかな宴を好んだ。理性的に生きるアランの母親とは正反対の女性である。

皇帝が彼女を娶ったのは、正妃に不満があったわけではなく、政界の安定を図るためだった。

政界は現在、三つの派閥に分かれている。一つは皇帝が推し進める、これ以上の侵攻を進めず国内の安寧に力を注ぐ穏健派。もう一つは大陸統一を目指す強硬派。残る一つは、帝国は巨大になりすぎたと訴え、小国を手放して縮小化するべしと考える分離派だった。

父が即位した当時、領土拡大を推し進めるタンペット王国とは既に国境を接していた。その状態で帝国を解体するのは無謀。故に皇帝は、一見正反対の派閥からそれぞれ妻を娶った。

アランの母親を娘として持つ、ルモニエ侯爵が長を務める穏健派と、ベレニスの父であるユベール侯爵が長を務める強硬派の二派である。

今回の開戦により、ユベール侯爵の支持者は増えた。ただし先陣を切ったのはアランであり、ディオンは戦に出なかったため、その支持は圧倒的とまではいかない。

皇帝も国民に対し、あくまで平穏を守るために開いた戦であり、これ以上の領土拡大は望んではいないと宣言した。

だが国内は残るいくつかの小国を落とし、大陸統一へ向けて動くべきではと熱を持ち始めている。

ここにディオンが次期皇帝として立つと、もはや収拾がつかなくなるとは、アランもわかっていた。

ディオンは陽気で、気のいい男だ。

しかし彼は実母以外の誰もが認める、放蕩《ほうとう》息子。社交界では浮名を流し、母親譲りの快楽主義を隠すことなく地で生きている。何より散財が酷かった。

皇子が使っているのは国民の血税であると何度諭しても、湯水のように金を使う。態度を改めぬ弟に皇帝は怒り、現在彼は宴の開催を禁じられていた。

このままディオンが皇帝になると、手当たり次第気に入った女性に手を出しそうで恐ろしい。

強硬派の臣下らに唆されて、簡単に開戦も許可しそうである。

終いには金を無尽蔵に使い、国を傾けかねない憂いも持ち合わせているのだ。

こんな三拍子が揃う愚弟であるため、アランも簡単に死ねず、頭が痛かった。

母親同士の折り合いも悪く、公には諍いがないように振る舞っているが、公式行事以外では目も合わせない不仲ぶり。

その影響で、ディオンとアランは兄弟でありながら幼い頃から交流が少なく、互いに腹の底まで理解し合う仲ではなかった。弟が明るい笑顔の裏で何を考えているか、アランには読み取れない。

「……それで、動きはどうだ。良くなさそうか」

アランは憂いを顔に乗せ、頰杖をついてダニエルに尋ねた。

国内外に諜報員を持つアランは、終戦後、妙な報告を受けていた。他でもないディオンが、近頃同じ人物とたびたび会っているらしい。

視線を向けると、ダニエルは表情を曇らせた。

「そうですね。やはりディオン殿下は最近、バリエ侯爵とよく密会なさっておいでです。単に遊んでいるだけのようにも見えますが、それにしては侍《はべ》らせる女性の数も少なく、きな臭いかと」

クーデターの可能性を示唆され、アランは呻く。

バリエ侯爵は、強硬派の中でも潤沢な資金を持つ人物だった。人を集めるなら、順当にいってまず彼を頼るだろう。

「……戦が終わったと思えばこれか……」

ディオンの母方の祖父は、強硬派の長だ。戦に勝利し、強硬派に都合のいい風向きになっているこの時期にクーデターを思い立つのは、自然に思えた。

皇帝はこういった争いを起こさないよう、強硬派の娘も妻にしたのだが――。

アランは納得しつつも違和感を覚え、顎を撫でる。

「……ベレニス妃殿下は、何か動きを見せているか？」

ディオンの母親はどうだと問うと、ダニエルは首を捻った。

「ああ、それが……ベレニス妃殿下は特に誰かと頻繁に連絡を取り合う素振りもなく、普段通りご友人達と茶会や宴を楽しまれ、皇帝とも機嫌よく顔を合わせておられます」

側妃が不満を溜めているわけではない状況でクーデターが起きるなら、ディオンが一人で奮起したと考えられる。

アランは眉を顰め、訝しく呟いた。

「ディオンが争いを望むかな……」

「ディオン殿下は、近頃遊興費を抑えられ、不満を溜めておいでです」

ダニエルにもっともな返答を寄越されるも、アランは今一つ納得がいかない。

「……では、引き続き監視を……」

考えても答えは出ず、監視継続を指示しようとしたアランは、ふと口を閉じた。

『では、引き続き監視を続けてくれ』

不意に、以前も同じ指示を出した感覚に襲われたのだ。

ディオンがクーデターを起こすなど変だと訝しみつつ、監視を続ける。そして実際に、ディオンが武器を集め始め――と、起こっていない事態まであったような気がして、一瞬混乱した。

ダニエルがアランの横顔を窺う。

「アラン殿下……？」

「いや……そうだな。引き続き監視を続けてくれ」

ひとまず指示を出し、アランは目頭を押さえた。

——俺は、疲れているのか？

記憶にないマリエットの映像が脳裏に流れる現象に留まらず、今初めてした会話を、以前もしたような感覚に見舞われている。

考えてみると、マリエットとリュシオルの庭を散策した際も、似た経験をしていた。魚がおいしそうなんて、情緒もへったくれもないセリフを聞いて、思わず笑った。

あの時も、以前どこかで同じ会話をした気がしたのだ。

——疲れているとしても、今は休めないからな……。

クーデターも魔法開発も、悠長にしていられない問題だ。

アランは短く息を吐いて気持ちを切り替え、クロードに目を向ける。

「コルトー男爵を王城に召喚する件は、どうなっている」

行き詰まっている魔法開発を動かすため、新たにコルトー男爵を登用したいと考えていた。

クロードの紹介で、マリエットの侍女に召し上げたイネス・コルトー。彼女を採用したのは、人となりに信頼が置けると踏んだからだけではない。

彼女の出自を調べたところ、コルトー男爵家は代々魔法研究者を輩出していた。しかも現当主は帝国魔法学院大学の薬学博士。彼はアランが興味を持っていた、魔法と薬学の融合を研究する新分野を手がける学者だった。

娘をきっかけに、新分野の情報を得られれば一石二鳥。そんな打算と共に、彼女を雇用したのである。

アランはこれ以前に、マリエットの傷の治療にと、イネスから使用を申請されたコルトー男爵が作った薬も確認した。一般的な薬の効果を促進する魔法がかかった薬で、安全性も考慮され、非常に質が高かった。

コルトー男爵の技術を使えば、治癒魔法開発に新たな手法を見いだせる可能性はある。

先だって召喚の可否を尋ねるよう命じられていたクロードは、すぐに答えた。

「コルトー男爵からは、いつでも参上できると返事を頂きました。ですが、病の開示はよくご検討ください。むやみに情報を流す方ではありませんが、何があるかわかりませんので」

特にコルトー男爵は、多くの学生と関わる大学博士だ。どこから情報が漏れるかわからない。

クロードの忠告に、アランは頷いた。

「そうか、ありがたい。病を伝えるかどうかは、人となりを見てから考えよう。病を開示せずとも、魔法薬の開発方法については相談できる」

アランの返事にクロードは安堵し、ダニエルがはははっと笑う。

「もしも何者かに囚われて脅されたら、軍人でもない博士じゃ口を割ってしまいかねませんしね」

いかにも物騒な合いの手を入れられ、アランは渋面になった。クーデターが起こるならあり得ない事態ではなく、否定できないのがまた辛い。

卓上に置いていた眼帯を取ると、クロードがすぐに手を貸し、紐《ひも》を結び直しながら問いかけた。

「アニエス妃殿下を訪ねられるのですか？」

「ああ……全く会わないのも、悪いからな」

魔法開発だけでも手いっぱいなのに、クーデターなど起こされてはたまらない。ましてここに妃同士の諍いまで勃発したら、もうお手上げだ。

望まぬ問題が起きぬよう、アランはひとまず手近な場所から行動に移した。

四

手紙を受け取ったと言って居室を訪ねると、アニエスは大げさなくらい明るい笑みを浮かべて出迎えた。

「おいでくださって嬉しいわ、アラン殿下……！」

今日の彼女は、腰まで伸びた白銀の髪を緩く巻き、背に垂らしていた。身に着けているのは、金糸の刺繍が入った紫色のドレス。薄い布地を重ねたそれは、ふんわりと空気を含み、アニエスをビスクドールじみた雰囲気にしている。

アランは扉口まで駆けてきた彼女にやんわりと微笑んだ。

「長く会わず、すまなかった。元気にしておられたか？」

護衛としてついてきたダニエルとクロードが、素早く室内に視線を巡らせ、危険がないか確認する。

「ええ、皆に良くしてもらっています。今日は天気も良いですから、こちらへどうぞ」

柔和な表情で窓辺の席を勧められ、アランは入室した。

案内するアニエスは、抜け目なくさっと背後についてきた護衛の数を確認する。

ウラガン大帝国に来た彼女はやけに気さくだが、やはり王族。内実は見えないようにしつつ、あらゆる箇所から情報を得ようとしているのが、動作から見て取れた。

油断してまた手袋のボタンを外されるような失敗はできないと、アランは気を引き締めて椅子に腰を下ろす。

アニエスは侍女に淹れる紅茶の茶葉を指定してから向かい側に座り、ちらっとこちらを見て、戸惑った雰囲気になった。淡く頬を染め、恥ずかしそうに尋ねる。

「……えっと、私の今日の装いが、何か気になられますか……？」

「……ああ、いや」

なぜそんな質問をされたのか一瞬わからなかったが、アランはすぐに己の癖に気づいて、ばつが悪い気分になった。

マリエットと会う時、アランは彼女の健康状態が気になり、いつも顔色などを確認している。その習慣で、アニエスの瞳や肌、腕に視線を走らせていたのだ。

しかし側妃と同様の扱いをしてしまったと言われても、反応に困るだろう。

アランは内実を隠し、穏やかに聞き返した。

「体調は悪くないだろうか。母国と少々環境が違うと以前話されていただろう」

注いだ視線に他意はないのだと遠回しに伝えると、アニエスは目に見えてがっかりする。

「体調確認をされていただけなのですね。私の装いを気に入ってくださったのかと思ったのに」

アランと恋人のようになりたいと話していたのは、本心らしい。いかにも恋仲の相手らしく拗《す》ねてみせられ、アランは苦笑した。

「気が利かず、すまない。貴女の趣味の良さも美しさも周知の事実だったので、言葉にするのを忘れていた」

マリエットが同じように振る舞えば、求められるまま褒めちぎり、堪え性もなく唇まで奪っただろう。

だが相手はアニエス。彼女に対してまだ気を許していないアランは、持ち上げつつ謝罪するに留めた。

美しいと評されたアニエスは機嫌を良くし、にっこりと笑う。

「まあ、お上手ですのね。おかげさまで、体調はとても良いです。アラン殿下こそ、いかがですか？魔法開発でお忙しくされているそうですが、どんな魔法を開発されているのでしょう？」

核心に迫ろうとされ、アランはさりげなく視線を逸らした。

「……国家機密になるので、詳細は話せないんだ」

アニエスは目を瞬かせ、小首を傾げる。

「そうですか。もしも何かお困りなら、私が手助けできるかもしれませんが……」

「いや、手助けには及ばない。ところで、来月になるが〝立夏の宴〟が開かれるので——……」

アランは話題を変え、手の込んだデザインを好むらしい彼女に、次の宴のために好きなドレスを作っていいと切り出す。アニエスは即食いつき、色々と案を出した。アランは全てそうしていいと頷き、その後、好物や好みの香りについてなど雑談もして、小一時間ほど経過した頃、腰を浮かした。

「では、私はそろそろ——」

あれこれ話し、彼女の顔も立てられたはず。そろそろ魔法開発に戻ろうと、辞去を告げようとしたところ、アニエスは卓上に乗せていたアランの手をぎゅっと握った。

ぴくりと肩を揺らして見返せば、彼女は瞳を潤ませ、熱の籠もった眼差しを向ける。

「まだお帰りにならないで、アラン殿下」

甘えた声でねだられ、アランは軽く眉尻を下げた。

「悪い。長くはいられないが、また訪ねよう」

実際、魔法開発もせねばならないため、頻繁に会っているマリエットとも、長時間は共に過ごしていなかった。

今日はこれ以上留まれないと断ると、アニエスは悲しそうな表情になり、ぐっとアランの手を引く。

「アニエス姫……？」

何がしたいのかわからず、引かれるまま動くと、彼女は暖炉前の長椅子にアランを連れていき、隣り合って座った。

ぴったりと身体を密着させて、彼女は不満そうに睨んでくる。

「私のことも、どうぞアニエスと呼んでください。マリエットのことはそう呼んでいると聞いております」

皇族の動向は、何かと使用人の間で噂になり、伝わるものだ。アニエスもどこからかマリエットとアランのやり取りを聞いたのだろう。

自分も同様に扱えと言われ、アランはそれくらいならと頷いた。

「承知した。ではアニエス、場所を変えて何をしたいのだろう？」

求められるまま名を呼び捨てにして問うと、彼女は妖艶に目を細め、呪文を詠唱せずに魔法を発動させた。

〝秘密のお守り〟という魔法だ。

自身と彼女以外に声が聞こえないようにされ、アランは不審を抱き、アニエスを見下ろす。

彼女はアランの腕に手を回し、これ見よがしに胸を押しつけると、その谷間から小瓶を取り出した。

「お手紙に、プレゼントがあると書いていたでしょう？　これを差し上げたかったの」

透明な小瓶の中には、オレンジとも緑とも、はたまた赤とも取れる不可思議な色の液体が入っている。

アニエスはアランの目をまっすぐ見つめ、誰にも聞こえないよう魔法をかけたにもかかわらず、艶っぽく耳元で囁きかけた。

「これは、いかなる病にも効く〝治癒薬〟です。どうぞお役立てください」

小瓶を差し出されたアランは、目を瞠る。

彼女は明らかに誘っており、通常の男ならば、その気になって組み敷いていそうな雰囲気だった。

けれどマリエットに対して恋情を抱いているアランは、アニエスに邪な気持ちを抱かなかった。

それどころか彼女の言いように危機感を覚え、肩を強張らせる。

先日手袋のボタンを外された時、肌を見られる前に腕を引いたと思っていた。しかしこんな薬を手渡すということは、アニエスは見逃さなかったのだ。

【黒染症】に蝕《むしば》まれた——アランの黒い肌を。

アランは小瓶を手に取り、慎重に聞き返す。

「……万能薬だと言うのだろうか？　そんなもの、この世にはないはずだ」

高く掲げて覗くと、瓶の中の液体は、光を受けて七色に輝いた。

時を忘れて見入ってしまいそうになる、美しい薬だった。これが万能薬なら、喉から手が出るほど欲しい。しかし――。

信じきれないでいるアランに、アニエスは優しく微笑む。

「タンペット王国は、代々多くの王族と縁を結んで参りました。そのような秘薬も、私なら作れるのです。……ただ、作れるのは私のみ。大量生産できるものではなく、公にはできませんでした。ですがこの薬について誰にも秘密にしてくださるのであれば……アラン殿下には、継続的にお薬をお渡し致します」

歴史あるタンペット王国の王女なら、あり得るかもしれない話だった。何より彼女はもう、アランが【黒染症】を患っていると確信している。

アニエスの表情から、今更病を隠しても無駄だと判断したアランは、半信半疑ながら礼を言った。

「……ありがとう。だが私の病については、他言しないでもらえると助かる」

秘密の保持を求めると、彼女は満足そうに頷く。

「ええ、もちろんでございます。私はアラン殿下のため、尽力したいだけ。どうぞこれからも、私のもとにおいでくださいませ」

婉曲《えんきょく》に、薬が欲しければもっと訪ねろと言われ、アランは僅かに眉を顰めた。

餌で釣ろうとする彼女の態度に、やや抵抗感を覚えたのだ。

それでも助けようとする気持ちはありがたく、アランは若干品位に欠ける彼女の行動を咎めず、承諾した。

「……わかった。ただ……この薬は公にしたくないそうだが、私の病の治癒に関わっている、側近と皇室指定魔法使いらには教えてもいいだろうか。立場上、検査してからでなければ使えない」

「ええ、構いません。効き目がありましたら、またお作り致しますね」

華やかな笑みを浮かべる彼女に薄く笑い返し、アランは今度こそ席を立った。

「ありがとう。この薬が効かなかったとしても、私への気遣い、確かに受け取った」

アニエスは〝秘密のお守り〟を解き、会話が聞こえだした侍女達に彼の退室を告げる。

そして扉口までアランと共に移動した彼女は、殊勝にもこちらが見えなくなるまで見送っていた。

五

ウラガン大帝国皇太子が二人の姫を娶ってから一か月半――王城では、夏の訪れを祝う〝立夏の宴〟が開かれようとしていた。

会場は総勢六百名もの参加客を収容できる迎賓館。この宴で初めてアランの妃達が公の場に姿を見せるとあって、諸侯貴族は次代の皇帝夫妻との顔合わせのため、こぞって出席した。

大きく豪奢なシャンデリアで照らされた会場内は、夕刻からの開催だというのに、昼のように明るい。王城の灯《あかり》は全て魔法の炎で、壁面に設置された燭台《しょくだい》の火はそれぞれ色が違い、七色に辺りを照らしていた。

――これが、宴……。

皇帝が先に会場内に入り、その後一度扉は閉じられていた。間を置いて、皇太子夫妻の入場となるのだ。

その出入り口の扉から中を覗き見たマリエットは、あまりの壮大さに圧倒される。迎賓館内は煌びやかな衣装に身を包んだ無数の人が行き来し、ざわめきは煩いほどだった。

「こんな中に入っていくの……？」

大勢に注目された経験がほぼないマリエットは、不安を隠せず侍女を振り返る。

身支度を整え、会場まで共に移動したイネスは、一緒に中を見てにこやかに笑った。

「ウラガン大帝国の王城で開かれる宴は、いつもこのような感じです。大丈夫ですよ。今日は皇帝陛下よりお言葉を賜った後、順番にアラン殿下とダンスをなされば、その後は客人達とご挨拶するだけです。それにマリエット様がダンスなさる際は、参加客の皆さんも共に踊りますから、人目もさして気にする必要はありません」

イネスの言う通り、全員の注目を浴びるのは正妃のアニエスだけだった。それでも多くの人前で踊るのに違いはなく、マリエットは眉尻を下げる。

「ダンス……」

アランと毎日のように練習をしたが、いまだに苦手意識は抜けていなかった。侍女や護衛の前ならなんとか踊れても、これほど大勢に見られては、緊張して手足が動かなくなりそうだ。

みっともない振る舞いをしてアランに恥をかかせるのも悪く、いっそ足を痛めたことに――と、辞退する方法を考えていたマリエットは、背後から聞こえてきた石の床を踏む足音に振り返った。

近づいてくる青年の容貌を目にするや、マリエットは瞳を輝かせる。

アランが護衛を二人引き連れて、会場へ来たところだった。今日の彼の衣装は、漆黒の布地に銀糸と青糸で繊細な刺繍が施されている。

手袋のボタンを留めていた彼は、視線を上げ、マリエットに笑いかけた。

「マリエット、今夜も君は美しいな。ドレスはどうだろう。気に入ってくれたか？」

さらっと美しいと言われ、マリエットは頬を染める。

今夜のドレスは、アランから贈られた。

当初は好きに頼めばいいと言われていたのだが、マリエットはドレスを作った経験がない。どんなデザインがいいのかわからず困惑していると、彼が良ければこちらで発注すると言ってくれ、お願いした。

彼が作らせたのは、淡い水色のドレスだ。袖は肘の辺りで絞られ、そこからふわりと鈴の形に広がる。スカートは上半身と同じ色の布地が左右に割れるようにデザインされ、中央部分は白いレースが幾重にも重なっていた。全体的に清楚《せいそ》で柔らかい雰囲気だが、生地はふんだんに使われ、よく見ると袖の絞った部分や胸元、スカートなどにいくつもの宝石が縫い込まれていた。

マリエットは着つけの段階でその仕上がりに気づき、いかほどの費用を投じたのかと慄《おのの》いた。

今も高価そうなドレスに引け目を感じ、はにかんで笑う。

「このような素敵なドレスを、ありがとうございます。とても嬉しいですが……着こなせているかどうか」

どんなに上質な品も、着る者の振る舞いが釣り合っていなければ浮いてしまう。ドレスに着られている状態ではと憂いつつ礼を言うと、アランは間近まで歩み寄り、甘い視線を注いだ。

「うん、よく似合っている。髪も綺麗だ」

今夜は髪を結い上げ、耳元やまとめた部分にサファイヤなどを使った髪飾りが挿されていた。普段以上に飾りつけられ、物慣れない気分でいるマリエットは、アランに見つめられてドギマギする。

「そ、そうですか……それなら、良かった」

想いを交わしてからというもの、彼の優しさは天井知らずだった。会うたびとろけるような熱い眼差しを注ぎ、綺麗だとか美しいだとか言って褒めてくれる。しかもタイミングさえ合えば何度でもキスをし、不慣れなマリエットに十二分すぎるほどの恋情を伝えた。

周囲の優しさだけでも感情が乱されるのに、惜しみなく愛情まで注がれ始めて、マリエットは逆に落ち着かない心地だった。

「大分緊張しているかな。少し顔色が悪い」

アランは眉尻を下げ、心配そうに指の背でマリエットの頬を撫でる。夫は今夜も見惚れるほどに整った姿をしていて、視線が絡むと、マリエットは恋心に瞳を潤ませた。

凛々しい眉に、光を受けると一層鮮やかになる菫色の瞳。鼻筋はすっと通り、唇は形良い。衣服を着るとすらりとして見える肉体は鍛え上げられ、マリエットなど軽々と持ち上げてしまう。

ダンスの練習中、一度だけ彼のフォローが間に合わず、マリエットは転びかけた時があった。

彼は『おっと、ごめん』と落ち着いた声で謝りながら、傾いだマリエットの身体を片手で支え、そのままひょいっと立ち上がらせてくれたのだ。あまりに軽々と動かされたので、マリエットは目を白黒させ、魔法を使ったのかと尋ねた。

すると彼は『女性一人くらい抱えられるよ』と笑い、マリエットはアランの力強さを実感した。

――お優しい上に身体は鍛えられ、見目も麗しいなんて、アラン様は何もかもお持ちだわ。

思わずうっとり見入っていると、アランの瞳が妖しく揺らめき、時を置かず顔を寄せられた。

腰にさりげなく手を添えられ、マリエットはきょとんと彼を見上げる。

傍らにいたイネスが、慌てて声をかけた。

「アラン殿下、お待ちくださ……っ」

しかし侍女の声は聞き流され、アランは慣れた仕草で唇を重ねた。

「ん……っ」

恋愛経験のないマリエットは、毎度キスの前触れに気づくのが遅かった。唇を重ねられてから事態を理解し、そこからなす術もなく、されるがままになる。

彼はキスが上手で、いつもマリエットをあっという間に翻弄した。心地よさに乱され、最終的に腰砕けにされるなど日常茶飯事。あまりの絶技に失神寸前になる日もあった。

今夜も彼は、護衛も侍女も気にせず、マリエットと熱いキスを交わす。何度も唇を啄《ついば》まれ、感触を楽しむしっとりとしたキスに、マリエットの鼓動は乱れた。息苦しさを覚えれば、アランが間を与え、呼吸させてくれる。

「は……っ」

初心《うぶ》なマリエットの頬は、既に上気していた。アランは無防備に開いた唇をじっと見つめ、閉じる前に再び重ねようとする。深いキスをされるのだと察知し、マリエットは必死に彼の胸を押した。

「ダ、ダメです……っ」

今あんな大人のキスをされたら、身体に力が入らなくなって宴も何もあったものではなくなる。

強引に唇を離して拒むと、アランは動きをとめた。

キスの余韻で瞳を濡らしたマリエットを物欲しげに見つめ、ぼそっと呟く。

「……すまない。これから宴だったな。――君が可愛くて、つい」

最後のセリフは耳元で囁かれ、あまりに色香溢れる声に、マリエットはびくりと震えた。

心は否応《いやおう》なくときめかされ、しかし彼に愛される日々は刺激が強く、もう少し加減してもらいたいとも思う。

「……その……キスは、嫌ではないのですが……できれば、人目がないところがいいです……」

侍女や護衛の前では、抵抗がある。

上目遣いで気持ちを伝えると、アランの瞳は一層妖しく揺らめき、マリエットはギクッとした。

今にも取って食われそうな眼差しは、本能的な恐怖心を抱かせるが、それもまた嫌ではなく、頬を染めて俯く。

彼はマリエットの背を緩く撫で下ろし、もう一方の手で耳朶《じだ》を弄んだ。

「……そうか。だが人目のないところだと、俺が我慢できるかわからないしな……」

どういう我慢が必要なのかと、マリエットが想像しようとした時、横からイネスが手を引いた。

「ここでは我慢なさってください、アラン殿下。私はマリエット様のお化粧を直しますので、アラン殿下も身だしなみを整えてくださいませ！」

彼女は早口で言うと、アランの返事も待たず、マリエットを隅まで引き連れていく。腰に下げていた道具入れから筆と布を取り出し、アランのキスにより崩れたマリエットの化粧を直し始めた。

「……マリエット様が鈍いからと、アラン殿下はすぐにお手を出されていけません。宴前のキスは厳禁ですよ、マリエット様。アラン殿下は着飾ったマリエット様には一等弱くていらっしゃるようですから、これからは構えておいてください」

彼女の手を煩わせ、申し訳なく眉尻を下げたマリエットは、横目にアランを見る。

彼は彼で、護衛達に取り囲まれて注意を受けていた。

「可愛くて我慢できなくなるのはわかりますが、せめてお披露目のダンスが終わるまで堪えて頂かなくては。マリエット妃殿下も、せっかく美しく着飾っておられるのですから」

「そうですよ。お美しさに手も出ようものですが、アニエス妃殿下と居合わせてややこしくなっても面倒でしょう」

お小言と一緒に移った紅を拭われそうになり、アランは煩わしそうに部下からハンカチを奪って自分で拭く。

しかし〝可愛くて我慢できない〟だとか、〝美しさに手も出る〟と話していた彼らの言葉は否定されず、マリエットはいたたまれず視線を戻した。

ちょうど二人の身だしなみが整えられた頃、会場出入り口に差しかかる回廊から声がかかった。

「あら、お二人とももういらしてたのね。遅くなったかしら」

二名の侍女を引き連れた、アニエスだった。彼女は機嫌の良い表情でアランに近づく。

アランはにこやかな笑みを浮かべて振り返った。

「ああ、私も今来たところだ。それがこの間話していたドレスか。よく似合っている」

アニエスに対して、アランは一人称を〝私〟にしているらしい。気品高いアニエスに対するなら、確かにその方が合っている気がした。

初めて二人が会話する姿を見たマリエットは、自分も挨拶をしようと歩み寄りかけて、イネスにとめられる。

「なりません。アニエス妃殿下とアラン殿下の会話に割って入るのは、立場を弁えぬ振る舞いとなります。お二人から話しかけられるまで、お待ちください」

そっと耳打ちされ、マリエットは立ちどまった。そういえば、ウラガン大帝国では皇室内で定められた所作もあるのだった。

側妃は正妃よりも立場は低く、声をかけられるまで待たねばならないのだ。

マリエットは大人しく扉口の脇に控え、二人を眺める。

結婚して二週間経った頃合いに魔法薬を依頼したアニエスは、以来、週に一度の頻度で薬を求めていた。以前は魔法薬を一つ渡した後、数年平気だったようなのに、相当身体が弱っているようだ。父王を亡くした痛手か、新たな環境に馴染めないのか。

心配な気持ちで見やった彼女の血色は、今日は良いようだった。

調子がいいなら良かったと安堵したマリエットは、アランに視線を注ぐ。気のせいか、彼の顔色も以前より良くなっているように感じた。

——今も魔法開発でお忙しくされているけれど、戦の疲れは取れてきているのかしら。

アランもアニエスも体調がいいなら、とても喜ばしいことだ。マリエットがほっとしたところで、アランがこちらを振り返った。

「アニエス、マリエットにも挨拶を……」

マリエットに声をかけるよう促され、アニエスがこちらを見る。彼女と目を合わせたマリエットは、頬を綻ばせた。

——今日も、アニエス様はなんてお美しいのかしら。

桃色の薄布が幾重にも重ねられたドレスはふわふわとしていて、白桃の頬に熟れた果実のような唇を持つ彼女にとても似合っていた。シルバーブロンドの髪は緩く巻かれ、生花と豪奢な金色の髪飾りで彩られている。

マリエットの表情を見て、アニエスもまた華やかに笑いかけた。

「マリエット、声をかけるのが遅くなってごめんなさい。とても綺麗なドレスを着ているわね。よく似合っているわ」

アランの隣に立って声をかける彼女は、まさに彼の妃といった雰囲気だった。二人が並ぶと、麗しい容貌を持つ美男美女で、実に絵になる。

マリエットの胸はアニエスへの敬愛の念でいっぱいになり、膝を折って恭しく首を垂れた。

「お目にかかれ光栄です、アニエス妃殿下。こちらのドレスは、アラン殿下より賜りました。素晴らしい品を頂戴し、心より感謝しております」

返答を聞いた途端、アニエスは顔色を変える。

「まあ、アラン殿下が作らせたドレスなの？」

「……はい、そうですが……」

マリエットは、咎めるような眼差しに戸惑った。

アニエスは眉根を寄せてアランを睨む。

「それじゃあ、マリエットはアラン殿下好みの格好をしているということかしら。私にも同じようにドレスを贈ってくださらないと、正妃の立場がありませんわ」

アランは、あくまでデザインがわからないマリエットを手助けしただけだ。それなのにアニエスから責められてしまい、マリエットは慌てる。

「あ、いえ……そういう意味ではなく……」

「すまない。マリエットはドレスをデザインした経験がなく、手助けが必要だったんだ」

マリエットが庇《かば》うまでもなく、アランは全く動じずにアニエスに弁明した。しかしアニエスは尚も気に入らなそうにし、つんと顔を背ける。

「では、これからは私がマリエットのドレスをデザイン致しましょう。アラン殿下の手を煩わせるのも申し訳ないですから」

予想もしていなかった案にマリエットは目を瞠るも、アランは首を振った。

「いや、それは私がする。作ってほしいと言うなら、君にも私が作らせたものを贈るから、それでどうだろう」

ほぼ即答で却下され、アニエスは彼に視線を戻して頬を膨らませる。それはいかにも可愛らしく、会話は痴話げんかの様相を呈した。

「その言い方では、私のためのドレスは仕方ないから作るように聞こえます。私がマリエットに酷いデザインのドレスを作らせるとでもお思いなのですか？」

「そういう意味ではないよ。二人の仲がいいのは知っている。だがウラガン大帝国では、正妃と側妃が親密に交流するのは避けるべきという考えもあるんだ」

アランは気遣わしそうにマリエットに目を向け、アニエスはふんと鼻を鳴らす。

「それはつまり、嫉妬による諍いを危惧なさってのお考えでしょう？　私とマリエットがそんな感情で争うはずございませんわ」

アニエスはマリエットの背後に回り込み、するりと腰に両腕を回してきた。アランに見せつけるようにぴったりと身体を密着させ、自信に満ちた声で言う。

「マリエットは、私をとても敬愛しているのですもの。この子がそんなくだらない感情を抱くはずがありません」

アランは真顔で二人を見つめ、アニエスはマリエットの耳元でそっと尋ねた。

「ねえ、私のマリエット。私がアラン殿下と仲睦まじくしたって、お前は許してくれるわよね？」

アニエスがアランと仲睦まじくする。その姿を想像したマリエットは、胸が一瞬痛くなった気がした。だがそれはすぐに消え、アニエスが傍近くにいる方が嬉しいと感じる。

マリエットはアニエスを見やり、にこっと笑い返した。

「もちろんです、アニエス様。アニエス様はアラン様の正妃殿下ですもの。仲睦まじくされる方が良いに決まっております」

アニエスは満足そうに口角を上げ、マリエットの顎を指先で引き寄せる。

「いい子ね、マリエット。私、素直な者は好きよ」

彼女の顔が近づき、マリエットは何をするのかしらと見つめた。アニエスは艶っぽく目を細め、ちゅっと頬にキスを落とす。

マリエットは目を丸くし、ほんのり気恥ずかしくなって頬を染めた。

アランは不機嫌そうに眉を顰め、咳払《せきばら》いする。

「二人が仲睦まじいのは承知した。だが二度とキスはするな。――いいか?」

マリエットから手を離したアニエスは、珍しい彼の命令口調を気にするでもなく笑った。

「あら、頬にキスするくらい、ご挨拶の一種でしょう? それとも嫉妬されたのかしら。ご安心なさって。マリエットは私の大事な宝物であると同時に、貴方の妻でもありますもの。小国の姫だからとぞんざいに扱わない限り、独り占めは致しませんわ」

「どういう意味だ?」

棘《とげ》のある言い方で忠告されたアランは、訝しげに聞き返す。

アニエスは見透かすように微笑んだ。

「白い結婚を定めたのは、ウラガン大帝国側でございましょう? 小国出身で、色々と後ろ盾の弱いマリエットは気安く、足繁く通いたくなるお気持ちもわかりますが、定められた約束事は破らぬよう、お気をつけくださいませ」

いつの間にか話題は二転三転し、最終的にマリエットに手出しをしたら許さないと、アランが釘《くぎ》を刺されていた。

マリエットはおろおろと二人を見つめ、アランは目を閉じてこめかみを押さえる。

「……それは、すまなかった。気をつけよう」

「わかってくださったなら、いいのです。私より先にマリエットが懐妊などすれば、ことですから」

懐妊の一言に、マリエットはドキッとした。

アニエスもアランの妻だ。当然アランの子を産む役目を持っている。

そしてアランは皇帝がそうしたように、アニエスに先に子を産ませるのだ。

マリエット同様に、アニエスにも愛を囁いて。

彼と想いを交わした時点で、マリエットは二番目に愛されるのだろうと達観していた。

それなのに、彼から考えられないくらいに愛情を注がれたマリエットの胸は、酷く苦しくなった。

『マリー。……その秘密を知れるのは、貴女がこれから出会う、たった一人の人だけなのよ』

『……一人だけ？』

『そう……一人だけ。貴女が心から愛し、そして貴女一人を誠実に愛し返してくれた人にだけ、教えられるの。……それ以外の人には、決して教えてはいけないわ』

不意に母との最後の会話が脳裏を過り、マリエットは悲しさを覚える。

――それでは、私の秘密は……アラン様には教えられないのだわ。

恋をしても、マリエットだけを愛してくれる人でなければ、秘密は伝えられない。

母の教えを破る気持ちにはならず、マリエットは辛い現実に項垂れた。と、誰かに手を握られ、顔を上げる。

アニエスが、にっこりと微笑みかけていた。

「マリエット、そろそろ開場の時間よ。扉前に移動しましょう。隣り合って入場致しましょうね」

既に扉前に立ち位置を変えたアランの背後へ並ぶよう、彼女は誘導してくれる。

アニエスの顔を見ると、不思議と気持ちが晴れ、マリエットは元の柔らかな笑みを浮かべられた。

「はい、アニエス様」

この世界でマリエットの秘密を知るのは、アニエスただ一人。

それは寂しい気もするけれど、十分だとも思えた。

マリエットは親愛の情を込めて、アニエスを見つめる。彼女もまたマリエットを愛しそうに見返し、二人を振り返ってその様を見たアランは、何かを考えるように険しく目を眇めた。


間もなく皇太子夫妻の来場を従者が告げ、扉が開いた。

盛大な拍手が三人を出迎え、アラン達は眩い光が照らす会場へと足を踏み入れる。

アランは慣れた足取りで堂々と会場の中央を歩み、後方に続く妃達もそれぞれ続いた。

アニエスは凛と背筋を伸ばし、一歩出る毎に薄布で作られたドレスがたなびく。袖口の布は裾に届こうかという長さで、背に垂らした長い髪と共にそれらが揺れると、シャンデリアの光も相まって神々しさすらあった。

側妃であるマリエットは、アニエスと完全に横並びにはならず、僅かに遅れて進む。ドレスの上半身はぴったりと身体の線に沿い、彼女の華奢さを露わにした。腰から裾へと伸びる布地は絹地で、縫い込まれた宝石と共に光を弾いて繊細に煌めき、それは歩くたびに妖精が如き淡い光を放つ。

結い上げられた青い髪は清涼感があり、長い睫で縁どられた目は淑やかに伏せられている。

立場を弁えた控えめな佇《たたず》まいは、奥ゆかしく、清らかな印象を与えていた。

会場前方で待ち構えていた宴の主催である皇帝夫妻のもとまで歩み寄ると、アランは胸に手を押し当てて首を垂れる。その背後でアニエスとマリエットは膝を折り、淑女の礼をした。

白髭を蓄えた皇帝は、嫁いできた日に見せた苛烈な気配を消し、穏やかに目を細める。

「――アラン。こうしてお前が花嫁を迎えられたことを、喜ばしく思う。ゆくゆく玉座を受け継いだ暁には、ウラガン大帝国をよく導き、国民と自らを幸福にせよ」

息子の幸せを願う、愛情深い言葉だった。アランは深く頭を下げ、厳かに応じる。

「ありがたきお言葉、心より感謝致します」

皇帝は頷き、彼の後ろに控える妃達に目を向ける。

「アニエス妃、そしてマリエット妃。国を越え、落ち着かぬ日々を過ごしているだろうと思う。しかしこれからはウラガン大帝国を自国と考え、皇室の一翼として、国をよく導き給《たま》え」

マリエット達を受け入れてくれたのだと伝わる言葉だった。妃達は深く首を垂れることで承ると応じ、そして皇帝は挨拶を見守っていた参加客達に声をかけた。

「それでは、宴と参ろう！　皆、今宵《こよい》は妃達をよく覚えて帰ってくれ」

同時に控えていた楽団が曲を奏で始め、会場内は一気に華やいだ空気に満ちた。アランは妃達を振り返り、まずアニエスに手を差し出す。

これからアニエスと一曲踊り、マリエットはその後だ。イネスが歩み寄り、マリエットは彼女と共に会場の脇に移動した。

アランの護衛をしていたクロードとダニエルがマリエットの背後につき、周りに目を配る。

妃達が参加客らと会話をするのは、夫とのダンスが終わってからというルールがあった。彼らはそれを破る者がないよう、目を光らせているのだ。

参加者達の注目が集まる中、踊り始めた二人を見つめ、マリエットは指先で口を押さえる。

――私、転ばずに踊れるかしら……。

心の中で悲鳴を上げ、しかし麗しい二人のダンスには目を奪われた。

アニエスは余裕さえ感じる微笑みを湛えてステップを踏み、指先まで意識した動きを見せる。さらりとなびく髪は光を弾き、本当に聖女が降臨したかのような光景だった。

アランもアニエスを柔らかく微笑んで見つめ、彼らは夫婦なのだと感じた。

作法も習い直している最中のマリエットでは到底醸し出せそうもない空気に、思わず視線を逸らし、俯く。

母の言葉を思い出してしまったからか、胸がまたもやもやとし始めていた。

アランに愛情を注がれ、アニエスにも優しく接してもらえ、マリエットは幸福な立場だ。

それなのに母の望んだ未来を歩んでいない現状に、疑問を抱いてしまう。

きっと母は、彗玉の秘密を知らせてもいい相手は、互いに愛し合った将来の夫だけだと言いたかったのだと思う。だけどマリエットの夫であるアランは、妻を二人持ち、ただ一人を愛するわけにはいかない。

——いっそ、アニエス様だけを愛してくだされば……。

アランが愛情を注がず、冷遇してくれたら、マリエットも彼を想わずに済む。

そうなれば、マリエットはいつかどこかに、〝秘密を伝えられる、相思相愛のただ一人〟を見つけられるかもしれない。

それにアランを想わずに済めば、マリエットが慕うのはアニエス一人に戻る。以前同様、アニエスのためだけに生き、命とて捧げる用意をして過ごす日々になれば——。

思考が奇妙な方向に傾きだした時、楽曲に紛れて軽快な足音が聞こえた。

近づいてくる気配に振り返ると、傍らに立つイネスの向こうから、青年がひょこっと顔を覗かせる。

「やあ、こんにちはマリエット義姉上《あねうえ》。兄上がアニエス妃殿下と踊っている間、お暇でしょう。僕とお話でもしませんか？」

肩に届く紺色の髪に、紫の瞳を持つアランの弟——ディオンが明るい笑顔で話しかけてきた。

控えていたダニエルが眉を顰め、間に入ろうとする。

「ディオン殿下。マリエット妃殿下とのお話は、アラン殿下とのダンスを終えてからになさってください」

咎められても、ディオンは気にしなかった。

「僕は家族なんだから、大目に見てよ。兄上の妻にまで手は出さないよ、多分」

——多分……。

なんとも無責任な言い回しだ。あっけに取られている間に彼は隣に立ち、アラン達のダンスを共に眺めだした。

「こちらの国はいかがですか？　やはり母国を恋しく思われていますか？」

勝手に話し始めてしまい、ダニエルとクロードは追い払うのを諦めて下がる。

マリエットは無視もできず、応じた。

「とても良くして頂いて、招いて頂けた幸運に感謝しております。……母国は、恋しくありません」

あの国では、誰もマリエットに生きていてほしいと望んでいなかった。だからマリエットは、自分だけは自らの命を惜しみ、必死に生きていたのだ。母国を懐しむような感情は、到底持ち合わせていない。

静かな答えを聞いたディオンは、意外そうにマリエットを見下ろした。

「そうなのですか？　アニエス妃殿下からは、貴女はタンペット王国前国王の死を悼み、辛そうにしていたと聞き及んでおりますが」

マリエットは、今日初めて彼と言葉を交わした。でもアニエスは、これより前に話す機会を得ていたらしい。

白い結婚の間、マリエット達は公務も免除されている。かといって誰とも交流してはならないわけではなく、この調子だと、彼の方から連絡をつけてお茶でも共にしたのだろう。

アニエスの父の死を悼むと、なぜ母国を恋しく思うことになるのかわからず、マリエットは首を傾げた。

「アニエス妃殿下のお父上ですから、やはり死は痛ましく思いますが……」

ディオンは笑顔で頷き、軽い口調で言う。

「ええ。タンペット王国前国王が統治した時代は、国民は皆充実した穏やかな日々を送っていたと聞きます。ですから、かつてを恋しく思われ、母国への郷愁もおありかと想像していたのです」

マリエットは口を閉じた。タンペット王国前国王の統治が良いものであったかどうか、マリエットは詳しく知らない。しかし戦が起き、それに伴って知ったネージュ王国の惨状を見ると、従属国に対して良い王だったとは思えなかった。

それにタンペット王国もまた、戦が起きるまでの数年間は、飢饉に喘いでいたとラシェルから聞いている。聖女として国内を巡り、施しを与えていたアニエスも、その光景を見たはず。にもかかわらず、前国王の統治を良いものだったと言うだろうか。

それとも飢饉以前は良い時代を過ごしていて、それを懐かしんで話したのか。

マリエットは奇妙に感じたが、否定しにくく、ひとまず引っかかる言い回しに対して言及した。

「ディオン殿下、それではまるで、私がウラガン大帝国の支配に納得していないように……」

だが返答の半ばでカツッと靴音が聞こえ、マリエットは口を閉じ、顔を上げた。

気がつけば一曲目が終わり、アランとアニエスが目の前に立っていた。

皆二人に視線を注ぎ、拍手を送っている。

途中からアラン達のダンスに集中できていなかったマリエットは、にわかに緊張した。

次はマリエットの番だ。アランとマリエットはホール中央へ移動し、それに続いて参加客達が集って、二曲目が流れる運びと聞いている。その際、アニエスのお相手は弟のディオンが務める。

アランはアニエスの手をディオンに取らせながら、低い声で咎めた。

「……ディオン、定められた慣習を破るな」

硬い表情で注意されたディオンは、明るく笑う。

「申し訳ありません。マリエット義姉上と一緒にいれば、兄上も移動時間が省けるかと思いまして」

ディオンとマリエットが離れていれば、それぞれのもとへ行く時間が余計にかかる。その手間を省いたのだと答えられ、アランは短く息を吐いた。

「そうか。だが慣習は守れよ」

やや声音を柔らかくして念を押し、アランはマリエットに手を差し出す。

「行こうか、マリエット」

向けられた眼差しは至極優しく、マリエットは束《つか》の間ダンスに対する苦手意識を忘れた。

「はい、アラン様」

ふわっと笑い、手を重ねれば、アランは甘く微笑んでホールの中央へと移動する。二人が定位置につくと、参加客達もホールへ移動し、やがて演奏が始まった。

マリエットはそこで反射的に身を硬くし、それに気づいたアランは柔らかく話しかける。

「大丈夫だよ、マリー。俺の顔を見ているだけでいい」

マリエットの胸が、ドキッと大きく跳ねた。何度も彼と過ごしてきたが、愛称で呼ばれたのは初めてだった。

マリエットをマリーと呼んでくれた人は、かつてこの世に一人しかいなかった。

——お母様と同じ呼び方……。

それはアランもまた、母同様にマリエットの家族なのだと感じさせ、強張っていた全身の筋肉が弛緩《しかん》した。

マリエットは嬉しくて、はにかんだ笑みを浮かべる。

「私をマリーと呼んだのは、アラン様がこの世で二人目です」

「そうか。一人目は誰か、聞いてもいいかな?」

アランは腰に添えた手に力を込め、身体を寄せる。普段より密着した状態に戸惑って視線を上げると、彼の瞳に嫉妬じみた感情が揺らいでいる気がして、マリエットは不思議に感じて首を傾げた。

「お母様です」

端的に答えると彼はほっとして、身体を普段通りの距離に戻す。

「それは良かった。アニエスだと言われたら、どうしようかと思っていた」

ゆったりとステップを踏み始めたアランは、動きが硬くなりそうだったマリエットの手をやや強く引いた。それにより歩幅が広がり、動作が優雅に変わる。

細部まで理解したリードは頼もしく、マリエットはときめきに胸を騒がせた。

「アニエス様は、いつも呼び捨てになさいますが……どうしてですか？」

気持ちを汲みきれずに問えば、アランは後方を見る。彼の視線の先には、楽しげにダンスをするディオンとアニエスがいた。

「……君はどうも、俺よりもアニエスの方が好きなようだからかな」

「まあ……そんな」

マリエットは意外な答えに困惑し、目を泳がせる。どちらがより好きかなんて、比べようがない気がした。

アランははっきりと答えられないマリエットに目を細め、改めて尋ねる。

「マリー、君がアニエスに出会ったのはいつ頃だ？」

「えっと……十歳の時です」

「それからずっと、誰にも内緒で会っていたのかな？」

アニエスとの関係は、マリエットが【彗玉の魔法使い】であることを除けば、何も隠す必要はなかった。マリエットは躊躇いもなく、つらつらと答えていく。

「はい……といっても、年に一度会えるかどうかでしたけれど。視察の折に、おいでになっていたのです」

アランは穏やかに頷き、マリエットの顔を覗き込んだ。

「そう。……マリー、俺の目を見て答えてくれるかな。君は最初から、アニエスが好きだった？」

なぜ目を見てと言われたのか不明ながら、マリエットは素直に彼と視線を合わせた。

「はい。私に会って話をしてくださる人なんて、いませんでしたもの」

アランの美しい菫色の瞳は、心を囚われそうな磁力を持っている。

マリエットの目は次第に潤んでいき、恋情のままうっとりと彼に見入った。彼も視線を逸らさず、愛しげな眼差しを注いで尋ね続ける。

「それじゃあ、一度も嫌いになった日はないんだね？」

「はい」

「アニエスに何年も会えなくても、好きなままでいると思う？」

「はい……」

「アニエスの頼みなら、なんでも聞くかな？」

「……多分……」

マリエットはずっとアニエスが好きで、何年も会えなくても実際に、彼女を慕い続けていた。頼まれごとだって、魔法薬を作った時のように、できるだけ応えようと努める。

悩むまでもない質問に応じていったマリエットは、気がつけば彼から視線を逸らせなくなっていた。彼の瞳に囚われたように、意思を持って目を動かせず、思考もなぜだか霧がかっているように感じる。

なぜだろう——とぼんやり考えるマリエットに、アランは微かに眉を顰め、顔を寄せた。

「マリー、君に主人はいる？」

「……私に……？」

主人なんていない。あえて言うなら、それは夫であるアランだ。

そう理性は答えを導き出すも、口は動かなかった。アランは返答しないマリエットを強く見つめ、低い声で続けて尋ねる。

「――では君は、アニエスのものか？」

マリエットは大きく目を見開き、ドクッと鼓動が大きく跳ねた。

「私は――」

――誰のものでもない。私は私のもの。だけど違う。本当は、ずっとただお一人のものだった。

それは――。

思考がまとまる前に、口が勝手に動いた。

「――私は、アニエス様のもの。だって、優しくしてくれたから。私を愛してくれる人は、この世界にアニエス様以外いない。私はアニエス様のためなら、なんだってできるし、やってみせる。いいえ、やらねばならないの」

自分の感情のはずなのに、アニエスへの想いは抑揚もなく呪文じみた勢いで放たれた。

それを聞いたアランは瞠目し、舌打ちする。

「――グレル王国王家の秘術か……っ」

グレル王国とは、かつて大陸の北西にあった海辺の小さな国だ。百年以上も前にタンペット王国に攻め落とされた。

なぜそんな国の名を出したのかわからず、しかし彼が囁き声で唱え始めた呪文が耳に入ると、恐怖心が込み上げた。

「どうして……呪文を唱えているのですか？」

普段、アランは呪文を唱えずとも魔法を使えていた。その彼が呪文を唱えるなら、今使おうとしている魔法はとても強力なのだ。

呪文は、魔法を正確に形成するために使う指標だとされている。呪文を唱えずとも魔法を使うには高度な技術が必要となり、その技術を磨くには強い魔力が必須とされた。

誰もが認める魔力の強さを誇る彼が呪文を必要とするなら、それがいかに難しい魔法か考えずともわかる。

マリエットは本能的に逃げ出したい心地になり、アランの胸を押した。

彼はその手を摑み、眉尻を下げて宥《なだ》めた。

「怖くないよ、マリー」

「……っ」

アランがそう言った瞬間、パリンと心の中で何かが壊れ、マリエットは全身を強張らせる。今まで心を満たしていた温かな感覚が、粉々になって消えていくのを感じた。

わけもわからず喪失感に見舞われ、瞳に涙が浮かぶ。血の気が失せ、そのまま頽《くずお》れそうになった身体を、アランが素早く抱き留めた。

突然マリエットが意識を失い、華やいだ空気で満ちていた迎賓館に緊張が走った。見守っていたクロード達が魔法を使い、間を置かず傍らに出現する。

「いかがされました」

アランはマリエットを横抱きにし、感情を顔に出さぬようにして首を振った。

「問題はない。緊張して貧血を起こしただけだ。俺が部屋まで運ぶから、皆は宴を楽しんでくれ」

アニエスやディオンも事態に気づいて駆け寄ろうとする姿が見え、アランはすぐに〝妖精の翼〟を展開しようとする。だが突然視界が揺らぎ、アランはマリエットを抱えたままふらついた。

「体調が優れぬのですか？　私がマリエット妃殿下を」

クロードがすぐさま異変に気づき、マリエットを預かろうとする。しかしアランは突発的に、この手を離してはならないと感じた。

——マリエットは守らねばならない。この手で——必ず。

なぜそんな使命感に襲われたのか、理由はわからない。けれど本能に突き動かされるまま、アランは続けざまにマリエットに魔法をかけた。〝二重の鍵〟という、害のある魔法を全て弾く強力な結界魔法だ。

呪文を唱えず魔力を使うと眩暈は酷くなり、目の裏に光が明滅し始めた。

「アラン殿下……⁉　アラン殿下……！」

「いかん、ひとまず二人を転移させせよう。おい、医師をアラン殿下の居室へ……！」

クロードの呼びかけと、背後からアランの身体を支えて慌ただしく指示を出すダニエルの声は、はっきりと聞こえた。意識は明瞭だった。それなのに思考はまとまらなくなり、瞼を閉じた瞬間、眩い光が全身を襲う感覚に見舞われた。

『私が……貴方の妻にさえ、ならなければ……』

現実では聞いた覚えのないマリエットの声が耳に蘇り、アランは眉根を寄せる。

眩暈に、視界を襲う光。

これは――これまで何度も体験した、記憶にないマリエットの映像が脳裏を過る前兆だ。

そう思った直後、膨大な量の映像が脳裏に流れ始め、アランは呻いた。

これまでの比ではない長大な時間の映像が、早送りで一気に過っていく。その負荷は強烈で、アランは耐えきれず、間もなく気を失った。


最初に見えたのは、頰を膨らまし、不満げにするアニエスだった。

「まあ、私の宝物を奪うおつもりですか？　私達の仲を平穏に保つ術でもありますのに」

アニエスの居室だ。アランは暖炉前の椅子に腰かけ、傍らに立つ彼女に冷えた視線を注いでいた。

「マリエットは物ではない。互いに理性があれば、正妃と側妃の仲とて平穏を保てる。心を操る魔法は禁術の一つではないのか？　我らを糾弾しながら、タンペット王国王家は自らにはそれを許していたとはな」

アランは酷く怒っていた。

出会った直後から、マリエットのアニエスに対する態度がやけに熱心にすぎると感じていた。

彼女はアニエスの話になると一も二もなく飛びつき、瞳は虜にでもなったように輝いて、その姿は常軌を逸する。

そして〝立夏の宴〟が開かれる直前、目の前でマリエットとアニエスのやり取りを見て、アランは確信を得た。

〝マリエットは自分を敬愛しているから、アランと睦まじくしても怒らない〟

彼女の身体に腕を回し、高らかにそう語ったアニエスは、マリエットの感情を理解し尽くしているとでも言いたげだった。

まるでマリエットは自分のものだと言わんばかりのその態度には違和感を覚え、対する彼女の反応もまた奇妙だった。

普通なら、多少なり不快を覚えてもおかしくない言動だ。

しかしマリエットは反発一つせず、従順にアニエスの言葉を認めたのである。

彼女はアランが正妃と睦まじくするのは喜ばしいことだとまで言い、不自然なほど柔和な笑みを浮かべてアニエスを見つめた。

その瞳は魅入られたかのように熱を帯び、敬愛という言葉だけでは表しきれない、異常なまでの執着に満ちていた。ここでアランは悟った。

――マリエットは、心を操られている。

どんな魔法がかけられているか調べるため、アランはダンス中、〝真の言の葉〟という魔法を彼女にかけた。瞳を合わせ、言葉を交わす毎に、当人にかけられた魔法の本質を語らせる魔法だ。

アランの質問に答えていったマリエットは、最終的に自らをアニエスのものだと認めた。

マリエットにかけられた魔法の種類を察したアランは、以前アニエスがぽろっと零した言葉を思い出す。

『私の家系は代々収集した秘術も持ち合わせておりますし、魔力だけは強いので、魔法開発のお役に立てることもあるかと――』

多くの王国を攻め滅ぼしてきたタンペット王国。かの国が全勝を収めてきたのには、理由があった。彼らは各国王家の血に加え、代々伝わる秘術も奪取してきたのだ。

民を束ねるために魔法は有用で、かつて統治者達は様々な魔法を開発した。中には心を操る魔法や、気づかれぬよう殺害する魔法など、人道に反するものも多々ある。それらの使用が公になれば、非難されるのは必至。古《いにしえ》の統治者達は強力な魔法を作っても国民には秘匿し、秘密裏に受け継いでいった。それらが秘術と呼ばれているのだ。

今回の戦で、ウラガン大帝国皇室もタンペット王国王家に対し、代々伝わる秘術の開示を要求した。だが王家が国民に秘めて伝えた魔法など、そのほとんどが今では禁忌とされる魔法だ。実際に使えるものはほぼないと考えていたが、アニエスは幼少期から、気軽に使っていたようである。

グレル王国王家の秘術――〝消えぬ灯〟。

術をかけた者を自らの虜にし、決して裏切らないよう縛る禁術だ。

マリエットと出会った直後にかけたのだろう。

術をかけた者にしか解けない強力な魔法だったが、アランは解除魔法でマリエットの心を解放した。

その後、真意を問うため居室を訪ねると、アニエスは反省するでもなく、咎め立てたアランに立腹した。

彼女はつんと顔を背け、鼻を鳴らす。

「あら、そんな風におっしゃって良いのかしら。貴方の病を癒す薬を作っているのは、私よ」

代々強い魔法使いの血を求め続けたタンペット王国の姫は、アランがどんなに苦心しても作れなかった治癒魔法薬を作る能力があった。

結婚してから二度目の訪問で手渡された治癒薬は、本物だったのだ。中身を調べれば、それは純粋な魔力の集合体らしく、僅かに触れただけで【黒染症】の染みが減った。

効果を見た直後に彼女の部屋を再び訪ね、作り方を聞いたが、ただ魔力を注いでいるだけだとしか言わなかった。

薬を渡された際、彼女以外作れないと言っていた意味がよくわかった。他者が製造する方法はないのである。

彼女の薬でも【黒染症】はすぐ完治とはいかなかったが、繰り返し使う毎に病の進行は抑えられ、改善が見られた。病を治すには、彼女を頼るしかない。

けれど脅し紛いな発言をされ、アランは不快感に眉根を寄せた。

「では薬を作っているのだから、貴女が何をしようと許せと?」

聞き返すと、彼女は愛らしく笑って首を振る。

「いいえ、そんな悪女のような真似は致しませんわ。アラン殿下には病が治るよう、お薬をお渡し致します。ですがこうして献身しているのですもの。マリエットよりも、私を大事にしてくださらないかしら?」

アニエスは、マリエットよりも立場が上回るだけでなく、アランの病に対し破格の貢献をしている。だというのに夫の寵愛はマリエットに傾き続け、不満を抱いても無理はない状況だった。

やり口は気に入らずとも、彼女の心持ちは理解でき、アランはひとまず従った方がいいと判じた。

しかしそれが、裏目に出た。

再びアランの視界は真っ暗になり、次に見えたのは焦ったイネスの顔だった。

「マリエット様を、お助けください……！」

アニエスの顔を見に行き、受け取った治癒薬を飲んだ直後だった。

〝妖精の翼〟で出現するなり叫んだイネスの声にアランは窮状を悟り、即座にマリエットの居室に転移した。だが時既に遅く、マリエットは腹を刺され、血だまりの中に倒れていた。傍らには長剣を手にし、冷えた顔で彼女を見下ろすアニエスがいたが、アランは我を忘れてマリエットに駆け寄る。

アニエスの願いを叶《かな》えるため、アランは足繁く彼女の部屋を訪ねていた。といっても、白い結婚が定められている間は触れぬと伝え、会っても話をするだけ。

一方、マリエットに対しては、人目を忍んで逢瀬《おうせ》を重ねた。アニエスに悟られぬように会うたび、アランの恋情は燃え上がり、マリエットしか目に映らなくなっていった。

そんな日々を過ごして三か月も経とうとした頃に起こった、惨劇だった。

抱き上げたマリエットはまだ僅かに息をしていて、アランは叫ぶ。

「マリエット、死ぬな……！」

心の底からの願いだった。アランの必死な呼びかけに、彼女がうっすらと目を開いた時、共についてきていたダニエルが警告の声を上げる。

「――アラン殿下！」

襲撃が背後から来るのだと、反射的にわかった。けれどマリエットを失う恐怖に呑まれたせいか、身体は重く、思うように動かなかった。魔法もなぜか発動せず、アランは抵抗もできぬまま、背後から何者かに刃《やいば》を突き立てられた。

胸を貫通して現れた鋭利な剣先は紫の光を放ち、切れ味を上げるために魔法がかけられているのだと察せられた。アランは背後に視線を向け、目を見開く。

それは、まぎれもなく――弟のディオンだった。

同時に窓の外では一気に軍勢が雪崩れ込む足音と怒声、そして剣が打ち合わされる音が響く。

王城が襲撃されたのだと理解したアランの胸から、ズッと剣が抜かれた。

おびただしい血が溢れ出し、アランは呻き声を漏らす。腕に抱いていたマリエットが、残る力を振り絞り、胸の傷に手を押し当てた。アランまでも致命傷を負い、彼女は泣きそうな顔で呟いた。

「私が……貴方の妻にさえ、ならなければ……」

喘鳴交じりのか細い声を聞いた瞬間、アランは眉根を寄せ、彼女を抱き竦めた。

――そんなことはない。俺は君に出会えて幸福だった。二人の出会いが間違いであったはずがない……！

心の中でそう叫ぶと、マリエットが耳元で小さく呟いた。

「――どうぞ……貴方だけは、生きて」

肺に穴が空いたのか、うまく息が吸えなかった。しかし残酷な彼女の願いには応えられず、アランはそっと身を離し、くぐもった声で囁いた。

「……マリエット……。君のいない世界で、生きるつもりは……ないよ。叶うなら、もう一度出会い直して……今度こそ君を、幸福にしたい」

恋情と悔恨に染まる瞳で見つめると、彼女は驚いたようにして、それからにこっと笑った。

刹那――眩い閃光《せんこう》が全てを包み込み、何も見えなくなった。

「――っ」

アランはひゅっと息を吞み、勢いよく上半身を起こした。鼓動は乱れ、全身が汗でぐっしょりと濡れている。身に纏うのは夜着だ。

手のひらを動かしてみると、思うままに動いて安堵する。

「お目覚めですか?」

声をかけられてベッドの左手に目を向ければ、部屋の隅で椅子に腰を下ろしていたクロードが立ち上がった。

窓の外からは明るい日差しが注ぎ、昼頃だとわかる。

「ああ……何があったのだったか」

記憶が混乱していた。大量の血を失って冷えきったマリエットの体温と、背後から刺された感覚が生々しく残っている。

額を押さえて考え込むと、クロードが心配そうに横顔を覗き込んだ。

「酷い汗ですね。〝立夏の宴〟の途中、マリエット妃殿下が倒れられ、その後アラン殿下も気を失われたのです。医師は、魔力を大量に消費した後の昏倒《こんとう》と症状は似ていると話していましたが……」

アランはそうだと思い出す。〝立夏の宴〟で、マリエットにかけられていた〝消えぬ灯〟を解除したのだ。その後立て続けに〝二重の鍵〟も行使した。

しかし解除魔法と結界魔法を使った程度で倒れるほど、アランの魔力は弱くはない。戦の折は自らに結界魔法をかけた上で、解除魔法とほぼ同程度の魔力を使う、封魔術を何度も使っていた。

——宴で倒れたのが現実ならば、先ほど見たのは一体なんだ……。

アランは現実でなかったなら良かったと安堵するも、全ての感覚が鮮明で、落ち着かない気分だった。

今回見た映像は、今までと比べ物にならない情報量だった。まるで一度辿った人生を見返したような感覚なのだ。

映像の中で、アランはディオンに討たれていた。あれは、クーデターだった。

もともときな臭い動きを見せていたディオンが、武器の収集に動きだし、アランは襲撃が近いと身構えていた。皇帝の警備を強化し、弟を捕らえるために忙しく動き回っていた時期だ。

治癒薬を渡す代わりに寵愛を寄越せと言うアニエスに会う時間も中々作れず、薬をもらうために出向く状態になっていた。

アニエスには謝罪し、わかってくれと理解を求めたが、不満を溜めているのは明らかだった。

そしてその傍ら、アランはマリエットに会いに行った。

疲弊するとどうしても顔を見たい衝動を覚え、真夜中でも彼女の部屋に忍び入り、逢瀬を重ねていたのだ。

その動きをアニエスが悟り、悋気を見せた結果があの血濡れた惨状だろう。

アランはアニエスがマリエットを手にかけるとは、考えてもいなかった。

更にディオンのクーデターが予想よりも早く決行され、青天の霹靂《へきれき》も良いところだった。

「……マリエットは、生きているのか？」

剣を抜かれ、血を零すアランの傷口に手を伸ばしたマリエットの悲しそうな顔が、忘れられない。

妻になった自らを責める言葉も、アランだけは生きてほしいと願う声も、何もかも受け入れられなかった。アランはマリエットを妻にした己の選択を後悔していないし、彼女と共に生きたいのだ。

目覚めたかどうかではなく、生死を問われたクロードは、戸惑った表情になる。

「えっと、はい。マリエット妃殿下も気を失っておられましたが、昨夜の内に目を覚まされました」

「そうか……」

ほっと息を吐いたアランは、汗で濡れた夜着を脱ぎ、ぎくりと手をとめた。

——胸に走る、傷痕。

それは、開戦直前に浮かび上がった。身に覚えのない傷痕は不気味で、けれどどんな悪さもしないので、もう気にも留めていなかった。

だがあの映像を見た後なら、これが何かわかる。

「……これは、ディオンに刺された痕だ」

魔法をかけた剣で、背後から貫かれた。傷痕は、映像で胸を貫かれた場所と正確に重なる。

アランの呟きを聞いたクロードが、目を丸くした。

「えっ、ど……どういうことですか？　その傷痕は、ディオン殿下が……？」

困惑している側近の質問には答えず、アランはこれまで見てきた映像の全てを脳裏に蘇らせる。

やけに詳細で、まるで実際に見てきたかのようだと思っていた。彼女と話し、笑い、触れる感覚も妄想にしては鮮明すぎて、奇妙に感じていた。

それに映像だけでなく、アランは時折既視感も覚えていた。

魚がおいしそうと呟いたマリエットとの会話や、ディオンのクーデターに備える指示。

それらが全て——本物の記憶だったならどうだ。

アランは実際に、マリエットと出会い、夫婦になり、想いを交わして——その果てに心臓を貫かれたなら。

確実に生き残れない深手だった。そして呼吸もできなくなり、意識が薄れかけた時、見たこともない眩い閃光に包まれた。あれが何かわからないが、何者かが強力な魔法でも使い、再び人生をやり直しているのだとしたら——？

荒唐無稽な話だ。しかし胸の傷痕が、ただの夢ではないと物語っているように感じられた。

閃光が走る直前、アランは強く、もう一度マリエットと出会い直したいと願った。

その祈りが実現したのなら——。

クロードはアランが混乱しているとでも思ったのか、しばし黙り込んだ後、話題を変えた。

「あ……そういえば、アニエス妃殿下もマリエット妃殿下の体調を気にしておられ、今日昼前に訪ねられるとおっしゃっていました。あのお二人は、本当に仲が良く——……」

アランは最後まで聞かず、ベッドを下りる。

「今は何時だ」

「十一時です」

「では俺も行こう」

アランが衣装部屋へと向かうと、クロードは慌ててその背を追った。

もう一度人生をやり直しているのならば——今度こそ、マリエットを守る。

決して彼女を失いたくない一心で、アランは今後の身の振り方を考えていった。

四章

一

目を覚ましたのは真夜中だった。母国のそれとは違い、毎日シーツを替えられたベッドは清潔で、緩く天蓋の柱に括られたカーテンには少しの埃《ほこり》も見当たらない。窓の外に昇った月は満ち、マリエットは上半身を起こす。

宴でアランに何かの魔法をかけられ、気を失ったところまで覚えていた。

ドレスはいつの間にか夜着に着替えさせられていて、マリエットは心もとない気持ちでベッドを下りる。

何かを失った感覚が強かった。心は喪失感にしぼみ、シクシクと痛む。けれど身体は以前よりずっと軽く感じた。

窓を開けて夜の空気を吸い込むと、胸の痛みが薄れていく。

「……アラン様は、何をなさったのかしら」

呟いた時、寝室のドアが静かに開かれた。視線を移すと、水差しとグラスを載せた盆を手にしたイネスが入ってくる。ふわっと風が吹き、怪訝そうに窓に目を向けた彼女は、マリエットを認めるや瞳を輝かせた。

「マリエット様……！　お目覚めになったのですね、良かった……っ」

彼女は急いで盆をベッドサイドのテーブルに置き、駆け寄る。

「ご気分はいかがですか？　緊張で貧血を起こされたようなのです。私の気配りが行き届かず、申し訳ありません……」

宴前にもっとお慰めすれば良かったと後悔する彼女に、マリエットは戸惑った。

倒れたのはアランの魔法の影響だと思うが、公には貧血となっているらしい。

マリエットは話をややこしくしないよう、否定せず微笑んだ。

「いいえ、貴女はいつも親切にしてくれているわ。私が緊張しすぎたのよ、きっと。着替えさせてくれたのは、イネス？　ありがとう」

宴の前だって気負わずに済むよう明るく接してくれていたのを、マリエットは知っている。

礼を言うと、イネスは首を振った。

「とんでもありません。今日はお疲れでしょうから、どうぞお休みください。アラン殿下も、早くお目覚めになると良いのですが」

「……アラン様も？」

彼も気を失ったと受け取れる言い回しに、マリエットは顔色を変える。イネスは口を押さえ、視線を泳がせた。

「……申し訳ありません。明日の朝までお伝えするべきではありませんでした」

「アラン様が、どうかなさったの？」

その場に留まり、教えてくれるまで動かない意思を示すと、イネスは眉尻を下げて答えてくれた。

「……マリエット様が倒れられた直後に、アラン殿下も倒れられたのです。ですが目覚められるまで、どなたもお会いできないので……連絡が来ましたら、お知らせ致します。それまでどうぞお休みください」

「どうして、お会いできないの？」

イネスはマリエットをベッドへ誘導しながら説明する。

「ウラガン大帝国では、そのように定められているのです。皇族の方が急に倒れられた場合、定められた側近以外、寝室に入ることは許されません。攻撃魔法を防ぐ結界を張る前に倒れられていたら、無防備な状態を晒してしまいますから」

「そうなの……」

妻なら会えるのではと思ったが、決まりごとならばしょうがない。イネスに従い、マリエットは大人しくベッドに戻るも、目を閉じても中々寝つけなかった。

喪失感を覚えていた胸は、時間を経る毎に寂しさが消え、軽やかになっていく。

それはまるでアニエスに出会う前——一人で寝起きし、朝日を見上げて新たな希望を抱いたあの日と似ていた。

なんだってできると思う、希望に満ちた心。かつてと異なるのは、隅々までアランへの恋情が占めていることだろうか。

アランが愛しくて、心配で、今すぐにも会いに行きたい。

抑えられない恋心は胸を苦しくさせて、眠りに落ちたのは朝方だった。

昼前、イネスがまだ寝ていたマリエットにそっと声をかけ、アニエスの来訪を告げた。

「いかが致しますか？　体調が優れぬようでしたら、改めて頂くこともできます」

マリエットは眠気の残る目を擦《こす》り、首を横に振る。

「いいえ……準備をする間お待ち頂けるなら、お会いするわ。……アラン様は目覚められた？」

アニエスには週に一度のペースで魔法薬のお願いをされているものの、〝蜜月の暇〟以降、直接会ったのは昨夜が初めてだった。

マリエットから手紙を送るのは立場を弁えていない気がして控えていたので、彼女から会いに来てくれたなら嬉しい。

けれどそれよりも、アランが目覚めたかどうかが気になった。

確認されたイネスは頰を押さえ、眉尻を下げる。

「いえ……まだご連絡は頂いておりません」

「そう……」

急に倒れた原因も報されておらず、マリエットは心配に表情を曇らせる。

イネスがアニエスに確認に行っている間に急いで身支度を整え、マリエットは居室へ移動した。

前回魔法薬を渡した日から、そろそろ一週間経つ頃合いだ。そのための来訪でもあるかもしれないと考え、念のため作り置いていた魔法薬の小瓶を胸元に忍ばせた。

アニエスは、暖炉前に置かれた一人掛けの椅子に腰を下ろし、ゆったりと紅茶を飲んでいた。彼女の背後にはいつもの侍女が一人、控えている。

近づくマリエットの足音が聞こえると、彼女は振り返り、明るく笑って立ち上がった。

「マリエット！　体調はどう？　急にアラン殿下と一緒に倒れたから、心配したのよ……！」

金糸の刺繍が入ったピンクベージュカラーのドレスを纏う彼女は、勢いよく駆けてくる。マリエットに抱き着くと、薄布を重ねたドレスが彼女の動きに合わせてふわっと膨らみ、とても愛らしかった。

心配してくれる気持ちが嬉しくて、マリエットは柔らかく笑う。

「ご心配をおかけして、申し訳ありません。貧血を起こしたようですが、すっかり元気です」

アニエスはマリエットの顔をじっと見て、頰に触れてくる。

「本当に大丈夫……？　元気がない気がするわ」

話しながら、彼女はなぜか一瞬目を瞠り、次いで眉根を寄せた。

マリエットの気分が沈んでいるのは、アランが気になっているからだ。だけど互いの夫についてどう話したらいいのかわからず、マリエットは微笑んでごまかす。

「……私は大丈夫です。よろしければ、お茶の続きを致しましょう」

「そうね」

アニエスは頷いて席に戻り、マリエットは彼女の斜向《はす》かいにある長椅子の端に腰を下ろした。イネスが窓辺に下げていたカートを傍らまで移動させ、新たに紅茶を作り始める。

その姿を眺める振りをして、マリエットは違和感のある胸に手を置いた。

以前なら、アニエスがアランと仲睦まじそうに話していても、微笑ましく見守れていた。二人の仲がいいならその方が良いと思っていた。

なのにどうしたのか、今日は彼の話はしたくなかった。

マリエットの知らないところで、アニエスが愛されているエピソードを聞いてしまったら、心が曇る予感がしたのだ。

——どうして、こんな気持ちになるのかしら。まるでアラン様を独り占めしたいみたい……。

昨夜も、マリエットはアニエスとアランが踊る様を見て胸をもやもやとさせていた。だけど昨日と今日では、微妙に心持ちが異なる。

昨日は、母の遺言通りにならぬ現実に胸が苦しくなって、アランに愛されなくなればと願った。そうすれば、マリエットの想い人はアランでなくなり、新たに〝秘密を打ち明けられるたった一人の想い人〟が作れると考えたのである。

でも今は、彼の愛情がなければいいとはとても思えない。それどころか、アニエスと彼を分かち合わねばならないこの立場が、苦しい。

——側妃として嫁いだのだから、公平に愛情を注がれているなら、感謝しなければならないのに。

マリエットは胸を満たすわがままな想いに嫌悪感を抱き、小さくため息を吐いた。

「ねえ、マリエット」

鬱々と考えていたマリエットは、声をかけられて顔を上げる。目が合うと、アニエスはにこやかに笑った。

「昨夜何があったか、私にだけは本当の話をしてくれない？　アラン殿下まで気を失うなんて、おかしいわ。私とダンスをしている時は、体調が悪いようには見えなかったもの。噂では、彼が倒れたのは魔力を消費しすぎたせいだと聞いたのだけど……昨日、何があったの？」

隠しごとをするなと言いたげな、探るような視線を注がれ、マリエットは戸惑う。

アランが倒れたこと自体知らなかったのに、その理由なんてわかるはずもない。

けれどふと気を失う直前の出来事が脳裏を過り、マリエットは口を押さえた。

ダンスをしている最中、アランは何かの呪文を唱えていた。本来呪文を詠唱せずとも魔法を使える人が呪文を唱えていたのだから、相当強力な魔法を使おうとしていたのだろう。

あの魔法を使ったから、魔力の過剰消費で倒れたと考えれば、自然だ。

マリエットは眉を顰め、迷い迷い答えた。

「そういえば……私が気を失う直前に、アラン様はとても高度な魔法を使おうとされていたようでした。どういった魔法かまでは、わからなかったのですが……」

アニエスはぴくっと眉を上げ、息を呑むように押し黙ってから、忌々しげにため息を吐いた。

「やっぱり……。私にしか解けないはずだけれど、強引に解除したのね。まあ、幼い頃にかけた魔法だもの。そろそろかけ直した方が良いと思っていたところだから、壊されても構いはしないわ」

意味のわからない話をされ、マリエットは首を傾げる。

「アニエス様……？」

彼女は説明する気はないらしく、目を細め、黙ってマリエットに人差し指を伸ばした。小さく呪文を唱える声が聞こえ、指先にぽっと光が灯る。

既視感のある光景を目にし、マリエットは記憶を辿った。いつかも、同じ魔法をかけられた。あれは、いつだったか。

——そうだ。あれは、アニエス様と出会った日だわ——……。

離宮の庭園で出会った日にも、アニエスは光を灯した指先をマリエットに伸ばしたのだ。

かつてと全く同じく、彼女は伸ばした指先で額に触れようとする。

これは——なんの魔法をかけようとされているのだったかしら。

マリエットはぼんやりとアニエスを見つめ、今まさに彼女の指が肌に触れる——と思った刹那、イネスがガチャンと茶器をカートの上に落とした。

マリエットはびくっと肩を揺らし、イネスはカートを押し退けて両手を伸ばす。

「——なりません……！」

頭をイネスの胸に抱え込まれたと思った瞬間、バチッと大きく火花が散った。

「きゃあっ」

アニエスが悲鳴を上げ、マリエットは当惑する。

——結界……？

アニエスはイネスに構わず、強引に指を押しつけようとしていた。けれどマリエットに触れる直前、彼女の指は弾かれたのだ。

マリエットにそんな力はない。しかしなぜか身体には、魔法を弾く結界が張られているようだった。

「アニエス様……っ、ご無事ですか⁉」

アニエスの侍女が血相を変えてアニエスの指を確認する。相当な威力があったらしく、アニエスの指先には血が滲んでいた。

「アニエス様……お怪我をなさったのですか？　すぐ、手当てを……っ」

マリエットは我に返り、慌てて彼女の怪我の具合を見ようとする。しかしイネスが頭を抱えた腕に力を込めて、それを阻んだ。

アニエスの侍女が鋭くイネスを睨みつけ、声を荒らげる。

「お前、アニエス様に攻撃をしたのか⁉　側妃の侍女如きが、分を弁えぬか……！」

高圧的な物言いに、マリエットは愕然とし、初めて王城でのイネスの立ち位置を意識した。

側妃は正妃に劣る。その侍女もまた、同様に扱われるのだ。

イネスは青ざめながらも、屈せずアニエスの侍女を睨み返す。

「私は決してアニエス妃殿下を攻撃などしておりません。主人を守っただけでございます」

「何を言う。現にアニエス様の指から血が出ておるではないか……！　それに守るとは何事か！

アニエス様が側妃に悪事を働こうとしていたとでも言うつもりか！」

激しい応酬が始まりそうな様相で、マリエットはすっくと立ち上がった。尚も守ろうとするイネスを後ろに下げ、アニエスの侍女をひたと見据える。

以前なら、侍女達の応酬など目もくれず、アニエスを心配していただろう。

でも今日はなぜか、アニエスの傷の具合から大事ではないと判断し、まずイネスを守らねばならないと冷静に考えられた。

ここでイネスに非があると決めつけられれば、彼女は職を追われるどころか、罰を与えられる可能性だってある。疑いを晴らすのが先だ。

アニエスの侍女は強い眼差しを受けてたじろぎ、マリエットは彼女が口を閉じるのを待って、穏やかに言った。

「アニエス様を攻撃したのは、イネスではございません。私にも覚えはありませんが、この身には結界が張られているようです。それがアニエス様の魔法に反応し、弾いたのです。責められるべき者がいるとすれば、それは私でしょう」

アニエスの侍女はいつになく明朗に物を言うマリエットに怯み、主人に目を向ける。

アニエスは不機嫌そうに息を吐き、払うように手を動かした。

「もういいわ。怒る必要はない」

侍女を下がらせ、彼女はマリエットを睨む。

「お前に結界を張る力などないのは知っているわ。だけど私が怪我をしたのは、お前が結界を張られているせいよ。私を治しなさい」

いつになく居丈高な態度で血が滴る指先を突き出され、マリエットは言葉に詰まった。

背後にはイネスがいる。彼女の前で力を使えば、【彗玉の魔法使い】だとアランにまで伝わってしまう。アニエスはそれを承知で言っているのだろうか。

彼女は手紙では、【彗玉の魔法使い】だと知られぬように振る舞えと命じていたが——。

瞳を見返しても、アニエスの真意はわからなかった。

思考の片隅では、事実をアランに隠し続けるのは果たして正しいのだろうか——と、新たな疑問が頭をもたげる。

彼は父王とは違った。劣悪な環境に身を置くマリエットに手を差し伸べ、救ってくれた人だ。父王のように、自力で改善できないならば滅せよと命じたりしないと思う。

新たに戦が勃発したとしても、即マリエットに命を差し出せとは言わないはずだ。

何よりマリエットは妃の立場。皇族であるからには、その身には責任が生じ、時に国のために命を差し出すのも務めの一つだった。

共に庭園を散策した折、アランも話していた。彼の妻でいる間、マリエットにはウラガン大帝国民の幸福を願い、そのために生きてほしいと。

万一その時が来たら、マリエットは誰に命じられずとも、自ら命を捧げる決断をせねばならないのだ。

母の遺言があろうと、有事には命を差し出す。そこに違いがないなら、秘密にし続ける意味はあるのか――。

マリエットは逡巡《しゅんじゅん》するも、答えを出しきれず、イネスに見えぬようにして胸元から魔法薬の小瓶を取り出した。それを隠し持ったままアニエスの手を取り、そっと指先に口づけを落とす。

「……私にそのような力はございませんが、早く癒されるようにと……神に祈りを捧げて参ります」

触れた指先から力を送り、傷も癒しながら小瓶を彼女の手の内に滑らせる。アニエスはこちらの意図を察し、しっかりと小瓶を受け取った。手を離すと、素早く小瓶を胸元に仕舞い込み、嬉しそうに笑う。

「ねえ、マリエット。今も私を敬愛している？」

なぜそんな質問をするのか不思議な心地で、マリエットは微笑み返した。

「はい。私は今も貴女を敬愛しております、アニエス様」

――貴女はお母様以外で初めて私の手に触れ、言葉を交わしてくれた。東西戦争の折には彗玉を使う選択もできたのに、秘密を守り、この命を永らえさせてくれた懐深い人だから。

アニエスは満足そうに頷き、立ち上がる。

「それなら許してあげる。だけど私の快癒は、どこの誰とも知れぬ神ではなく、創生主に祈りなさい。いいこと？」

タンペット王国内では、国王を創生主と呼んだ。創生主の血を宿す王子や王女は神子とされ、聖人、聖女として人々に道を教える役割を担う。

生まれながらに聖女として生きてきた彼女にとって、祈る対象はいつまでも創生主なのかもしれない。

マリエットの信じる神とは異なる対象に祈れと命じられ、咄嗟に反応できないでいる間に、彼女は背を向けた。

「また来るわ。お前はいつも可愛いから、大好きよ」

アニエスは最後に甘く言って、部屋を出ていった。

ぱたんと扉が閉じると、背後に控えていたイネスが後ろから手首を引いた。

「マリエット様、アニエス妃殿下を信用してはなりません。今、何をされそうになっていたか、ご理解されていますか？」

マリエットはイネスを振り返り、首を傾げる。

「今……？　何もなさっていなかったでしょう？　手に怪我をなされただけで……」

困惑して答えると、イネスは眉を吊り上げた。

「その直前に、指に光を灯してマリエット様に触れようとなさっておりました！」

マリエットは記憶を蘇らせて頷く。

「そういえば、そうだったわ。あれは、なんの魔法だったかしら」

確か、以前どういう魔法をかけたか、アニエス自身が教えてくれたのだ。記憶を辿り、マリエットはぱっと表情を明るくした。

「そうよ、〝健康でいられるまじない〟だったわ。出会った日に、かけてくださった――」

「――あれは、術をかけた者を自らの虜にし、決して裏切らないよう縛る、グレル王国王家の秘術です……！　アニエス妃殿下は、マリエット様のお心を縛ろうとなさっていたのですよ！」

話を遮って訂正されたマリエットは、頬を強張らせた。

「……グレル王国王家の……秘術……？」

聞いた覚えのあるセリフだった。すぐに、どこで耳にしたのか思い出す。

〝立夏の宴〟でダンスをしている最中、アランが珍しく苛立ったように舌打ちし、呟いたのだ。

――『グレル王国王家の秘術か』と――。

アニエスが心を縛ろうとしていたとはにわかに信じられず、マリエットは眉根を寄せた。

「……そんな魔法を、どうして私にかける必要があるの……？　それに、王家の秘術なんてそう簡単に知れるものではないのに……」

離宮で過ごしていた頃、マリエットはラシェルから『いかなる王室も、民に秘匿している強力な魔法――秘術がある』と聞かされていた。しかし妾の子であるマリエットには、たとえ成人しようとも教えてやらぬと、意地悪く笑われ、結局マリエットはネージュ王国の秘術を知らぬまま嫁いだのだ。

だが秘術とは、もともと結婚して王室を出る者には知らされず、嫡子だけが知るものではと思っていた。国民に隠している魔法なら、嫁いだ先で秘術が広まっても困るはず。

どちらにせよ、秘術とは国家機密。なぜ侍女であるイネスが知っているのか。

訝しく思って見ると、彼女は言葉に詰まり、躊躇いを見せながら声を潜めて答えた。

「……コルトー男爵家の者は、薬学や歴史学など分野は違いますが——代々魔法に関わる研究をして参ったのです。研究職に就いている者は探求心が強く、真実が書かれているのか怪しい本も集めます。その中には稀《まれ》に、攻め落とされた城から持ち出された本物の禁書なども交ざっていて」

先祖が集めた本の中に、今はなきグレル王国王家の禁書があり、そこには秘術が記されていた。

その呪文は唱えても魔法が発動せず、イネスは偽物だと考えていた。されど祖父は強い魔力がなければ使えない呪文で、本物だと言って譲らなかった。決して他人に教えたり本を譲ったりしてはいけないと命じられ、ずっと半信半疑でいたが、アニエスがその呪文を口にして実際に魔法が発動し、心臓がとまるかと思った。

「祖父の話は本当だったのかと驚いてしまい、マリエット様を庇うのが一呼吸遅れました。結界がなければ、アニエス妃殿下はマリエット様に魔法をかけていたでしょう」

説明は真に迫っており、マリエットは手のひらで胸を押さえ、青ざめていく。

「それじゃあ……私に出会った時、アニエス様は私の心を縛ったの……？　今も、私は縛られているのかしら？」

健康を祈るまじないではなかったのだと、ショックで指先は震えていた。

イネスは眉根を寄せ、首を振る。

「今は、魔法は解かれているのではないでしょうか。秘術の呪文を唱えられる前に、アニエス妃殿下は〝強引に解除した〟だとか、〝幼い頃にかけた魔法だから、そろそろかけ直した方が良いと思っていた〟と話しておられませんでしたか？」

「そうだったわ……」

マリエットは視線を落とす。

「では私にかかっていた秘術を解いたのは、アラン様ということ？ ……アラン様が高度な魔法を使ったと私が話した後に、アニエス様は魔法が解かれたと話しておられたもの」

「おそらく、そうでは」

イネスと結論に達したその時――微かな風が頬を撫でた。なんだろうと顔を上げるやいなや、突如目の前に何者かが出現し、マリエットは息を呑んだ。

空気を割いて姿を現した青年は、風を払ってカッと床に足をつく。

紺色の髪がさらりと揺れ、漆黒の眼帯が見えた。次いで美しい菫色の左目がこちらを見下ろし、マリエットはドキッと鼓動を鳴らす。

銀糸の刺繍が入った漆黒の衣服を纏う彼は、常になく焦燥を滲ませた顔つきで、やにわにマリエットの肩を摑んだ。

「無事か、マリエット……！」

理由はわからないが、血相を変えた彼は、いつもの優しい表情を忘れ、いかにも武人然とした口調で尋ねた。

肩を摑む手のひらは大きく、改めて向かい合うと、彼との体格差を実感する。

思い返してみれば、キスをするために近づく際、マリエットの身体は彼の懐にすっぽり収まってしまっていた。

急に現れて問いかけられたマリエットは、驚いてすぐには返答できなかった。数秒硬直し、それから笑みを浮かべる。

「……私は大丈夫です。アラン様こそ、お加減はいかがですか？　私と一緒に倒れられたと聞きました。目覚められて良かっ――ひゃ……っ」

マリエットの笑顔を見た彼は、返事を最後まで聞かず、力強くその腕で身体を抱き締めた。

彼の温《ぬく》もりに包まれ、マリエットは鼓動を乱す。

アランが出現した直後に現れたクロードは、主人夫妻の様子を見てぎくりとし、すぐに気配を消した。部屋の隅へ移動し、警護の立ち位置につく。

人前で気恥ずかしさを感じるも、アランの様子は常とは異なり、マリエットは心配になって彼の背に手を回した。

「あの……アラン様？　心配してくださったのでしょうか。ありがとうございます。私はすっかり元気です」

だから安心してくださいと、ぎゅっと手に力を込めると、アランは息を吐く。

「……そうか。……身体のどこにも、新たな傷はないか？」

他の者には聞こえぬよう抑えた声で尋ねられ、マリエットは奇妙に感じた。

――宴で倒れただけなのに、新たな傷……？　どういう意味かしら。

よくわからないものの、着替えた際、身体に怪我はなかったので、マリエットは頷いた。

「はい、どこにも怪我はありませんが……」

「それなら、良かった」

「きゃ……っ」

安堵して応じた彼は、マリエットをひょいっと抱え上げた。横抱きにして、窓辺の椅子へ向かおうとする。途中、イネスの隣を横切った彼は、カートの上で割れた茶器を目にして眉を顰めた。

「……何かあったか」

問われたイネスは、首を垂れる。

「申し訳ございません。先ほどまでアニエス妃殿下がおいでだったのですが……マリエット様に古の秘術をかけようとなさったため、咄嗟に動いた際に割ってしまいました」

彼は目を細め、首を傾げる。

「なぜ、秘術だとわかった？」

「……祖父が所蔵している文献の一つに、グレル王国王家の禁書がございます」

端的に答えられたアランは、ああ、と納得した。

「コルトー男爵家は研究者一家だったな……。ならばその禁書は、王家が回収させてもらう。聞いた以上、そのままにもできない。許せ」

渋い表情で取り上げると伝えられたイネスは、神妙な面持ちで応じた。

「いいえ、手元に置いておくにはすぎた書物でございました。祖父も抗いはしないでしょう」

アランは一つ頷き、マリエットに憂いの視線を向ける。

「それで、アニエスの魔法は弾かれたか？」

「はい」

イネスが答えると、アランは安堵した。

「ならばいい。……マリエットには魔法を弾き対象を守る結界を張っているから、今後は安心して仕えてくれ」

「承知致しました」

イネスは畏まって承り、アランは窓辺に置かれた二人掛けの椅子まで移動した。そのまま腰を下ろし、彼の膝上に横座りにさせられたマリエットは、ドギマギと全身を緊張させる。

彼は腰に緩く腕を回し、動揺して俯くマリエットの顔を覗き込んだ。どこを見ればいいかわからないでいたマリエットは、彼を見返してドキッとする。

アランの目は、これまでのどんな時よりも深い愛情を湛えてマリエットを見つめていた。

表情はいつもの甘いそれで、雰囲気も柔らかい。

「……昨夜は急に魔法を使って、すまなかった。強力な魔法だったから、君の身体は驚いて気を失ってしまったようだ」

鼓動は騒いでいるが、マリエットは宴での出来事を確認せねばと背筋を伸ばした。

「昨夜唱えられていた呪文は、私にかけられていた秘術を解く魔法だったのですか？」

アランは眉尻を下げる。

「……どこまで気づいている？　どんな秘術をかけられたのか、理解しているのかな」

マリエットはちらっとカートの上を片づけ始めたイネスを見やり、指先で唇を押さえた。

「イネスからは……心を縛る魔法だと聞きました」

心のどこかでまだ信じきれていなかったが、アランは否定しなかった。

彼は床に視線を向け、ゆっくりと話す。

「そうだ。君には〝消えぬ灯〟という、グレル王国王家の秘術がかけられていた。幼少期に出会った際、アニエスがかけたのだろう。君とアニエスのやり取りに違和感を覚え、昨夜魔法がかけられているかどうか確かめた後、俺が解除魔法で解いた」

「……そうなのですか……。どうして、そんな魔法をかけたのかしら。心を縛らなくても、私はアニエス様をお慕いしているのに」

マリエットは胸を押さえ、戸惑う。アニエスを慕う感情は、魔法が解かれても消えてはいない。彼女は孤独な幼少期を過ごしたマリエットの救いで、命を守ってくれた恩人だ。十分敬愛に値する人だと思う。

「ではアニエスには、怒ってはいないのか？」

アランが意外そうに尋ね、マリエットはふふっと笑った。

「そうですね。嫌いなのに好きだと思い込まされていたら、怒っていたかもしれません。ですが私にとってアニエス様は、大切な方に違いありませんから。あの人は、誰もに見放され、薄汚れた姿でいた私の手を優しく撫でてくれ、厭わず言葉を交わしてくれました。ですから、今も大切な人なのです」

「……」

アランはじっとマリエットを見つめ、複雑そうに笑う。

「そうか。君は今も、アニエスにならば何をされてもいいと思っているのかな？」

カチャンと茶器が触れ合う音がして、目を向ければ、イネスが不安そうな表情でこちらを見ている。

　マリエットは彼女を安心させる笑みを浮かべてから、アランに視線を戻した。

「いいえ。以前ならそうだったのでしょうが……魔法を解かれたので、やっぱり心持ちは異なります。先ほど、アニエス様はアラン様の結界に弾かれて指先に怪我を負われました。アニエス様の侍女はそれがイネスの仕業だと考え、彼女を責め立てた。その時私は、アニエス様の傷の手当てよりも、イネスを庇うことを優先しました。今の私は、何をおいてもアニエス様を選ぶわけではありません」

　かつてと異なる己の気持ちに、一抹の寂しさも感じながら答えると、アランは眉尻を下げる。

「それなら、良かった。俺は誰にも――君自身にも、君の命が他の誰かよりも軽いとは考えてほしくない。君は替えなどない、唯一無二の存在だ。その心は、誰にも支配されるべきではない」

「はい……」

　正妃と側妃では立場が異なる。それなのに、アランはアニエスと同等に、マリエットを大切に想ってくれているのだと感じ、じわりと心が温かくなった。

　彼はほんのり頬を緩めたマリエットの瞳をまっすぐ見つめ、真剣そのものの調子で命じた。

「――マリエット。誰にも縛られるな。自らを操ろうとする者を、決して許してはならない。そして何があろうと、己の命を最優先に守れ。たとえそれが古きよき友であったとしても――危険を感じれば、必ず逃げろ。いいか？」

「――……」

　マリエットは目を瞬かせ、当惑する。彼が纏う空気は、また戦でも始まりそうな切迫感に満ちていた。

腹に回された彼の手にそっと触れ、不安に瞳を揺らして尋ねる。

「何か、起きるのですか……？」

彼は、悲しそうに微笑んだ。

「マリー、約束してくれ。いかなる時も、油断しないと」

質問に答えてもらえず、マリエットは眉尻を下げる。まるで今生の別れでも迫っているような、心細さだった。

それでもマリエットを憂い想う彼の気持ちは伝わり、頷き返す。

「……承知致しました」

「ありがとう。……どんな時も、君を愛している。どうか、それだけは忘れないでくれ」

彼ははっきりと愛を告げ、マリエットに顔を寄せた。

うっすらと細められた菫色の瞳は、心なしか悲哀に涙ぐんではいなかっただろうか。

アランはマリエットに確かめる時を与えず、唇を重ねた。それは熱く、濃密で、マリエットはあっという間に乱された。彼は愛情の全てを注ぐが如く深い口づけを与え続け、マリエットがくったりと力尽きてやっと、唇を離したのだった。

二

〝立夏の宴〟が開かれてから三週間——マリエットの居室があるコライユ塔は、静けさに包まれていた。

宴翌日にアランが訪れて以降、来訪者はなく、塔内は護衛騎士と侍女が静かに行き来するだけ。開け放たれた窓からは鳥の囀《さえず》りや木々のざわめきが鮮明に聞こえ、窓辺に立って外を眺めていたマリエットは、ポツリと呟いた。

「……アラン様は、もう私のところへは来ないのかしら」

傍らで紅茶を淹れていたイネスが、ぴくっと手を震わせる。

「魔法開発で、お忙しくされているようです。私の父も開発協力を仰がれ、大変難しい新薬の開発に取り組まれていると聞き及んでおります」

マリエットはイネスの方を向き、にこっと笑った。

「以前は魔法開発をしている最中でも、会いに来てくれていたわね」

「そ……それだけ、開発も佳境に入っているのでは……」

こめかみに汗を伝わせて答える彼女に、マリエットは眉尻を下げる。

「いいのよ、気を遣わなくて。アニエス様のもとへは、足繁く通われているのでしょう？　アラン様は、アニエス様の方がお気に召したのでしょう」

冷静に状況を口にしたつもりだったが、声には悲しさが滲んでしまった。

アランがアニエスのもとへ頻繁に通っているとは、塔内の護衛騎士達の雑談が耳に入って知った。

以前から忙しくしていると知っていたので、通う暇もなくなったのだと思っていたマリエットは、話を聞いた時とても驚いた。最後に会った日、愛を告げた彼の言葉は本物だと感じた。けれどあれ以降お渡りはなくなり、あまりにあっけなく態度を翻されて、マリエットは動揺した。

彼を疑いたくはなかった。真摯に告げられた彼の想いを信じたくて、しばらくは耐え忍んだ。

しかし訪れは一切なく、厳しい現実は急速に心を弱らせ、もう愛情は失せたのだと諦める気持ちを膨れ上がらせていった。

結局、マリエットは母国の頃と変わらず、なき者として扱われる運命なのかもしれない。

毎日のように足を運び、睦言を囁き、口づけていた彼の愛情は、幻だったのだ。

「……私に時間を割いてくださっていたのは、教養もなくて気がかりだったからでしょう。今も講師をつけてくださっているし、私にはこれくらいが似合いよ」

自分に言い聞かせるように呟き、マリエットは心とは裏腹に、口元に弧を描いた。

彼と過ごした日々は、今も鮮やかに記憶に残っている。

拙いダンスをするマリエットを慈しみ深い眼差しで見つめ、優しく導いてくれたアラン。タイミングさえあれば口づけ、そして睦言をいくつも囁いてくれた。

会うたび鼓動は乱れ、毎日毎日彼を好きになっていった。

その幸福な日々は、終わったのだ。

彼の興味はアニエスに移り、マリエットは忘れ去られた。

残ったのは――アランに対するマリエットの恋心だけ。

アランの話をすると寂しさが込み上げ、マリエットの瞳に涙が滲んだ。それを侍女に見せまいと、また窓の外に目を向ける。

イネスは主人の横顔を凝視し、すうっと大きく息を吸った。

「――あんまりでございます……！」

あまりに大きな怒鳴り声で、マリエットはぎょっとイネスに視線を戻す。

イネスは眉を吊り上げ、アーモンド色の瞳を涙で潤ませて捲し立てた。

「マリエット様に会うたびに、あんなに愛していると甘く接しておられたのに……っ、アニエス妃殿下と睦まじくなった途端、こちらにはぱたりと足を運ばなくなるなんて――男の風上にも置けぬ方でございます！」

窓が開いているのに、イネスは大声で次期皇帝を悪《あ》し様に罵る。

「しかも、アニエス妃殿下と睦まじくなるきっかけが、マリエット様への悪事！　なんとデリカシーの欠片も持ち合わせぬ、呆れ果てた方でしょう……っ。私は、失望致しました！」

マリエットは大慌てでイネスの口を手で塞いだ。風を通すために開け放っていた扉口で控えていた護衛騎士――クロードに、引き攣り笑いを浮かべる。焦りのおかげで、目に滲んだ涙は消えていた。

「これは、冗談なのです。どうぞアラン様には、内密にお願いできるでしょうか？　私、イネスにはずっと侍女でいてもらいたいので……」

最後の逢瀬を交わした日、アランはその足でアニエスの部屋を訪ねると話していた。〝消えぬ灯〟をかけた理由を問うためだ。

それからクロードを介して聞かされた話によると、彼女はマリエットに嫌われるのを恐れて、秘術を使ったとか。

あまりに稚《いとけな》い答えだったが、秘術をかけた当時の年齢を考えれば妥当だとも思えた。

しかしアニエスは解除された〝消えぬ灯〟を再びかけようとしたため、アランによってマリエットとの接触を禁じられた。

その後アニエスの動向を確認するためか、アランは定期的に彼女のもとを訪れるようになり、気づけばマリエットへの訪問はなくなっていた。

この流れを知っているイネスは、マリエットに対する悪事をきっかけに仲を深めたと憤っているのである。

またアランが訪れなくなって一週間経った頃、マリエットにつけられる護衛の顔ぶれが替えられた。以前はアランの警護につけられていたクロードとダニエルが、交代でマリエットの方にも回されるようになったのだ。

イネスはクロードに目を向け、マリエットの手を口から剝がして更に言う。

「クロード様だって、どうせマリエット様のもとへも通うようアラン殿下に進言して、不興を買ったのでしょう。悪口を聞いたところで、報告なんてしませんよ。彼は皇太子の護衛から外されたのですから！」

寵愛を失った妃の護衛に回されるのは、確かに左遷の色合いが濃い。とはいえクロードとダニエルは、マリエットとアランを交互に護衛している。皇太子の護衛を外されたと言い切るには、語弊があった。

勝手にお先真っ暗であると決めつけられたクロードは、困り顔で笑う。

「一応今も、第二近衛騎士団団長だから、まだアラン殿下には見限られてないと思うけど……」

やんわり否定されると、イネスはますます眉を吊り上げた。

「それでは、見限られたのはマリエット様だけだとでも言うのですか⁉」

語気強く問われ、クロードは全力で首を振った。

「いやいや、言ってない！　言ってないよ。そもそもアニエス妃殿下とアラン殿下は、イネス嬢が想像しているような仲でもなくて、それより今は、別の方面でごたついてるというか……」

「別の方面……？」

マリエットが口を挟むと、彼は苦笑いを浮かべる。

「あー……申し訳ありません。詳しくは、申し上げられないのです」

機密事項なのだろう。マリエットはそれ以上は尋ねず、窓辺の椅子に腰を下ろした。

この話題は終わりだと皆に示すため、読みかけの小説を開く。

主人思いの侍女は切なそうにため息を吐き、紅茶を注いだカップをマリエットの前に置いた。

——贅沢な日々だ。

食事も着るものにも困らず、講師までつけられている。これ以上を求めるなんて、おこがましい。

マリエットは理性的に考え、現状に感謝した。それでもやはり心は塞ぎ、苦しくて、気を抜くと今にも泣きだしてしまいそうな気持ちが込み上げた。吐息は感情の乱れを露わにし、微かに震えてしまっている。

——恋って、両想いでいられなくなったら、こんなに辛いものだったのね……。

恋愛小説を読むだけでは感じられなかった切実な胸の痛みに奥歯を噛み締め、マリエットは三度《たび》窓の外を見上げる。空は青く澄み、どこまでも広がっている。

——アラン様は、人質の価値はないと知った上で私を妻にされた。だけど妻としての役目を求められていないなら……私がここにいる理由は、もうないのじゃないかしら。

マリエットは、王城に留まる意味に疑問を抱き始めていた。

三

マリエットの護衛から交代し、オニクス塔二階の実験室へ移動したクロードは、アランの顔を見るなり不満そうな表情で忠言した。

「マリエット妃殿下は、とても辛そうに過ごしておられます。アニエス妃殿下のもとへ通われるのは結構ですが、側妃殿下をなき者として扱うのも軋轢《あつれき》を生む行為です。なぜマリエット妃殿下のもとを訪れられぬのですか」

実験室の奥にある、書棚に囲まれた机で開発過程にある魔法薬の構成を考えていたアランは、眉間に深く皺を刻む。

「……今はそれどころではない。わかっているだろう」

コルトー男爵は、【黒染症】の治癒薬だと明言せずとも、何を作りたいのか理解して新薬製造方法をいくつか提案した。アランは現在、それらを試して有効な手段を探している最中だった。

クロードはアランの手元に視線を向け、意味がわからないと言いたげに顔を歪める。

「【黒染症】でしたら、アニエス妃殿下の治癒薬で改善していたではありませんか。なぜまだ新薬の開発を続けていらっしゃるのです？　それに近頃、治癒薬を受け取っておられないのではありませんか？　なんのためにアニエス妃殿下とお会いしているのです」

——マリエットに対して悋気を起こさせないためだ。

アランは本音は口にせず、ため息を吐いた。

〝立夏の宴〟の後、マリエットの無事を確かめたアランは、それからアニエスの部屋を訪ねた。そして〝消えぬ灯〟は解いたと告げ、なぜそんな魔法をかけたのか問おうとした。

しかしアニエスはアランが話している途中で口を開き『まあ、私の宝物を奪うおつもりですか？　私達の仲を平穏に保つ術でもありますのに』と言った。

胸の傷痕を見てそう踏んではいたが、一度死んだ人生と全く同じセリフを聞かされ、アランは内心ぞっとした。

それは、アランがあの日見た映像と同じ人生を歩もうとしているのだと確信させたからだ。

何もしなければ、この先にマリエットがアニエスに害され、アランが弟に殺される未来が待っている。

そしてどんな奇跡が起きたのかわからないが、アランは時を遡り、人生をやり直そうとしているのだ。

そんな奇天烈《きてれつ》な状況を部下に話すわけにもいかず、アランは不自然にならない範囲で答えた。

「……薬のためだけに会っていると思わせるわけにもいかないんだ。それに己の命を気持ち一つで左右できる者が存在するのは、危うい。魔法薬はあって困るものでもないし、開発しておいて損はないだろう」

一度目の人生では、アランは薬をもらうためだけにアニエスに会っていた。それがマリエットに対する怒りになった可能性は多分にあり、薬目当てでなくとも会う日をもうけていた。

またマリエットを殺す機会を与えぬよう、アランは宴後、アニエスに彼女との接触を禁じると告げた。

すると彼女は反発し、【黒染症】の薬を作っているのは自分だと言って脅しをかけた。

アランは最終的に自らを可愛がれとねだる彼女の要望を受け入れる代わりに、マリエットとの接触禁止を承諾しろと迫り、それで彼女は渋々頷いた。

うまく人生を修正しつつあるとは思う。けれど弱みにつけ込もうとする振る舞いからして、アニエスは信用ならなかった。

相手に命を握られている状況は危険で、彼女をつけ上がらせる要因になる。なんとしても魔法薬は作らねばならず、アニエスを増長させぬよう、近頃は薬をもらう頻度を落としていた。

その分病は進行しているが、マリエットを慈しめないなら、いっそ死んでもいいのでは——と、近頃半ば捨て鉢な気分になりつつもあった。

好いた者と結婚できる王族など、限られている。皇太子として生まれたからには、愛のない結婚を覚悟して生きてきた。

それなのに愛する妻を手に入れたアランは、想いを消せなかった。マリエットと会って言葉を交わし、笑顔にし、自身の手で幸福にしたくてたまらない。

何よりそんな欲望以上に、彼女には生きていてほしかった。

血だまりの中に横たわる姿など、二度と見たくない。手元に置けなくとも、せめてこの世のどこかで笑って生きてくれていたら、それでいいと思うのだ。

アランが恋情に蓋をしてマリエットを遠ざけているのは、それが最善だと考えているからだった。

だがアニエスの言動は、一度目の人生とほぼ同じ。今回の人生でもクーデターが起こる公算は高く、マリエットの安全を考えれば、アランから遠ざけるだけでは不十分だった。確実に守るなら、彼女は城に置いておくべきではない。それもただ遠方へ住まいを移させるだけではいけない。

アランには、正妃としてアニエスがいる。アニエスがアランの妻である限り、悋気を高ぶらせてマリエットに牙を剝《む》く可能性は永久にあり続けるのだ。

たとえクーデターをやり過ごしても、マリエットは常に危険に晒される。

全ての危険性を回避し、確実にマリエットを守るには——もはやアランは、彼女との縁を切る以外になかった。

アランはじくじくと痛む右目を押さえ、呻く。

周囲にはアランがマリエットに飽きたのだと思わせ、頃合いを見て彼女と離縁する。

それしか、彼女の命を守る方法はない。

これが——何度も考えて出した、アランの答えだった。

「右目が痛むのですか？　変なやせ我慢はせず、アニエス妃殿下に薬をもらってください」

クロードが心配そうに声をかけた時、実験室の扉をノックする音が響いた。

手元に置いた鏡で、実験室前に設置した監視魔法の映像を確認し、アランは短く応じる。

「——入れ」

ディオンの動きを調べるよう命じた、第二近衛騎士団団員の一人だった。

入室した彼はアランの傍らまで駆け寄ると、顔色をなくして報告する。

「ディオン殿下が——武器の収集を始めたようです……！」

クロードは目を見開き、アランは彼が差し出した書類を真顔で受け取った。

調査結果が書かれたそこには、ディオンが密に会っていたバリエ侯爵が資金を出し、北方にある小国・ヴァン王国の武器商から多数の武器を購入した履歴が並んでいた。それらは三つに分けられ、異なる持ち主の倉庫に収められたとも記されている。倉庫の持ち主はどれも、強硬派に名を連ねる者達だ。

——なぜ、ディオンはクーデターを起こす……？

アランはこの期に及んで、どうして弟がクーデターを起こそうとするのか解《げ》せなかった。

快楽主義者であろうと、ディオンはしっかりと教養を身につけた皇子だ。講義はきちんと受け、剣技の訓練とて真剣に取り組む姿を何度も目にしてきた。

遊興費を抑えられた程度で暴れるような、根っからの阿呆《あほう》ではない。

——何があいつを突き動かしている……？

アランは悩ましく考えながら、必要な指示を出す。

「……武器を売った武器商の製造工場も調べろ。ヴァン王国のような小国に、多量に武器を生産できる工場があるとは思えない。帝国内の生産工場で製造されたものを一度輸出し、再び帝国内に運んだ可能性がある」

「——は！」

より詳細に協力者を炙《あぶ》り出せと命じられた部下は頷き、速やかに下がっていく。その背を見ながら、アランは抑揚のない声で言った。

「それと——俺はマリエットと離縁する」

「……は？」

傍らに立っていたクロードが、面食らった調子で聞き返す。下がろうとしていた部下も足をとめ、目を丸くして振り返った。

アランは彼らとは視線を合わさず立ち上がり、淡々と繰り返す。

「マリエットには飽いた。彼女とは離婚する」

クーデターが起こるならば、彼女を一刻も早く城から出さねばならない。

クロードは顔に動揺を乗せ、アランの心の声を聞いたかのように捲し立てた。

「――お待ちください。いくら危険に晒したくなくとも、離縁は早計でございます……！　マリエット妃殿下は、ネージュ王国の従属を約束する代わりに差し出された姫君です。国際問題になりかねません。ましてアラン殿下はマリエット妃殿下を愛しておられるでしょう！　手放せば、必ず後悔なさいます！」

近くで見てきたクロードは、アランの感情をよく理解していた。

彼の言う通り、アランは心からマリエットを愛していた。

初めて手を取った時の、緊張した顔。上手な泣き方も知らず、涙ぐんだ目を強く押して堪えようとする不器用さ。嬉しい時は指先で口を隠し、けれど感情は隠しきれず頬も瞳も綻ばせる、可愛い少女。

彼女を手放せば、アランは必ず後悔するだろう。そうだとしても――。

「……国際問題がなんだ。そんなもの……彼女を失うことに比べれば、些末だろうよ」

――マリエットが生きていてくれるのなら、どんな問題も俺が解決してみせる。

アランは暗い目で笑い、離縁の許しを得るべく、皇帝のもとへと転移した。

四

誰も出入りしていないのに、塔内が騒がしい。

そんな風に思いながら回廊を歩いていたマリエットは、何がそう感じさせるのか気づいた。

警備兵達の雰囲気が、常と異なるのだ。皆マリエットが前を通ると、目や口や指先——どこかに動揺を走らせる。

——何かあったのかしら……？

マリエットは不審に感じつつ、コライユ塔一階にある回廊を通り過ぎて外へ向かった。

今日は天気が良く、行ったことのない庭園でも散策しようと思い立ったのだ。

アランがマリエットのもとへ訪れなくなってから、四週目に入ろうとしていた。

彼に恥をかかせるわけにはいかないので、教養はきちんと身につけるつもりではいる。だけど今日はどうにも勉強に集中できなくて、イネスに散歩に行きたいと言ってみたのである。

彼女は明るく賛成し、今が盛《さか》りらしい、遅咲きの芍薬《しゃくやく》が見られるリュビという庭園を勧めてくれた。

マリエットはさっそく足を向け、イネスは茶菓子を用意して後から追うと応じた。

コライユ塔の正面に出たマリエットは、リュシオルの庭へ繋がる左手の道とは反対側に向かう。

リュビの庭は、コライユ塔から西側——歩いて十分ほどの場所にあるらしかった。

一つの街が入りそうな広大な敷地を誇る王城にはたくさん庭がある。一通りそれらを回ったら、次は城外へ出かけるのもいいかもしれない。

――うん。一人でも、案外楽しく生きられそう。

アランの愛情を失った事態は寂しくとも、悪いばかりじゃない。

マリエットは現状を前向きに捉え、機嫌よく庭園へと向かった。隅々まで手入れされた王城内は道もわかりやすく、背の低い垣根で挟まれたレンガ道を辿ってしばらく、マリエットはリュビの庭に到着した。

それぞれの株の間に細道があるが、庭園の入り口から見るとそれらは花で隠され、辺り一帯全てが芍薬で埋め尽くされて見えた。

「……綺麗……」

白と紅色の花が交互に並び、天界だと言われても納得しそうな光景だった。

リュシオルの庭は木々のざわめきやその先にある泉の澄んだ水が美しかったが、場所が変わればまた別の美しさがある。

マリエットは無意識に頬を綻ばせ、芍薬の中に紛れ込める細道に足を進めた。リュビの庭は周囲を背の高い木々が囲っていて、周辺の庭園からも入れる道が三つある。

その一つ――王城の中心へと向かって延びる道の先に、人影が見えた。見覚えのある髪色に、マリエットは足をとめる。

木漏れ日を浴びて、そのシルバーブロンドの髪は眩く煌めいていた。遠くにいても甘い香りが漂いそうな艶めく髪は目を引き、薄布を重ねたローズカラーのドレスは鮮やかで美しい。

後ろ姿だけでも、マリエットはそれが誰かわかった。

——アニエス様……。

彼女の背後には侍女が二人ついていて、周囲を気にするように見回している。

その視線に捉えられそうになり、マリエットは反射的にしゃがみこんだ。

——いけない。母国での癖が出ちゃった……。

ラシェルに見つからないよう、庭園などで遭遇したら、すぐに植物の陰に隠れる。その癖で屈んでしまったマリエットは、改めて立ち上がる気にならず、身を隠したままアニエス達を窺った。

アランは手紙のやり取りまでも禁じたため、アニエスとはもうずっと交流していない。

でもマリエットはアニエスの身体が心配で、時々リュシオルの庭に行き、以前彼女の侍女と会った場所に魔法薬を置いていた。魔法薬は必ずなくなっているので、庭園の管理者がごみとして回収していなければ、彼女の手に渡っているはずだ。

そっと覗くと、アニエスが侍女達と朗らかな表情で話す横顔が見えた。肌の色は健康的で、マリエットはほっとする。

風に乗って彼女達の会話が微かに聞こえた。

「指の傷も残らず、ようございました」

侍女の一人が、アニエスの手を気にしている。以前、アランの結界に弾かれた怪我のことだろうか。

アニエスは、ふっと笑った。

「傷なんて、あの日の内にマリエットが治したわ。あの子、アラン皇子と随分睦まじくしていたでしょう？　だから彗玉について伝えているのかと思って、あの子の侍女の前で治癒しなさいと言ってみたのよ」

躊躇いもなく侍女達に彗玉の話をする姿に、マリエットは一瞬驚く。【彗玉の魔法使い】であることは、誰にも秘密にしてくれていると思っていた。

しかし思い返せば、魔法薬を渡す際、遣わされた侍女は何を運んでいるのか把握していた。ウラガン大帝国の人々には悟られていないようでもあるし、おそらく母国から連れてきた侍女達にだけ伝えているのだろう。

己の中で状況を理解し直して、マリエットはアニエスの表情に目を凝らした。いつもの柔らかな雰囲気が、今日は尖っているように感じた。

「彗玉を持つと知ったから、アラン皇子はあの子を可愛がっているのだと考えていたの。だけどまだ秘密にしているようで、安心したし、業腹でもあったわ。私よりもあの子を先に気に入るなんて、あの男、順序というものがわかっていないわよね」

「誠に。アニエス様とあの者では、比べるのもおこがましいほど差がありますのに」

マリエットは口を押さえる。アニエスは、アランがマリエットのもとに通っていた日々を、快く思っていなかったのだ。

それはつまり、彼女もアランを想っているが故だろう。

今ようやく彼もアニエスの魅力に気づいたところだが、それまで彼女の気分を曇らせていたと思うと、申し訳なかった。

同時にアランの想いは自分からは離れたのだと改めて思い知らされ、マリエットの心は沈んだ。

アニエスは手にしていた何かを光にかざし、うっとりと目を細める。それは、以前マリエットが作って庭園に置いておいた魔法薬の小瓶だった。

「ええ……私は誰からも愛されるべき存在よ。だけどマリエットも、私のものなの。誰にも譲ってなどやらないわ。ディオン皇子にも、私の彗玉については決して悟られぬようにするの。皆、気をつけるのよ」

――私の彗玉……？

マリエットを人として見ていないような言い方で、気持ちが妙にざわついた。

アニエス達はぴたりと立ちどまり、通りの奥に目を向ける。彼女達の前には、いつの間にか見覚えのある青年が立っていた。

肩に届く長髪に紫の瞳を持つアランの弟――ディオンだ。

彼はにこやかに笑って、アニエスから手紙のようなものを受け取る。そして何事か話そうとした時、マリエットの背後から足音が聞こえた。

アニエス達は素早く振り返り、マリエットは咄嗟に頭を下げて隠れる。足音の方に目を向ければ、イネスが籐籠を抱えて走ってきていた。

隠れたままだと、イネスが途方に暮れてしまう。マリエットは気まずさを堪え、立ち上がった。アニエス達に先に挨拶をした方がいいかと視線を向け、目を瞬かせる。先ほどまでそこにいた彼らは、忽然と姿を消していた。

――〝妖精の翼〟で移動されたのかしら？

首を傾げていると、走ってきていたイネスが声を上げる。

「――マリエット様！　大変でございます……っ」

いつになく緊迫した調子で、マリエットはアニエス達の会話はひとまず忘れ、イネスを振り返る。リュビの庭の出入り口に立った彼女は、瞳に涙を浮かべて叫んだ。

「──アラン殿下が……っ、離縁を……！」

イネスは最後まで話せなかった。突如、彼女の目の前に複数の人間が出現したのだ。

マリエットは全身から血の気が失せていくのを感じながら、姿を現した人達に視線を走らせる。

それは、漆黒の軍服に身を包んだアランと、彼の側近──クロードとダニエルだった。

久しぶりに見たアランは顔色が悪く、出会った日を彷彿とさせる硬い空気を漂わせている。

彼の顔を見られたマリエットの胸は、自然とときめき、恋情と喜びに満ちた。以前のように、破顔して彼の傍まで走っていきたい衝動を覚えるも、ぐっと堪える。今の彼は、それを笑みで受けとめてくれそうな雰囲気ではなかった。

それでも彼を慕う感情は隠せず、マリエットは瞳を潤ませて微笑みかける。

「……アラン様。お久しぶりですね」

芍薬越しに声をかけると、彼は狂おしそうな視線をマリエットに注いだ。

結い上げず、背に垂らした腰に届く青い髪。優しい弧を描く眉に、長い睫で彩られた瞳には高く昇った太陽の光が射し、まるでサファイヤのように煌めいていた。

健康的になった身体を包むのは、アランが贈った淡いグリーンの布地にグレーの差し色が入る清楚なドレス。

彼の瞳はかつてと変わらず熱を帯び、マリエットの胸は騒いだ。

芍薬の間を通り抜け、彼の目の前まで移動すると、マリエットは膝を折って首を垂れる。

マリエットの挨拶を無言で見つめた彼は、すうっと息を吸う。そして前置きもなく、低い声で端的に告げた。

「――マリエット。従属の証として二国から姫を娶ったが、妻は二人も必要ないと考えを改めた。其方《そなた》とは、離縁する」

イネスの叫びを聞いて、予感はあった。しかしはっきりと離縁を告げられたマリエットの心臓は、キンと凍りついた。

首を垂れたまま数秒身動きが取れず、マリエットは理性を総動員して、なんとか顔を上げる。

アランに捨てられるのだと思うと、感情が抑えられず、無様にも眉尻は下がり、瞳には涙が込み上げていた。

唇は震え、息もうまくできない。

悲しさを隠せないマリエットを目にしたアランは、頰を強張らせた。

マリエットの脳裏には、愛情深く接してくれた彼との思い出が走馬灯のように駆け抜けた。

些細なマリエットの幸せを喜んでくれた、優しさ。手を取って庭園を散策してくれ、折に触れ笑みを見せてくれた。教養のないマリエットを受け入れ、自ら教えてくれる懐深さと、身が竦むような情熱的な愛を注いでくれた。

幸福だと感じた。だがそれも――ほんの一時。

マリエットはまた、誰にも愛されぬ人生を送るのだ。

両手で口元を隠し、マリエットは俯く。一度凍える吐息を零し、揺れる声で答えた。

「……承知致しました。どうぞ、アニエス様とお幸せにお過ごしください」

語尾は掠れ、うまく伝わったかどうかわからない。マリエットは目を閉じ、深く息を吸った。最後の言葉くらい、顔を見て言わねばならない。

挫《くじ》けそうになる気持ちを鼓舞し、マリエットは手のひらを下ろした。背筋を伸ばし、顔を上げて、アランに笑いかけた。

「……不出来な妻で、申し訳ありませんでした。価値のない私に、数多のご温情を与えてくださり、心より感謝しております」

かつて、この身にあまる優しさに動揺しても零さなかった涙は、あっけなく頬を伝い、零れ落ちた。

アランの腕が、まるで抱き締めようとするかのように上がりかける。しかし彼は躊躇い、拳を握って腕を下ろした。

最後まで優しい性格が出てしまう彼に、マリエットの胸は尚も恋情を灯し、その炎は消える気配もない。

アランはマリエットから視線を逸らし、目を閉じた。

「……ああ。今まで、ありがとう」

マリエットは声を出さないまま頷き、アランの横を通り過ぎる。

後ろからイネスが追いかけてきて、コライユ塔へと戻るマリエットを守るように、身体に両腕を回して強く抱き締めてくれた。

五

「――本当によろしいのですか？」

居室の執務机で書類を確認していたアランは、もう何度目かもわからぬ同じ質問をされ、眉間に深く皺を刻んだ。

クロードが傍らに立ち、しつこくマリエットと離縁していいのかと尋ねてくるのである。

「何度も言わせるな。もう決めたことだ」

マリエットとの離縁を決意してから皇帝を納得させ、彼女のその後の住まいを手配するのに一週間かかった。

離縁するからには、彼女を母国へ戻すのが定石だ。しかし母国へ返せば、またあの劣悪な環境が待っているだけで、マリエットは決して幸福にならない。

アランに捨てられたという醜聞はつきまとい、ネージュ王国国王が彼女を子供も望めない老いた貴族に嫁がす未来は確実。

マリエットを不幸にしたいわけではないアランは、彼女さえいいと言えば、国内に住まいを用意し、一代のみの爵位を与えるつもりだった。

貴族階級につけば、国から一定の補助金が支給されるし、社交の場に出て新たな出会いも望める。

ウラガン大帝国では、通常女性は叙爵されない。しかし彼女は戦利品同然に娶った隣国の姫だ。その立場は考慮されるべきで、特別に爵位を与える案を皇帝は許した。

そこまでするなら王城に置いておけとは言われたが、妻は二人いらないと主張すると、父は折れた。

彼も自らの妃同士の軋轢は承知しており、しかも現在、クーデターが起こる気配がある。血を分けた子から牙を剝かれるのは皇帝も望むところではなく、側室制度には問題があると認めざるを得ない様子だった。

別れを告げた日、芍薬が咲き乱れる庭園で泣く彼女を見たアランは、身を引き裂かれるような痛みを覚えた。彼女の目を見れば、アランを慕う気持ちが如実に伝わり、抱き締めたくてたまらなかった。

今も愛していると告げ、残酷な口づけをしたい。

本能はそう叫んだが、彼女を生き永らえさせるには、手を離さなければならなかった。

アランは彼女を諦めろと己に言い聞かせ、必死に理性をかき集めて衝動を抑えた。

あれから三日——アランは粛々と手続きを進めている。

マリエットには住まいを用意している旨を伝え、二日後には転居させる予定で互いに合意した。

これでマリエットを安全圏に移せれば、アニエスの悋気を心配する必要はなくなり、心持ちが大分変わる。

「あとはディオンの動きだな……」

クーデターに関してもむざむざ死ぬ気はなく、アランはふっと疲れの滲むため息を吐いて報告書を手に取った。その耳に、ドアをノックする音が届く。

監視魔法を介して来訪者を確認し、アランは見知った外交官の入室を許可した。

「失礼致します」

年若いその外交官は、落ち着いた足取りでアランの目前まで歩み寄り、一通の封筒を差し出す。

アランは封筒に押された紋章を目にし、眉を顰めた。

中央に空を翔《かけ》るユニコーンを置き、周囲をオリーブの葉で囲った紋章。――それは、ネージュ王国王家を示していた。

「ネージュ王国カミーユ王太子殿下より、書面が届いております。此度のお話を受け、マリエット姫を迎えに参りたいとおっしゃっています」

「――……なんだと？」

アランは封筒から手紙を取り出し、目を通していく。

既に相手方の要望を把握している外交官は、アランの動きに合わせて詳細を話した。

「ネージュ王国は、マリエット姫を手元に戻したいようです。なんでも、ヨルク国王陛下の体調が近頃芳しくないらしく、彼女の顔を見たがっているとか。国王陛下のご意向があるためか、彼女はネージュ王国の財産であり、離縁した後も手元に置いておくのは看過できないと、少々強めの返還要求が出されております」

姫は皇太子の妻として差し出した。それをいらぬと手放す以上、自国内に留めさせるのは傲慢である――というのが、先方の考えらしい。

アランは手紙を確認し、顎を撫でる。書面には御璽《ぎょじ》ではなく、カミーユ王太子の署名が記されていた。

「……あれほど劣悪な環境に置いていたくせに、返せと言うのか……？」

戦後監視魔法で見聞きしていたが、マリエットが母国で愛されていたとは到底思えなかった。

いつ死んでも構わないといった扱いが透けて見える状況で、それなのに彼女を呼び戻すとは、どういう意向だ。

「カミーユ殿下はこちらの返答を待たず、明日にはおいでになると報せが参っております」

「――明日？」

あまりに性急すぎる動きに、アランは本能的な警戒心を抱いた。

――なんだ、これは。ディオンがクーデターのために動きだしている最中に、隣国から客人が訪れ、マリエットを連れ戻そうとしている。こんな流れは、一度目の人生ではなかった。

アランの行動が、未来の流れを変えている可能性はある。しかし戦で国力の弱ったネージュ王国が、強気に返還要求をする事態は奇妙だった。何かがあると、感じる。

アランは考え込み、ひとまず来ると言うからには受け入れねばと、対応を指示した。

「ではカミーユ王太子の宿泊施設を準備してくれ。ただし、マリエットとの接見は必ず俺が同席する。俺の許可なく彼女を連れ帰ろうとした場合、捕らえて構わない」

外交官は、アランの目を見て確認する。

「……では、マリエット姫の返還要求には応えないという理解で、よろしいでしょうか？」

なぜ彼女を連れ帰りたいのか、全く理由が知れず、アランは靄《もや》の中にでもいる心地で首を振った。

「それは一旦保留とする。マリエットの意思を聞いてからだ」

「承知致しました。それでは、マリエット姫にも兄上のご来訪を告げ、宿泊施設と受け入れの手続きを致します」

外交官は頭を下げて部屋を辞し、アランはクロードに目を向けた。

「……ネージュ王国の状態を調べろ。ヨルク国王が意図的に弱らされているならば、カミーユ王太子は王位を簒奪《さんだつ》し、これまでと異なる方針を執《と》るやもしれぬ」

終戦時、ヨルク国王は健康に不安がある様子ではなかった。それが僅か数か月で急変したならば、毒を盛られている恐れは多分にある。

政治思想の相違により王子が父王を廃するのは、歴史的によく見られる事態だった。

「──は」

クロードは即下がろうとするも、アランはさっと手を上げて彼を留める。

「──待て。ネージュ王国だけではない。……タンペット王国も調べろ」

「タンペット王国もですか？」

怪訝そうに聞き返されるが、アランはそれには答えず、思考をまとめるために呟く。

「……クレマン国王は、若いが頭の回る男に見えた。彼は反逆の意思があると悟られる行動は取らないだろう。それでも自国を取り戻すことを諦めていなかったなら……どう動く。妹姫がこちらにいる。何をすれば、うまく運ぶと考えるか……。──武器か」

アランは視線を上げ、戸惑った顔で見下ろしているクロードに命令を加えた。

「……先日のバリエ侯爵が購入した武器の製造元が、タンペット王国内にないか調べろ。それと、アニエスがディオンと繋がっている可能性がある。監視をつけろ」

「……えっ」

戦は望まぬ性分だが、生まれながらに国王となるべく育てられたアランは、国盗《くにと》りのあらゆるパターンを想定できた。

ネージュ王国が突如強気に出てきた背景に、もしもアランが遠からずその立場を失うと考えていたらどうだ――と想定したのだ。

ディオンのクーデターの謀略を、ネージュ王国側が承知していたとしたら、全ての流れが自然と繋がる。

プライドの高いタンペット王国は、従属国になり下がるのを腹の内では承諾していなかった。どこかに反撃できる機会はないかと窺い、アニエスは皇帝に振る舞いを咎められているディオンに目をつける。

アニエスが隙を突いてディオンに従属の禁術でもかけているのか、はたまたうまく言いくるめたのかは判然としない。ともかくディオンはその気になり、クーデター成功後は各国の独立を認めると約束して、動き始めた。

東西戦争ではネージュ王国の人民を多用し、余力を残しているタンペット王国は、国内での武器製造も可能だ。

そこで他国を介して武器をウラガン大帝国に流し、クーデターの後ろ盾となる。

この姦計をタンペット王国はネージュ王国に告げ、協力体制をとろうとしたのだろう。ヨルク国王は協力を拒むも、話を聞いたカミーユ王太子は賛同。秘密裏にヨルク国王の毒殺をはかり、タンペット王国と共に独立を目指している。

――こういう話ならば、ネージュ王国の強気な態度も理解できた。

現状では証拠もなく、ただの想像だ。しかし多分にあり得ると思えた。

アランの指示を聞いたクロードは目を丸くしたが、すぐに何が起こりかけているのか理解した顔つきになる。

「承知致しました。マリエット妃殿下については、いかがしますか？」

――マリエット。

アランは手のひらで口を覆う。

クーデターが起こるに至る流れは想像がついた。けれどネージュ王国が強くマリエットを返せと言う理由だけが、皆目見当がつかない。

カミーユが強く出てこなければ、アランはタンペット王国とディオンが繋がっている事態まで予想しなかった。

カミーユは現在、齢二十一。二十三歳のアランとさして違いはなくとも、年若く、政策に疎いだけだと考えられなくもないが――。

――そうだとしても、なぜマリエットを手元に置きたがる――？

アランは答えを出せぬまま、指示を出した。

「マリエットは、予定通り二日後に城外へ移す。なんにせよ、こちらへ留めておくのは危険だ」

「離縁の手続きも続行なさると？」

すげなく意見を切り捨てられてきたクロードが、決断は早計だっただろうと言いたげに問う。

アランが軽く眉を上げて答えようとした刹那、突然二人の前に何者かが出現した。

アランの居室は、緊急時以外〝妖精の翼〟での出現は許されていない。

姿を現した者の顔を見るや、アランは尋ねた。

「――何があった」

マリエットの護衛についていたはずのダニエルだった。彼は顔面蒼白で手にした一枚の手紙を差し出し、報告する。

「マリエット妃殿下が……失踪なさいました。侍女もおらず、こちらの手紙が残されておりました。――出奔なされたかと」

――出奔……？

アランは愕然として、手紙を受け取る。そこに書かれた文章を読み、ゆっくりと立ち上がった。

『今まで大変お世話になりました。

急に消息を絶つ不義理をお許しください。

一度はアラン殿下との離縁後もウラガン大帝国政府にお世話になると決めましたが、妻として不要な存在になったにもかかわらず、恩情を賜るのは忍びありません。

どんなお役目もなくなった今、一人で生きて参ろうと思います。

イネスは連れていきますが、私の命令に従っているだけでございます。彼女が戻った際は、どうぞ温情ある処遇を平にお願い申し上げます。

――マリエット』

時を惜しんだのだろう。その文字は魔法で書かれ、インクからはマリエットの魔力を感じた。

アランは吐き気にも似た動揺を覚え、ダニエルを凝視する。

「……マリエットには、〝妖精の翼〟を使えるような魔力はない。イネスとて、二人で転移できる力は持ち合わせていなかったはずだ。どうやって、お前の目を掻い潜って消えたと言う」

持ち場を離れていたのかと眼差しで問うと、ダニエルは額に汗を滲ませて項垂れた。

「……わかりません。ですがイネス嬢が〝妖精の翼〟の呪文を唱える声を聞きました。すぐに扉を開けましたが、その時にはもう、二人は部屋のどこにもいませんでした」

アランは深く息を吸い、恫喝《どうかつ》に似た声音で命じた。

「まだ、帝都にはいるはずだ！　帝国魔法軍を使って構わない――早急に捜し出せ！　イネスの魔力では、そう遠くまで飛べない！」

「――は！」

ダニエルは瞬きの内に転移し、数多の不測の事態に襲われたアランは、額を押さえた。

――どんなお役目もなくなった今、一人で生きて参ろうと思います。

その言葉は、アランに彼女の出自を思い出させた。

マリエットは、愛情の欠片もない離宮で育った少女だった。それでも彼女が王宮に住まい続け、その後アランのもとを訪れたのは――どこかにそこにあり続ける必要があると、彼女自身が感じていたからなのだ。

彼女の命を守るためには、縁を切らねばならないと信じていた。

しかしアランが手を離せば、彼女はあっけなく消えてしまう存在だったのだ。

目が届かぬ場所に彼女が行こうとするなど想像もしていなかったアランは、歯噛みする。

本心に蓋をし、彼女を手放す決意をした己の愚かさが口惜しかった。

ずきりと右目が痛み、押さえようとした手を見たアランは、忌々しく舌打ちする。

マリエットを手放さねばならぬストレスの影響か、アニエスの治癒薬をさほど摂っていないせいか、近頃病の進行は速度を上げた。

指先のあいた手袋では隠せぬところまで肌は黒く侵蝕され、右目の視力は半ば失われつつあった。

まだ機能している左目に、今しがた開封した手紙が映り込む。

マリエットの返還要求が書かれたネージュ王国からの封筒を見下ろし、アランは目を細めた。

出奔するにしても、あまりにも不自然なタイミングだ。

彼女が脱兎《だっと》の如く、この手から逃げ出した大きな要因は――。

「……これか……？」

アランは視線を尖らせ、これから客人が訪れる西方へと目を向けた。

五章

一

離縁を告げられたその日の内に、マリエットは事務官から国内に身分を保証する貴族階級の用意と新たな住まいがあると知らされた。

アランらしい気遣いある提案には感謝しかなく、五日後の転居を了承した。

翌日からイネスと共に荷造りを始めたマリエットは、時が経つほど物憂く考え込むようになる。

新たな爵位を与えられれば、生活の保障がなされると共に、マリエットは再び国家の監視下に置かれる。

アランに必要とされなくなった身で、ウラガン大帝国の国費に頼り生きていくのは、随分と甘えているなと感じた。

かといって、ウラガン大帝国の世話にはならぬと言ったところで、この身には王の血が流れている。次は母国へ戻れと命じられるだけだ。

母国には戻りたくもなく、そう考えたマリエットは、幼少期からの願いを思い出した。

十歳になったある日、青く広がる空を見上げ、マリエットは王宮を飛び出して自由になりたいと願ったのだ。

転居まであと三日となった日の午後――寝室横にある衣装部屋で荷をまとめていたマリエットは、傍らで同じ作業をしているイネスに他愛ない調子で尋ねた。

「ねえ、イネス。もしも私が急にいなくなった場合、貴女が罰せられないようにするには、どうするのが一番かしら？」

「はい？」

イネスは不思議そうにして顔を上げた。

「……何をおっしゃっているのです。主人がいなくなって、罰せられないわけがありません。私はアラン殿下から、マリエット様を常に見守り、必要があればお助けするようにと命を賜った上で侍女となったのですから」

「そうよね」

イネスは、マリエットに与えられた住まいに共についてきてくれる予定だった。アランも了承しており、彼女の給与は変わらず国から支給されるという。

離縁された王女の侍女など外聞も悪いだろうに、王城を離れてもマリエットを支えようとする彼女の優しさには頭が下がる思いだった。

マリエットはごもっともな返事をもらい、頬に手を置く。悩ましく侍女を巻き込まない術を探していると、イネスが作業を再開しながらくすっと笑った。

「出奔でもなさるおつもりですか？　不誠実にもマリエット様を放り出す決断をしながら、その後の処遇は丁寧に手を尽くされる、ちぐはぐな良識人ぶりを披露するアラン殿下の鼻を明かすには、良いかもしれませんね。その時は、私を連れていってくださればよろしいのです。そうすれば、連れ戻されない限り私は罰せられません」

冗談半分の返事に、マリエットは両手を合わせる。

「それは名案ね。だけどついてきてもらうとなると、貴女のお給金について考えないといけないわ。私に賄えるかしら。文字の読み書きに、刺繍もできるわ。こちらで作法の勉強もしたし、ちょっと裕福な家庭の教師として雇ってもらえたら、生活できそうかしら？」

イネスは笑っていた頬をひくっと引き攣らせ、マリエットを見返す。

「もしかして……本気ですか？」

マリエットはにこっと笑った。

「ええ、本気」

「……えっと……そ、そうですね……」

イネスが明らかに動揺しだし、マリエットは首を振る。

「あっ、一緒に来てくれなくてもいいの。その場合、貴女が罰せられないようにしなくちゃ、と思っていただけだから。〝私の独断で勝手に出ていきます。イネスは関係ありません〟と手紙を書いたらどうかしら。そうしたら、お許し頂けると思う？」

「……本気なのですね……？」

イネスは呆然とマリエットを見つめ、こめかみから汗を伝わせた。

マリエットは朗らかに頷く。

「私、小さな頃から王宮を出奔するのが夢だったの。誰かの世話になっていると、やっぱり窮屈な思いもするでしょう？　新たな家を用意して頂いても、国の目の届く範囲内に置かれることに違いはないわ。私は王の子だから、常に所在を確認する必要があるのはわかっているけれど……私にはもう、どんなお役目もないのよね」

母国では十六歳になれば追い出すと明言されていたし、ウラガン大帝国でも妻として用なしだと捨てられた。魔法薬は完成し、アニエスのために王城に留まる必要もない。彼女の身体に触れずとも治癒は可能で、なんらかの手段で魔法薬を彼女の手元に届けさえすれば、問題ない。それに時折観察した限りでは、遠からず薬も必要なくなりそうだ。

マリエットを必要とする人は、ほどなくこの世界からいなくなる。

マリエットは拳を握り、力強く言う。

「これは絶好の機会だと思うの」

イネスは当惑し、しばし黙り込んだ後、真剣な表情で念を押した。

「……誰の後ろ盾もなく、ゼロから生活を切り盛りするのはかなり厳しい日々になりますよ」

一人で生きるのは、容易くはない。そう忠告を受けたマリエットは、ふふっと笑う。

「そうね、きっととても大変ね。だけど私、小さい頃は湯にも入れてもらえず、泉の水で身体を清めていたの。その水を飲み水にもして、庭園の一角には食べられる雑草を植えて、お腹が空いたらそれを食べていたのよ。衣服も母の部屋着を自分で繕って、身体に合うように作り直していたわ」

想像以上に酷い幼少期だったのか、イネスはあんぐりと口を開ける。

マリエットは瞳を輝かせ、身を乗り出した。

「それに今は、ある程度教養もあるでしょう？　案外やっていけると思うのよね」

「……案外、やっていける……」

イネスは額にも汗を浮かべ、視線を落として考え込んだ。

新たな人生を紡ぐのだと想像すると気分が明るくなり、マリエットは詳細に計画を練り始める。

「となると、出奔するのは転居してからがいいかしら。お城は警護の人がたくさんいるもの」

「いえ……新たな住まいにも、警護の兵がつけられる予定だとお伺いしております」

想定よりも手厚い待遇に、マリエットは口を窄める。

「あら、そうなの。それじゃあ……お買い物にでも出かける途中で消えてしまおうかしら？」

「お出かけの際も護衛はつくはずですから、兵が罰せられます」

「まあ……そんなにしてくださるの？」

隣国の姫だから、妻としては不要でも警備などにはお金をかけねばならないのだろうか。それにしては丁重な扱いすぎる気もするが、マリエットは眉根を寄せ、新たな方法を探す。

「それじゃあ、魔法しかないかしらね。だけど私は、お花を咲かせたり、ペンを動かしたりするくらいの魔力しかなくて、〝妖精の翼〟なんて使えないし……」

そこでマリエットは、自分は魔力が弱いわけではないと思い出した。彗玉を持つマリエットは、他者の魔力を増幅する能力があるのだ。

マリエットは指先で唇を押さえ、イネスをじっと見つめる。

離縁されてもついてくると言ってくれたイネスなら、マリエットの秘密を知っても他言しないでくれるかもしれない。彼女はアランに雇われているから、そう都合よくいかないだろうか。

しかしたとえ秘密を漏らされてしまっても、皇室と縁を切り、市井に下りられたらこっちのものだ。行方をくらましてしまえば、自ら【彗玉の魔法使い】だと喧伝《けんでん》しない限り、心臓を抉《えぐ》られる心配はさしてない。

母との約束は決して忘れていないが、これ以外に逃げる方法が思いつかず、マリエットは腹を括った。イネスに秘密を明かし、協力を仰ぐのだ。

「ねえ、イネス。最後のお願いを聞いてくれない？」

出奔計画を実行する意志を固めた声で話しかけると、イネスはしばし途方に暮れた顔で立ち尽くした。それからふらりと歩み寄り、ぎゅっとマリエットの手を握る。

「マリエット様……出奔なさるなら、私は必ず一緒に参ります。お一人では、とても心配です」

マリエットは、嬉しくなって笑った。

「まあ、本当？　ありがとう、イネス。貴女が一緒なら、とても心強いわ。それじゃあ住まいを移したら、時を見て遂行しましょう」

出奔の日を決め、イネスがその時もまだ共に来てくれると言ったら、彗玉の力を教えよう。

マリエットは頭の中で今後について定めると、転居に向けて荷造りを進めた。

そして転居二日前となった昼下がり、マリエットのもとを年若い外交官が訪ねてきた。

荷造りもほぼ整い、マリエットは暖炉前に置かれた長椅子に腰かけ、休憩していた。そこに訪れた彼は、穏やかな表情でマリエットに用向きを伝えた。

「明日、カミーユ王太子殿下が本国へ参られます。ヨルク国王陛下の体調が芳しくないそうで、先方はマリエット様に母国へ帰還願いたいとおっしゃっています。アラン殿下はマリエット様のご意向を確認してから返答するとのことですので、どうぞご検討ください」

事務的に伝えられた内容に、マリエットは血の気を失い、震えそうになる手を握る。

「……それは……私が拒めば、こちらへ留まれるのですか？」

平静な素振りで尋ねると、外交官は首を傾げ、曖昧な表情で答えた。

「アラン殿下がそのようにとおっしゃれば、可能かと存じます。……ですが今回、少々強めの返還要求を受けておりますので、現在のところ、どうなるかはわかりかねます」

再び、あの地獄のような日々に戻れというのか――。

マリエットは目の前が真っ暗になったような錯覚に陥り、外交官から視線を逸らした。

「そうですか……。では……アラン殿下には、母国には戻らぬと申していたと、お伝え願います」

「承知致しました」

彼は静かに頭を下げ、部屋を出ていく。扉が閉まるやいなや、マリエットは立ち上がった。

長椅子の傍らに立ち、心配そうに顔色を窺っているイネスを見やり、真顔で言う。

「イネス。どうぞ私に貴女の力を貸して頂戴。私は、母国には戻らない。――絶対に」

「えっと……それは、どういう」

戸惑う彼女には答えず、マリエットは居室の一角にまとめた荷を取りに行った。

父王の体調が悪いからと、なぜマリエットが呼ばれるのか。父王はマリエットに価値はないと見限っていたはずだ。呼び戻したところで、ウラガン大帝国の皇太子から離縁されたマリエットなど恥ずべき存在でしかなく、お荷物になるだけ。

ラシェルが虐げるために呼び戻しているのだとも考えられるが、それなら尚更戻りたくはなかった。

再び鞭打たれ続ける生活など受け入れられず、マリエットは後ろからついてきたイネスに早口で告げる。

「〝妖精の翼〟で今日、出発しましょう。ひとまず宿に泊まれればいいわ。アラン殿下には申し訳ないけれど、ドレスをいくつか頂いて、それを売って当面の資金にしましょう」

驚くほどすらすらと方針を立て、自動筆記の呪文を唱える。暖炉前の机の隅に置かれていた紙と立てられていたペンに指先を向けると、それらがふわりと動き文字を記し始めた。

マリエットは大きな荷を手に、イネスを振り返る。

イネスは流れについていけず、おろおろと尋ねた。

「それはつまり……今日、出奔なさるとおっしゃっているのですか？」

心の準備もさせられず、彼女には悪く思う。しかし何があっても母国に戻るつもりはなく、マリエットは眉尻を下げて頷いた。

「そう。今日、行くわ。だけどもしも貴女が共に行きたくないのなら、城から出る協力だけでもお願いしたいの。私に〝妖精の翼〟は使えないから」

イネスは真っ青になった。

「それは、私にもできません……っ。〝妖精の翼〟は、高度な魔法です。私にとっては、魔力全てを使ってようやく一人で飛べる魔法なのです……！」

マリエットは笑みを浮かべ、不安を感じて震えている彼女の手を、優しく自らのそれで包み込む。

「魔力なら、私があげる。だから私と一緒に、城の外へ行きましょう。もしも貴女がここへ戻りたいなら、その手助けもする。私の意思で出奔したのだと、手紙には書いたわ」

「魔力を、あげるなんて……そんなできるわけがないと言いたげな彼女の手に、マリエットは自身の胸から光を溢れさせ、指先へ流すイメージで魔力を注いだ。

イネスはびくりと肩を震わせ、手から溢れる光を凝視する。

「これは……一体、何をなさって……」

「イネス、これで飛べそう？」

マリエットが尋ねると、イネスは驚いたまま頷いた。

「は、はい……っ」

「それでは、貴女も荷を持ってくれる？　そして一緒に、行きましょう」

促されるまま最低限必要な荷を抱えると、イネスはマリエットと手を繋ぎ、呪文を唱え始めた。

詠唱する声が聞こえたのか、扉の外に控えていたダニエルが、ドアノブを回す。

マリエットはぐっと手に力を込め、魔力をイネスの体内に勢いよく注いだ。その瞬間、僅かに足が浮き、さあっと身体が解け消えていく感覚に襲われた。

間もなく二人は消え失せ、ダニエルが室内に駆け入る。

彼は方々に声をかけ、卓上の手紙に気づくとそれを掴み、アランのもとへと転移した。

二

王城を出奔してから二日――マリエットは宿泊している宿の窓から街を見下ろし、眉根を寄せた。

「……まあ、この街にも帝国魔法軍の方が来ちゃったのね……」

宿の真下にある大通りに、丈の長い漆黒のコートを纏った男性が出現したのだ。コートの胸にはウラガン大帝国の紋章と魔法使いを指す星の刺繍が入っている。彼が手を振ると辺り一帯に紫の光が広がり、ほどなくまた元の景色に戻った。

イネスによると、あれは探知魔法で、捜している者がそこを通るとわかるのだという。

見ていると、一つ先の通りにも帝国魔法軍の者が出現し、魔法をかけていっているのが見えた。

マリエットの呟きを聞いて、買ってきた果物を部屋の隅にある水場で取り出していたイネスが傍らに歩み寄る。

出奔したその日の内にドレスを一着売りに出し、マリエットもイネスも、目立たない簡素な衣服に身を包んでいた。ドレスはアランが作らせただけあってかなり高値で買い取られ、当面の旅費には困りそうにない。

イネスは通りを見渡し、ため息を吐いた。

「出奔した翌日には帝都内のあらゆる場所に帝国魔法軍の方がいらっしゃっていましたが……こんな離れた州まで人を寄越すなんて、アラン殿下は抜かりないですね……」

二人は帝都から東へ四つもの州を越えた先に滞在していた。イネスの魔力だけなら帝都内までが限界と思われているはずなのに、もうここまで捜索範囲を広げてくるとは意外だ。

「……お手紙も残していったのに、どうしてこんなに捜していらっしゃるのかしら。イネスのご両親が心配して、捜索をお願いしているとか？」

マリエットは用なしのはずだから、捜されるならイネスかと目を向けると、彼女は首を捻る。

「両親には私も昨日手紙を送りましたから、それならそろそろ捜索の手は緩むと思いますが……そもそもマリエット様は王女殿下ですからね。ウラガン大帝国内で失踪したとなると、やはり母国の方に顔向けできませんし、捜索はされると思いますよ」

「……そうね。母国に戻りたくなくて、勢いで出てきちゃったけれど……ちょっと見積もりが甘かったわ」

「これは年単位で逃走を続けないと諦めてもらえないかもしれません。できそうですか？」

出奔直前は動揺していたのに、逃げてしまえば腹が据わったのか、イネスは怯えた素振りもなくマリエットに尋ねた。

マリエットは目を瞬かせ、にこっと笑う。

「どうかしら。だけどイネスさえいてくれたら、何度捕まったってまた逃げ出せるわね」

イネスに魔力を注げば、二人でどこまでも飛んでいける。

マリエットが稀有な【彗玉の魔法使い】だと後になって聞かされた彼女は、苦笑した。

「それはそうですが、逆を言えば、離れ離れにされたらお終いです。職も探さないといけませんし、逃走しながらできるお仕事というと、何があるでしょう」

「そう。うっかり忘れていたのだけれど、私お薬屋さんもできるのよ。万能薬屋さん」

「へ？」

マリエットは、他者を治癒する魔力を抽出できるのだ。出奔直前に作り置いていた魔法薬の小瓶をポケットから取り出して見せると、イネスは手に取ってまじまじと中に注がれた魔力を眺める。

「随分綺麗な色をしていますね。オレンジとも緑とも赤とも取れる。これはなんですか？」

マリエットの魔力は光にかざすと何色にも色を変えた。

「それは私の治癒する魔力を込めているの。それに触れれば心臓の病も良くなるようだから、きっと他の病気にも効くと思うわ。【彗玉の魔法使い】だと気づかれたくはないから、あまり大っぴらに営業はできないけれど、売ればいい値がつくのじゃないかしら」

「心臓の病に効くのですか……⁉」

イネスはぎょっとし、丁寧な手つきでマリエットに小瓶を戻す。

「心臓病は、特効薬もまだ作られていません。発作が起きればそれを鎮める対症療法しかなくて、成長と共に体力をつけ、改善するのを望むしかない病です。確かアニエス妃殿下も幼少期に発症し、成長して体力をつけて完治されたのではなかったですか？　成人するまで生きられない見立てだったのに、劇的な変化だったと界隈《かいわい》では有名な話です」

「……完治なさったの？」

外界と触れる機会のなかったマリエットは、アニエスの病が有名だったとも知らず、意外な気分で聞き返した。

イネスは頷く。

「ええ、成人した頃にすっかり良くなったと聞いています。主治医も驚き、薬学界ではどんな治療をしたのか皆が知りたがり、うちの父も聞きに行きました」

「……そう。治っていたなら良かった。……だけどそれなら、こちらへ来てからも魔法薬を欲しがっておられたのは、お疲れだっただけかしら？」

マリエットは不思議な気持ち半分、安堵の気持ち半分で、小瓶を掲げて見つめた。

そのセリフに、イネスは目を丸くする。

「えっ……もしかして、マリエット様のお薬で、アニエス妃殿下の病は改善したのですか⁉」

「……多分、そうじゃないかしら？　お医者様のお薬も効いたのかもしれないけれど、アニエス様は私の薬を欲しがっていらっしゃったし。この魔法薬で随分楽になっておられたようだから」

二年の時を経て再び薬を求めるようになったのは、何かあったのだろうか。疲れていただけならそれでもいいが、毎週のように求めていた頻度が気になる。

それだけの量を必要とするなら、よほど重い病でなければおかしい。

――心臓病以外の重い病を発症されているのかしら……。

マリエットが考えていると、イネスは怒りを滲ませた表情で呟いた。

「病の治癒までマリエット様にして頂いていたのに……秘術で縛っていたどころか、最後にはアラン殿下の寵愛まで奪い去るとは……っ」

イネスは心変わりしたアランだけでなく、彼の寵愛を独占するアニエスの在り方にも立腹しているようだった。

マリエットは苦笑する。

「イネス、アニエス様が魅力的なのは事実だもの。アラン様が夢中になられるのも、無理はないわ。私に魅力がなかったのが、いけないの」

彼の心変わりは、あまり口にしたくなかった。いまだに胸は痛み、彼のことを考えるだけでも悲しさが込み上げるから、話題にも出さないようにしている。

アランの名を出すだけで消えぬ恋情が疼《うず》き、マリエットは寂しさを隠しきれず瞳を揺らした。

その変化に気づいたイネスは、慌てて明るい声を出す。

「あ……っ、そうですね！　その魔法薬があれば、生活の心配はございません。どこででもやっていけます！　ひとまず、また新たな街へ転移致しましょうか？」

ぎゅっと手を握られ、マリエットはイネスを見返して微笑んだ。

「そうね。慌ただしくて申し訳ないけれど、新しい街へ行きましょう」

帝国魔法軍の者を見かけたら、すぐに宿を離れ、新たな街へ転移する。

大陸で誰もが一目置く少数精鋭を掲げたウラガン大帝国魔法軍の目を掻い潜り続けている二人の手法は、割と単純だった。

三

マリエットが失踪してから三日——居室で作業をしていたアランは、ダニエルからの報告を聞き、苛立たしげに応じた。

「——まだ見つけられないのか」

二日前にはネージュ王国からカミーユ王太子が訪れていた。

マリエットは母国に戻らないと伝えるも、彼は対面して確認させろと言って引き下がらない。

またディオンは着々と武器を揃えつつあり、クーデターの日が近いのか、昨日から姿が見えなくなっていた。

皇帝を守る立場であるアラン達は、帝国軍内でどこまでの人員があちら側についているかわからず、張り詰めた空気に包まれている。

調べによれば帝国軍内に裏切者はおらず、一部の強硬派が各領地の州軍を掌握しているようだが、それも確実ではなかった。

ただし国内に大量に輸入された武器に関しては、タンペット王国内の製造工場が使われていると確認されている。その工場は独立経営で、政府から直接依頼を受けていないところがまた小賢《こざか》しいやり口だった。

つまりタンペット王国王家は、謀略に関わっていないと言い逃れできる道を残しているのだ。

この工場とタンペット王国政府関係者の繋がりを証明するため、アランは更に詳細を調べるよう命じていた。

ダニエルは執務机の前で膝を折り、額に汗を滲ませる。

「申し訳ございません。ですがどうにも、イネス嬢以外に協力者がいなければおかしい状況です。コルトー男爵のもとに届いた手紙の経路を追って宿に向かいましたが、既に出立された後でした。あまりに対処が早すぎます。イネス嬢一人の魔力で、これほど転移を繰り返すのは不可能かと」

アランは眉を顰め、考え込む。

ダニエルの言い分も理解できた。ここまで捜索が難航するのは、不自然だ。

マリエットが出奔した翌日、帝都の州境付近にある質屋でアランが作らせたドレスが売られていたのがわかった。

王女が資金を調達するにはそれくらいしか手段はなく、そこまでは想定通りである。

イネスが〝妖精の翼〟を使うには相当の魔力を消費すると考えられ、当初はその店周辺に二人がいると考えていた。しかし帝国魔法軍を使って捜索しても一向に足取りは摑めず、捜索範囲を広げた。

同日、失踪当日から監視対象に入れていたコルトー男爵家に、無事を知らせるイネスの手紙が届く。この手紙が帝都から四州も東にある小さな街から送られており、アランをはじめ捜索隊は驚かされた。

すぐに帝国魔法軍を向かわせたが、直前に出立したらしく、部屋には果物が入れられていたと思しき紙袋一つが残るだけだった。

――なぜそんなにも広範囲を移動できるんだ……？

イネスの魔力では、王城内を移動するだけで精一杯。帝都への移動とて、命を削らねば飛べないレベルだった。それを彼女は、マリエットを連れてやりこなしているのだ。

アランが何か見落としはないか記憶を辿っていたところ、部屋の扉がノックされた。

監視魔法で来訪者を確かめた途端、舌打ちしそうになるのを寸前で堪え、入室を許可する。

先導が扉を開けて中へと促したのは、二日前に帝都に到着したマリエットの異母兄――カミーユだった。

栗色の癖毛に濃紺の瞳を持つ彼は、シルバーグレーの上下を纏い、ゆったりとした歩みで入室する。およそ感情の見当たらない人形じみた顔には、薄い笑みが張りついていた。

ダニエルがアランの前から下がり、脇に避《よ》けると、彼は堂々とそこに立ち、許しも待たず話し始めた。

「何やら、お忙しくされているようですね。城内も随分と落ち着かない」

ってている。

アランの部屋には忙《せわ》しなく報告する者が出入りし、城内は襲撃に備え多くの兵が準備に取りかかっている。

しかし事情を話す気はなく、アランは尋ね返した。

「いかがされました。不足しているものがあれば、従者にお伝えください」

気遣わしく言うと、彼は笑みを深める。

「ありがとうございます。不足しているものは特にはないのですが、強いていえば、妹と話す時間を頂きたい。アラン殿下が同席なさっていれば、妹との対話も許すとのことでしたが、いつ頃会えるのでしょう？　私も暇ではないので、できれば早めにあれと話し、連れ帰りたいのです」

己の妻を〝あれ〟呼ばわりされ、アランは苛立ちを覚えた。カミーユにとってマリエットは、物同然の存在なのだと言われているようなものだ。

彼女を愛し、慈しみたい気持ちを堪えて手放そうとしていたアランは、腹立たしさを抑えてにこやかに笑う。

「大変申し訳ありません。今、彼女と私が対話している最中なのです。離縁を申し入れはしましたが、互いに理解が足りなかった点もあるようで」

カミーユはおや、と面白そうに瞳を輝かせた。

「それでは……離縁されぬ可能性があるというのでしょうか？　それは虫の良い話だ。離縁とは、それほど容易く言い渡されるものでも、覆されるものでもないはずです。それもマリエットは、国家間の約束事を保証するために差し出した姫。いくら従属国の王女とはいえ、軽く扱われては困る」

手厳しくはねつけられ、アランは苦々しい気分で頷く。

「おっしゃる通りです。ですがこちらも彼女とは真摯に向き合いたい。今しばらく時間を……」

「——おらぬのでしょう」

カミーユは、アランのセリフを遮って言った。

アランがぴくりと肩を揺らすと、彼は口元は笑いながらも、眼差しを鋭くして尋ねる。

「マリエットは、この城にはおらぬのではありませんか？　あれは出奔でもしたのでしょう。そして今、懸命に捜しているが見つからない。そうではありませんか？」

一国の姫が出奔するなど、滅多にない。彼がなぜそう簡単に事態を把握したのか不審に感じながら、アランは首を振った。

「いえ、マリエットは……」

「おらぬのならば、お手を煩わせるのも心苦しいので、私共が捜し出しましょう。あれが本気で逃げていれば、少々、捕まえるのも難しいでしょうからね。王城を出奔するような常識のない王女、見限りたくなるお気持ちも理解できます」

カミーユは胸に手を置き、頭を下げる。

「恥ずべき妹で申し訳ございません。見つけ次第、私が責任を持って国に連れ帰ります。アラン殿下はアニエス妃殿下と、どうぞ睦まじくお過ごしください」

返事を求めぬ調子で言って背を向けられ、アランは眉を上げた。

「——カミーユ殿。マリエットの異母兄とはいえ、私共の国で勝手をされては困る。彼女を連れ帰るのを、私は許可していない」

やや強めに窘めると、カミーユは背中越しに振り返り、目を細める。

「……妹は貴方のもとに留まるのを厭い、出奔したのではありませぬか？　妻として魅力はなくとも、側妃のまま留め置くこともできたはず。それをわざわざ貴方は離縁すると言いつけ、妹の矜持を折った。大切な妹をこの国に留め、これ以上他者から侮辱される立場に置くのは、兄として耐えがたい」

アランはぐっと言葉に詰まり、カミーユは視線を逸らした。

「まあしかし、貴方の許可なく連れ帰るのも難しい。……それでは、私は捜索の協力だけ致しましょう。見つけたら、よく叱らねばならないな……」

彼は独り言を言うように呟き、今度こそ返答を待たず部屋を出た。

アランは真顔になり、拳を握る。叱ると言った時、彼の横顔は愉快げに笑っていた。

マリエットの背には、おびただしい数の傷痕があるとイネスから報告があった。まさかあの男もマリエットを虐待していたのかと、アランは全身を総毛立たせる。

会話を見守っていたダニエルが、「なるほど……」と呟いて顎を撫でた。

「……マリエット妃殿下には、何かあるのかもしれませんね。あれほどはっきりと、捕まえるのが難しいとおっしゃるならば、姿を消す魔法に特化しているなどありそうです」

頭に血が上りかけていたアランは、我に返った。ダニエルの言う通りである。脆弱な魔力しか持たないはずの彼女を捕まえるのが難しいと断言するのは、奇妙だ。

そして実際、アラン達はいまだにマリエットの足取りが摑めていない。

マリエットは王族の一人。誰にも明かしていない、特異な魔法が使えるのかもしれなかった。

アランは焦燥をなんとか抑え、指示を出す。

「……そうだな……ではここからは、マリエットが俺と同等の魔力を持つと想定して動こう」

命令を受けたダニエルは、頰を強張らせた。

「それでは……国内全域が捜索対象地域になります」

クーデターが懸念される今、領土全域を捜索できるだけの人員は割けない。

アランもそれは承知しており、引き出しから箱を取り出した。中には魔力の弱い使用人でも王城の使い魔を使えるよう、補助する魔法を込めた魔法札が多数入っている。

通常王城内だけで使えるようにしているが、アランは手のひらに魔力を集め、複数ある魔法札全てから制約魔法を解除する。それをダニエルに放って寄越した。

「各州に、数名ずつ派遣するだけで構わない。これを使い、鳥の目で捜索しろ」

魔法札は、動物を使役する魔法が込められている。強い魔力を持つ者が魔法札を使えば、アランの補助魔法との相乗効果で、かなりの範囲にいる鳥を一気に使役できるはずだった。

箱を受け取ったダニエルは、アランに心配そうな目を向ける。

「承知しましたが……体調は、大丈夫ですか？　魔法を使うと、痛みがあるのでは？」

アランは手のひらで右目を覆い、深くため息を吐く。病が進行しているせいか、魔法を使った直後に右目と腕に激烈な痛みが走り抜けた。

「……問題ない。カミーユ王太子よりも早く見つけるんだ。マリエットだけは、守らなければ……」

低い声で命じ、アランは汗が滲んだ顔を手のひらで拭う。

いつまで命が持つのか、アラン自身もわからなかった。クーデターに勝利したとしても、病が治らない限り、先行きは明るくない。

しかし皇帝に刃を向ける計画を起こした時点で、ディオンは世継ぎとしての資格を失った。皇帝は決して、反逆者に玉座を譲らない。

タンペット王国とネージュ王国も同様だ。もしもクーデターが実行されれば、加担した罪により、両国の王族は廃されるだろう。

だとしてもその後、遠からずアランは死ぬのだ。

死しか待たないアランができることは、子を残し、後ろ盾を用意して、妻に全てを預けるだけ。

その全てを背負わせるためにマリエットを呼び戻すのは、あまりにも残酷に思われた。

いっそ一度目の人生同様に、アランは弟の手にかかるべきなのかもしれない。

そして彼女を解放し、新たな人生を送らせるのだ。

――一国の未来と引き換えに。

アランはもう、何が正しいのかよくわからなくなりつつあった。

眉根を寄せ、混迷を極めた世界で、天を仰ぐ。

――マリエット。

確かなのは、彼女を愛しいと想う――自らの恋情だけだった。

四

王城を出奔してから五日――マリエットはイネスと手を繋ぎ、大通りを走っていた。

帝都からより東へと移動し、とうとう国境線に隣接したジャンヴィエ州まで来ていた。もう十五ほどの州を跨《また》いでいる気がする。移動してもあっという間に帝国魔法軍の兵が現れるので、場所を変え続けるしかないのだ。

そして今日、マリエット達はジャンヴィエ州の都で、とうとう見つかってしまった。

腰に届く青い髪はイネスに器用に結い上げてもらい、リネンのキャップを被って隠していた。大きな荷物も途中で魔法の小箱を購入し、ポケットに収納できるようになって、どこからどう見ても普通の市民だった。

それなのに、探知魔法がかけられた道にマリエット達が足を踏み入れるやいなや、辺り一帯が妖しく光り、発見を知らせる光の玉が空高く上がった。

金属を爪で引っ掻くような魔法の発動音には悪寒を覚え、光の玉が上がる際には大きな発砲音が響き渡る。マリエットは驚いて反射的に動きをとめてしまい、その間に帝国魔法軍の兵が目の前に出現したのだ。

以前アランはマリエットに魔法を弾く結界を張ったと話していたが、魔法が発動するなら解かれているのだろう。

兵に見つかったマリエットは慌てて逃げ出し、イネスと二人で走り回っていた。

「マリエット様、魔力、魔力を注いでください……っ」

「わかっているの。だけど、できなくて……！」

転移した方が確実に逃げられるが、マリエットは意識を集中しないと魔力を分け与えられなかった。

国境の街の通りは整然と石が敷き詰められ、馬車や人通りが多く、よく栄えている。道路沿いには出店もたくさん出ていて、皆が走って逃げるマリエット達を不思議そうに眺めていた。

それもそのはずで、マリエット達を追う者の姿はないのである。しかし数秒もすれば、二人の目の前に突然、兵が出現した。

空高くからピィ！　と高い鳥の声が鳴り響く。その瞬間、マリエットは何かが目前にいる感覚になり、足に力を入れて立ちどまった。一瞬の内に帝国魔法軍の兵が漆黒の外套《がいとう》を揺らして目の前に出現し、青ざめる。

走っている間にキャップもどこかへ飛んでしまい、崩れ落ちた青い髪を見て、兵は先へ行かせまいと両手を広げた。

「――マリエット様。どうぞお戻りください！」

「いいえ。どうぞアラン殿下には、私を気にせずお過ごしくださいとお伝えください！」

マリエットは踵を返し、イネスの手を引いて左手に見えた細い路地へと駆け込もうとする。しかし発見の報せを受けて人員が増やされたのか、そこにも帝国魔法軍の兵が出現した。

それは見知った男性で、マリエットは息を呑む。

漆黒の短髪に凛々しい黒曜石の瞳を持つ彼は――アランの側近のダニエルだ。

彼はマリエットと目を合わすと、安堵した気配を漂わせた。

「ご無事でようございました、マリエット妃殿下。どうぞお戻りください。アラン殿下が、お待ちです」

離縁を申しつけた彼が、マリエットを待っているはずがない。

りと熱を持った。
ダニエルのセリフに違和感を覚えるも、彼の名を聞くと、恋情を失わないマリエットの胸はじわ

彼が待っているとは、ただの言葉の綾《あや》かもしれない。はたまたそれは、マリエットの意向を確認するとは言っていたものの、事情が変わって母国に連行するためかもしれない。

でも母国も何も関係なく、彼がただマリエットに会いたいと思ってくれていたなら、嬉しいと思った。

アランに会いたい気持ちが込み上げるも、マリエットは首を振る。

もう妻ではないのに、戻ったところで寂しさは募るばかりだろう。彼がアニエスと睦まじく過ごす姿は見ていられそうもなく、まして国へ戻れと命じられれば、マリエットは絶望する。

マリエットは、大通り側にいる兵とダニエルを交互に見ながら後退した。

「……私は離縁された身です。もうアラン殿下は私にご用はないはず。母国の者が連れ帰りたいと言っているならば、私は決して戻りませんとお伝えください」

マリエットはイネスに視線を注ぐ。眼差しで意を得た彼女は、小声で〝妖精の翼〟の呪文を唱え始めた。

ダニエルが気づいて手を伸ばし、マリエットは声を大きくした。

「——兄上にお伝えください！　もう私は、鞭打たれるためだけに生きるのは嫌なのです……！」

マリエットの叫びに、ダニエルがぎくりと動きをとめる。その時、彼の後ろに新たな兵が出現した。彼はマリエットではなく、ダニエルに近づいて声をかける。

「ジェイエ州州軍が、帝都へと移動を開始致しました。全帝国魔法軍に対し、帝都への帰還と全域

保護の命令が下されています。急ぎお戻りください……！」

ジェイエ州は、帝都と隣接した南西にある大きな州だったはずだ。

州軍が帝都へ移動するとは、どんな事態だろう。

マリエットはイネスへと魔力を注ぎながら当惑し、大通り側の兵が魔法の網を放つと同時に、その場から転移した。

次の移動先は、再び街中だった。

二人は服飾店などが入った背の高い建物の並ぶ通りに立っている。

「ここは、どこかしら」

マリエットが辺りを見回すと、イネスがふう、と息を吐いて笑みを浮かべた。

「こちらは、ジャンヴィエ州から南に下がった、フェブリエ州です。捕まる直前に飛べて良かったですね」

「……ありがとう、イネス。たくさん走らせてしまって、ごめんなさい。魔法を何度も使っているけど、身体は大丈夫？」

魔力を注いでいるといっても、たくさん魔法を使わせている。消耗していないか心配で顔を覗き込むと、イネスは首を振った。

「大丈夫ですよ。いつもなら魔力を使うと疲れるのですが、マリエット様に魔力を注がれた時は、かえって元気なくらいです。多分、使い切れなかったマリエット様の魔力が体内に残っているからですね」

平気なら良いのだけれどと微笑み、マリエットはイネスの手を引いて通りの端に移動する。

「……さっき、妙な報告を聞いたわ。ジェイエ州州軍が帝都へ移動したとか……」

イネスも神妙な面持ちになった。

「そうですね……。そんな話は聞いた記憶がありませんが……反乱でしょうか。ジェイエ州は皇帝陛下と対抗する強硬派のバリエ侯爵が治める州です」

マリエットは目を見開く。それなら帝都は今から、戦場となるのだろうか。

アランは皇帝を守るために、必ず動くはずだ。

東西戦争をつい二か月ほど前に収めたばかりなのに、次は国内で戦では、休む暇もない。

「急襲かしら。もしも防衛の準備をなさっていなかったら——」

マリエットはアランの身を案じ、顔色を悪くしていった。自分の捜索に手を割いたばかりに、反乱軍の動きに気づいていなかったら申し開きもできない。

何かできることはないかと考えだしたマリエットは、ぐいっと右手に引っ張られ、路地へと連れ込まれた。イネスは左手に立っていて、腕を引いたのは彼女ではない。

見知らぬ者が手を引いているのだと気づき、抵抗しようとした時、視界の端に銀色に光る刃が映った。何者かは背後から顎を掴み、マリエットを仰《の》け反らせる。

「——そう、急襲だ。だが小賢しくも既に動きを察していたらしく、アラン殿下側も応戦の準備は整えていたようだ」

聞き慣れない男の声だった。喉元には、怪しい紫の光を放つ、魔法がかけられていると思しき短剣が突きつけられている。

背後に立つ者に見当がつかず、マリエットは少しだけ顔を動かした。そして目を見開く。

――癖のある栗色の髪に、濃紺の瞳。ラシェルを彷彿とさせるその容貌を見たマリエットは、呆然と呟いた。

「……カミーユ殿下……」

幼い頃から全く関わりがなかったマリエットは、腹違いの兄を兄とは呼べなかった。

名を呼ばれた彼は、ニヤッと笑う。

「そうだ。お前を迎えに来てやったんだよ、マリエット。この国はこれから再び戦火に見舞われる。そんな危険な場にお前を置いておくわけにはいかないから、連れ帰ってやろうと、わざわざ足を運んでやったんだ」

「……なぜ、このようなところに……？」

王太子が市井に一人でいるなど、あり得ない事態だ。

困惑して問えば、彼は短剣を下げて、ポケットから真珠のネックレスを取り出した。

マリエットは、そのネックレスを覚えていた。マリエットが生まれた後に父王が母に贈ったという、国宝だ。この世のどこであろうと探し人を見つけられる、稀有な魔法が込められている。

国宝は、贈られた者が死ねば国へ返還される決まりで、母の死後いつの間にか侍女が持ち去っていた。

カミーユはそれを掲げ、嫌みっぽく言う。

「お前のふしだらな母親が陛下から贈られた、探し人のもとへと飛べるこのネックレスは、一人しか使えぬ仕様なんだ。しかもお前は、油断できぬ魔力を持つ。だから兵よりも魔力を持つ私が直々に来るしかなかった」

ラシェルの気質をよく受け継いでいるらしい。母を罵られ、マリエットは不快感を覚えて眉を顰めた。

視線を逸らし、イネスの所在を確認すれば、彼女は数歩離れた場所で硬直し、事態を見守っている。

カミーユはネックレスをポケットに戻し、また喉元に刃を突きつけた。

「全く……想像以上に飛び回るから、この私でも魔力を消耗して一日では捜しきれなかった。それだけお前の持つ彗玉は、手に入れれば重宝するのだとわかりもしたがな」

【彗玉の魔法使い】だと知っている口ぶりに、マリエットは全身を強張らせる。

一気に血の気が失せていき、青ざめたその横顔を見て、カミーユは笑みを深くした。

「そんな大層なものを隠し持ったまま逃げようとは、母上から父上を掠め取ったあの妾同様に、お前も性悪な女なんだなぁ、マリエット？　……王族ならば、国のためにその身を捧げるのが役目ではないか？」

マリエットはこくりと唾を飲み、なんとか動揺を抑える。

「……私の力について、どこから知ったのですか……？」

この力を知るのは、アニエスと、彼女の側仕えの侍女だけではなかったのか。

誰から聞いたのか問うと、兄はこともなげに答えた。

「アニエス殿下が、教えてくださったよ。我々が忌まわしきウラガン大帝国から独立するために、使えばいいとな」

「――アニエス様が……？」

マリエットは困惑し、すぐには兄の言葉を信じられなかった。

東西戦争が起きた時、アニエスはマリエットが【彗玉の魔法使い】であると公にすることもできた。だが彼女はそうしなかったのだ。それは、戦に登用されるならほぼ確実に命を取られるマリエットを守ろうとした、彼女の恩情だと思っていた。

そのアニエスが兄に事実を告げ、道具同然にマリエットを〝使えばいい〟と推奨するだろうか。

兄が嘘を吐いているか、もしかしたら、アニエスの侍女から秘密を聞いた可能性だってある。

だけど彼女の侍女に聞いたなら、兄はそう言うだろうとも思い、真実が何かわからず思考は乱れた。

兄はマリエットの心臓付近まで短剣を下げ、切っ先を衣服に押しつける。

「ウラガン大帝国から我々が独立するために邪魔なのは、皇帝とアラン皇子だ。だからアニエス殿下は、ディオン皇子に玉座を掠め取れと唆した。アニエス殿下は美しい。母国を独立させてくれた暁には妻になると約束したら、ディオン皇子は頷いたそうだ」

それは大きな裏切りに加え、不貞に似た行為でもあった。

本当にアニエスがそんな真似をしたのかと、マリエットは続けざまに衝撃を受け、鼓動までも乱し始める。

――あり得ない。何かの間違いだ。

与えられる情報から目を背けようとするも、耳にイネスの声が蘇った。

――『マリエット様、アニエス妃殿下を信用してはなりません』

〝消えぬ灯〟をかけ、マリエットの心を縛ろうとしたアニエスを、イネスは信じるなと忠告した。

マリエットは浅い呼吸を繰り返し、視線を彷徨わせる。

アニエスを信じたかった。しかし共に王城を飛び出してくれた侍女もまた疑えない。

次第に平静を失いつつあるマリエットの耳元で、カミーユは悠然と続けた。

「もともとディオン皇子は、出来の違う兄皇子に対し、鬱屈した感情を抱え生きていたようだ。長きにわたり目障りであった兄を手にかける理由を得て、彼も喜んでいたよ。……もっとも、アニエス殿下の真の望みは、ディオン皇子の妻などではなく――ウラガン大帝国そのものを手に入れ、タンペット王国とすることだがな」

ディオンがそんな風に感じて生きていたのだと、マリエットはここで初めて知った。動揺のあまり、振り返りかける。

「私の許可なく動くな」

すかさずカミーユが短剣をぐっと胸に押しつけようとして、刹那、バチッと大きく火花が散った。

「――っ」

カミーユの腕が弾かれ、マリエットは目を丸くする。解除されていると思っていた、アランの結界魔法がまだかかっているようだった。

マリエットを害そうとする魔法に対してだけ、発動するのだろうか。

カミーユは舌打ちし、苛立たしげに呟く。

「小賢しい……結界魔法など張っているのか」

彼は反応だけでどんな魔法か判断し、ふんと鼻で笑った。

「だがその結界は、物理的攻撃を防ぐ効果はないんだ。詰めが甘かったな」

兄は短剣を一振りし、刃にまとわりついていた紫の光を消し去った。再び短剣が胸に押しつけられると、今度は切っ先が衣服を裂き、僅かに肌を斬った感覚がした。ピリッと走った痛みに、マリエットはびくっと震える。

兄の動きは躊躇《ちゅうちょ》がなく、マリエットは慄き、彼の気を逸らすために話しかけた。

「ウラガン大帝国を手に入れるなど、どのようになさるのです……？」

カミーユはぴくっと手をとめ、愉快げに答える。

「簡単だ。ディオン皇子が皇帝とアラン皇子を弑《しい》した後、彼を殺せばいい。ウラガン大帝国軍の中に承服せぬ者があれば、お前の彗玉を使う。知っているか？　お前の彗玉を使えば、一旅団を一瞬で一掃できるそうだ。これほど容易い戦はない。——反抗する者は、容赦なく皆殺しだ」

平然と大量虐殺を行うと言い放たれ、マリエットは固く目を閉じた。逃走する中見てきたウラガン大帝国は、どの州も豊かで、民は確かに満たされていた。そんな幸福な世界を戦火に沈める未来などとても受け入れられず、マリエットは首を振る。

「——私は、そのような戦に協力致しません……っ」

「それなら殺すだけだ」

即答だった。はっと目を開いた時には、兄は短剣を持つ手に力を込め、勢いよくマリエットの胸に突き立てようと振り上げていた。

最初から、そのつもりだったのだ。動きに無駄はなく、抵抗する間もなかった。

マリエットは彼の手を見つめることしかできず、耳には、いつか聞いた優しい母の声が木霊した。

『いいえ……お父様にも、言ってはいけません。正妃様にも、王太子殿下にも、側仕えの侍女達にだって、決して教えてはいけないわ。——秘密を誰かに知られたら……貴女はとても恐ろしい目に遭ってしまう』

母の言う通り、この力は誰にも知られてはいけなかったのだ。

マリエットは後悔の念に苛《さいな》まれ、顔を歪める。今しも刃が突き刺さろうとした瞬間、傍らでやり取りを見つめていたイネスが動いた。

彼女は素早く手のひらをカミーユへと向け、呪文を唱える。

「ヴィペール！」

「——うわっ」

数匹の大きな黒い蛇がカミーユに飛びかかり、足や腕に絡みついた。

カミーユはぎょっとして両手を振り回し、イネスは間髪容れずマリエットの手を摑んで走りだす。

たたらを踏みかけたマリエットは、なんとかイネスについていき、全力で走った。追ってくるかと振り返ると、カミーユは忌々しそうに蛇を地に打ちつけて霧散させ、こちらに目を向ける。

彼は余裕の笑みを浮かべ、ネックレスを掲げた。

その目はどこへ行こうと無駄だと語っており、マリエットは暗澹と呟いた。

「ダメだわ……逃げても必ず見つかってしまう」

しかしイネスはマリエットの呟きも構わず、声を震わせて叫んだ。

「——カミーユ殿下とは……っ、実のお兄様ではないのですか!?　あんな、あんな……っ、躊躇いもなく妹君を手にかけようとする恐ろしい者が、王太子だなんて……！」

イネスの言う通り、彼は恐ろしい。けれど考えは、父王によく似ていた。

国を守るためならば、父王は息子の命を差し出そうとした。あの時、マリエットは父王が正しいと思ったが——今はもう、何が正しいのかわからなかった。

「……私は妾の子だから」

彼らにとって、マリエットは生かす価値はない。わかっているのは、それだけだ。

やるせなく答えると、イネスは眉を吊り上げて見返した。

「妾がなんです！　命に差はございません……っ。私に魔力を注いでください、逃げます！」

マリエットはイネスに言われるまま魔力を注ぎ始める。心はこんな時でも遠く王城にいるアランを気にかけ、憂いに満ちた。戦火に見舞われた彼は、無事でいるだろうか。

兄の話が真実かどうか、今は判断できない。でももしかすると、アランはたった一人の愛する妻として選んだアニエスに裏切られているのかもしれないのだ。

それを知らないままでいれば、隙を突かれて命を失う危険もある。

心配で胸は苦しく、マリエットは唇を噛んだ。

体内に魔力を溜めたイネスは、ぐっとマリエットの手を強く握り、意識を現実へと引き戻す。

視線を向けると、彼女は強い眼差しを注いで尋ねた。

「——さあ、マリエット様。この世界のどこへ行こうと、命を取りに来るお兄様がおいでです！ここからどちらへ飛びたいですか⁉」

マリエットは目を瞬かせる。

「……それは……」

もう、逃げる場所なんてない。

希望も何もなく絶望の返答をしかけたマリエットに、イネスは重ねて問う。

「どんなわがままも、私が聞いて差し上げます！」

その言葉で、マリエットは彼女が何を言いたいのか理解した。イネスは、マリエットの気持ちをどこまでも汲んでくれる。

命を失う前に、心残りを全てやり遂げろと、促してくれているのだ。

出奔にまでつき合ってくれた彼女の優しさに目頭が熱くなり、マリエットは泣き笑いで答えた。

「……ごめんなさい、イネス。私は、王城へ戻ります」

「承知致しました」

魔力を身の内に溜めたイネスは、もうすっかり詠唱し慣れた〝妖精の翼〟の呪文を素早く唱え、瞬きの後に転移した。

六章

一

急襲を知らせる警報音が帝都の至る場所で上がり、轟音《ごうおん》となって鳴り響いている。

漆黒の軍服に身を包んだアランは、帝都を見渡せる王城の門扉前に立ち、目の前に顔を揃えた帝国魔法軍第一部隊から第四部隊兵に対して口を開いた。

「ディオン率いるジェイエ州州軍が、間もなく帝都へと侵入する。誰一人として民を傷つけさせてはならない。第三、第四部隊は郊外へ出ている者を速やかに屋内へ誘導し、全ての家屋に対し結界を張れ。敵襲を受けた場合、応戦の必要はない。民の安全確保を優先し、全ての作業が完了後、敵兵の排除へと動け！」

アランの命令を受けた兵達は、怒号にも似た雄叫《おたけ》びを上げてたちまち姿を消す。

総勢三十名で構成された帝国魔法軍第三部隊は、ディオンの直属部隊だった。副隊長をはじめとした約半数は消息を絶ち、強硬派に下り王城への襲撃を選択した模様である。

しかし隊長は皇帝への忠誠を誓い、残る兵も彼に従った。

想定よりも人員が削られていない状況はありがたいものの、それも今後の敵の動き次第では苦しくなる。帝都と隣接した州は四つあり、この内の二つは強硬派なのだ。

西に位置するオクトーブル州が動くと、戦況は厳しくなる。

総勢八十名であるオクトーブル州州軍が抱える魔法軍は二十名。ジェイエ州州軍は総勢七十名中十三名が魔法使いだ。ここに精鋭としての能力を持つ帝国魔法軍第三部隊が加わり、更に他州強硬派が抱える魔法使いが召集されていると考えると、王城の守りと拮抗《きっこう》するのである。

州軍の魔法使いではない一般兵は帝都内の破壊に動くと予想され、それに対し、全五部隊、一部隊あたり三十名の一般帝国軍を三部隊まで割く。また州軍の魔法軍も一定数が帝都に残ると考えられ、民の安全を考えれば帝国魔法軍の第三、第四部隊は王城へは留められない。

王城の守りは帝国魔法軍第一、第二部隊及び、一般帝国軍二部隊で賄うことになり、敵勢の動きによっては苦戦を強いられる見込みだった。

続けてアランは帝国魔法軍第一、第二部隊に目を向ける。

「残る第一部隊は中央塔警護、第二部隊は城内の守りに配置――」

と、指示を終えようとした時、アランはさっと上空を見上げた。遥か遠くから銀に輝く剣が飛来し、キィン！　と高い音を立てて結界に突き立てられた。直後、驟雨《しゅうう》が如く無数の剣が激突し、結界が破裂音を上げて砕かれ始める。

アランは遥か彼方《かなた》の上空に浮かぶ軍勢に鋭い視線を注ぎ、不敵に笑った。

「なるほど。帝都には目もくれず、全魔法軍をこちらへ向けたか――」

――ディオンが考えたなら、面白い。俺と皇帝を殺すためだけの襲撃だ――。

「殿下、お下がりください！」

帝国魔法軍第二部隊隊長であるクロードが、素早くアランの前に立ち剣を構える。副隊長のダニエルは、結界を突き破った剣を魔法で砕いていく。

放たれた剣には解除魔法が込められており、皇帝がかけた強力な結界は確実に破壊されていった。

——考えなくはなかったが、自らが開発した魔法で攻撃されようとは、皮肉なものだ。

相手方の目的はアランと皇帝の殺害であり、帝都を襲撃することでこちらの手勢を割く誘導作戦はないようである。この調子なら、一般兵も全て帝都を通り抜け、王城へ雪崩れ込みそうだ。

だからといって市民を守る手を緩めるわけにもいかず、アランは帝国魔法軍第三、第四部隊の呼び戻しもできない。

同時に諜報員が〝妖精の翼〟で出現し、報告した。

「オクトーブル州州軍も、こちらへ向かい始めました！　魔法軍は既に飛行にて帝都に侵入し、接近しております！」

アランは前方のジェイエ州魔法軍から西へと視線を向ける。黒い点にしか見えないものの、遥か向こうから別の魔法軍が近づく姿を確認できた。

王城を守る兵の数が明らかに足りないと感じながら、アランは息を吸い、力強く命じる。

「第二部隊は迎撃体勢に入れ！　第一部隊は中央塔へ移動し、速やかに皇帝の警護に回れ！」

兵達は一斉に答え、第一部隊は忽然と姿を消した。

「アラン殿下も、どうぞ中へ！」

クロードが安全圏へ移動させようとするが、アランは呪文を唱え、破壊された結界の内側に更に結界を張る。しかしそれだけで右腕と顔に激痛が走り、舌打ちした。

——忌々しい病だ……。

「殿下……！」

主人の病状を知るクロードは、顔を歪ませたアランを見て頬を強張らせる。尚も激しく解除魔法を込めた剣の襲撃は続き、彼は許しを待たず強引にアランの肩を抱え、転移した。

侵攻の報せを受けた皇帝は、中央塔一階の謁見の間に腰を据えていた。アランは王城深部に身を隠すよう願ったが、皇帝は敵勢が城内へ踏み込んだなら迎え撃つ覚悟で、受け入れなかった。

クロードとアランはその謁見の間に転移し、皇帝の目前に出現する。

壇上に置かれた玉座に腰を据える皇帝を目にし、二人は膝を折った。

漆黒の軍服に紅蓮のマントを羽織った皇帝は、落ち着いた眼差しを注いで尋ねる。

「戦況はどうだ、アラン」

「……敵勢は魔法軍を全て王城へ向かわせているようです。遠からず城の結界は破られるかと」

言外に劣勢だと告げると、皇帝ははっと笑った。

「そうか、そうか。ディオンがお前を困らせる日が来ようとは、考えてもいなかったな。あれも成長したのだな」

皇帝の声には一抹の寂しさが籠もっていて、アランは視線を落とす。

側妃が産もうと、ディオンは実子の一人。皇帝としては妃達同様、公平に愛情を注いで育てたつもりだったのだろう。

「——だが、ディオンはお前に劣る。これは致し方ないことだ。それを受け入れられず駄々をこねるのならば、手を打たねばならぬ」

アランはぐっと右手を握る。【黒染症】は進行し、今や指先の全てが漆黒に染まっていた。指は肩や腕より細い分、神経までの侵蝕が速いらしく、近頃アランの手の動きは鈍っている。

右腕自体も重く、持ち上げるのに遅れが生じていた。

魔法を使えば右半身に激痛が走り、更に動きが鈍る。

この身体を抱えて、多くの魔法使い達を相手にできるのか、ここにきて己の力量に不安を覚えていた。

しかしそれを口にもできず、アランは首を垂れて応じる。

「――承知致しました」

何があろうと、必ず皇帝と国は守りきらねばならない。

それが皇太子として生まれたアランに課せられた、責務だった。

二

エメロード塔三階にある居室で、アニエスはイライラと扉に手をついて呪文を唱え続ける。

つい数時間前にウラガン大帝国の魔法騎士が部屋を訪れ、ジェイエ州州軍の反乱を報せた。

アニエスは時が来たと腹の内でほくそ笑み、表面上は憂えてみせた。魔法騎士にこちらを怪しむ素振りもなく、油断していたのは事実だ。アニエスは計画通りにことが進み、悦に入っていた。

アランの身を案じる振りまでして魔法騎士を部屋から送り出し、直後、扉が封印されて愕然とした。

安全のためならば説明があるはずだ。しかもいつの間にかアランの息がかかった侍女の姿もなく、姦計を悟られたのだとしか考えられなかった。

大人しく部屋に閉じ籠もって決着がつくのを待つ予定ではなかったアニエスは、歯噛みする思いで扉の封印を解こうとしていた。

何度目かの魔法を放つと、再び扉に張られた結界が強《したた》かに弾き返し、アニエスの身体が後方に飛んだ。

「きゃあ！」

「アニエス様……！　ご無理をなさらないでください。お怪我をなさってしまいます……っ」

侍女達が慌てて床に倒れる寸前で身体を支えるが、アニエスはむくりと起き上がり、扉に張りつく。

ウラガン大帝国の魔法騎士が使う魔法は、たかが一騎士にしては異常に高度だった。

タンペット王国では、王族であるアニエスに敵《かな》う魔法を使える騎士などいなかったのにと、歯がゆく扉を叩く。

「怪我なんて、マリエットの薬ですぐに治せるわ。それよりも、早く外に出なくては。ディオン皇子の軍勢だけで、確実に皇帝とアラン皇子の首を取れるか定かでないのだから……！」

塔の外では襲撃が始まった音が鳴り響き、侍女達はおじけづいて、部屋に籠もっていたいようだった。しかしアニエスは違う。

確実に皇帝とアランの首を取り、ウラガン大帝国を手にするため、情勢を間近で確認したいのだ。そして万一にもうまくいかなければ、この手を穢してでもあの者達の首を取る。

東西戦争にて自国が落とされたと知った時、アニエスは腸《はらわた》が煮えくり返る思いだった。

世界的にも禁忌とされる封魔術を開発し、その野蛮な魔法によって母国は滅ぼされたのだ。

アニエスにとって、誇り高き全勝の歴史を持つ祖国の名を穢したウラガン大帝国は許しがたい存在でしかない。その皇子など対面した瞬間、首を斬り落としてやりたかった。

しかし王城へと蛮族が踏み入ったあの日、父王の死を報せに来た兄が言ったのである。

『アニエス、今しばらく汚辱に耐え、ウラガン大帝国へと下れ。敵国にて、機会を待つのだ』

兄の瞳は怒りに燃え盛り、アニエスと同じ気持ちなのだと知った。そしてウラガン大帝国へと住まいを移し、チャンスを掴むべく目を光らせた。そこでディオンを見つけた。

道化を演じ、明るく振る舞う弟皇子が抱える闇を、アニエスはすぐに見抜いた。何においても上を行く兄皇子への劣等感。側妃の母を持つ彼は、立場、知性、魔力——全て兄に劣り、そこを意識せぬよう、遊び惚《ほう》けて生きてきたのだ。

アニエスは彼の気持ちを揺さぶり、皇帝になればいいと唆した。一度きりの人生だ。悔いを残すべきではないと囁きかけると、ディオンの瞳に闘志が灯った。

そこからウラガン大帝国内の勢力図を把握し、どのように王城を襲撃するか、アニエスは自国の兄と連絡を取りつつ計画を立てた。

ディオンがアニエスと兄が企《くわだ》てた通りに動けば、アランと皇帝の首を取れるはずだった。

しかし戦において絶対はない。アランは封魔術を何度も使える圧倒的な魔力でもって、タンペット王国の魔法軍を蹴散らした。

幸いにも、創生主の怒りに触れたのか、アランはその身に重い病を抱えている。

アニエスが彼にマリエットの魔法薬を渡していたのは、毒殺も視野に入れていたからだ。身体を治癒する本物の魔法薬を何度か渡して油断させ、毒とすり替えて殺す方法も念頭に置いていた。

結局ディオンにクーデターを起こさせることになり、その助勢のため、アランには身体の自由を奪う毒薬を飲ませようと考えていた。

けれど近頃彼は薬を求めぬようになり、毒薬の出番はなかった。だがそのおかげでアランは病を進行させ、今回の襲撃には好都合となっている。

弱っていればいるほど、首を取れる確率は上がる。

愚かなディオンは兄の病には気づいておらず、アニエスもあえて教えなかった。

兄の病に気づいたら、ディオンは時が経ちさえすれば皇帝の立場を手に入れられると思うだろう。

アニエスの姦計に乗らなくなる可能性がある以上、無用な情報だ。

アランは、誰もに聖女として愛されてきたアニエスより、マリエットを気に入った愚かな男だ。

薬を作ってやっているのだからこちらを可愛がれと言ってやっと、アニエスのもとに通うようになった。

通う内にこちらの魅力に気づいたのか、マリエットの部屋を訪ねる足も途絶え、そこで溜飲が下がった。離縁までするとは考えていなかったが、それもマリエットには似合いの人生だろう。

アニエスは、彗玉を持つマリエットを愛している。とはいえマリエットは妾の子。その上、幼少期から見すぼらしい格好で過ごし、教育らしい教育も受けずに育った小娘だ。

アニエスよりも愛されるなど、不相応にすぎた。

愛されてしかるべきは、美貌も教養も兼ね備えたアニエスなのだ。

叩いた扉に血がつき、アニエスは手に怪我をしていると気づく。魔法に弾かれて、あちこちに切り傷がついていた。

美しい肌が穢されたアニエスは顔をしかめ、胸に忍ばせていた小瓶を無造作に取り出して、中に込められた魔力を手に垂らした。

傷は瞬く間に癒え、アニエスは満足した笑みを浮かべる。

――マリエット。私の可愛い宝物……。

マリエットに出会った日、アニエスは僥倖《ぎょうこう》を得た心地だった。

整った容貌に、十分な魔力を持つ自分自身を、アニエスは幼い頃から気に入っていた。しかし心臓だけは正常に動かず、そこだけが気に入らなかった。それが、偶然【彗玉の魔法使い】を見つけ、解決する見通しが立ったのである。

創生主に日々祈っていたおかげだと思った。

マリエットに力を注いでもらえば身体は楽になり、毎年会うたびに体調は改善した。そして彼女が完成させた魔法薬を口に含めば、すっかり治ったのだ。

東西戦争が勃発した折、アニエスの頭の片隅にはマリエットの存在がちらつき続けていた。しかしこの身体が再び壊れないとは言い切れず、彼女が【彗玉の魔法使い】であることは、父王や兄には報せなかった。彗玉は取り出しても使えるらしいが、戦に使って万が一壊れてしまったら、もう誰もアニエスの病を癒せなくなる。

そうして戦況を見守り、蛮族に敗れたと知った時、アニエスは屈辱を覚えながら、マリエットを使えば良かったと後悔した。

けれどおそらく、この日のために創生主が使うなとおっしゃってくれていたのだろう。嫁ぎ先で、アニエスはタンペット王国を取り戻すだけではなく、ウラガン大帝国全てを手にする機会を得たのだから。

彗玉があれば、たった一人の魔法使いで一旅団もの兵を一掃できる。これほど頼りになる兵器はなく、アニエスは嫁いでから初めて知ったとばかりに、兄にマリエットの力について伝えた。

兄はよくやったと褒めてくれ、使える駒を増やすべく、ネージュ王国王室にも計画を伝えた。するとネージュ王国国王は、不遜にもタンペット王国との従属関係は切れたと話を蹴った。そのままでは企てが漏れる恐れもあったが、後からカミーユ王子が極秘に連絡を寄越し、話に乗ると言った。

ネージュ王国は以前から妃と王の関係が悪く、とうとう見切りをつけたようだった。妃は息子に政権を与えるため、王に毒を盛り始め、今回の計画を後押しした。

アニエスは扉に手のひらをかざす。

「……必ずウラガン大帝国を、タンペット王国の支配下に置いてやるのよ……。お前達、私と同時に〝雷針刀〟を打ちなさい！」

〝雷針刀〟とは、魔力を光の刃に変換し、対象を破壊する強力な攻撃魔法だった。

命令を受けた三名の侍女は恐る恐る共に手をかざし、魔法を詠唱し始める。そして皆が声を揃えて魔法を放った瞬間、激しい爆発音を上げて扉が破壊された。

王城への襲撃に対応するためか、扉前に監視の兵はおらず、アニエスは真顔で侍女に手を差し出す。

「お前達はここにいていいわ。あれを頂戴」

「は、はい……っ」

侍女は急いで白いコートを手渡した。

それは姿を消せる、タンペット王国の国宝だ。コートを羽織ると姿は透明になり、アニエスは一人戦場へと向かった。

三

厚く巨大なガラスが割れ砕けるような、高く大きな音が王城中に響き渡った。

不審者の侵入を拒む、王城全域に張られた結界が破られたのだ。

軍勢が雪崩れ込む足音は塔内にまで轟き、アランは深く息を吸い、剣を抜く。

謁見の間には、皇帝直属の部隊である帝国魔法軍第一部隊が待機している。アラン直属部隊である帝国魔法軍第二部隊は、塔外で侵入者と対峙《たいじ》し、侵攻を阻んでいた。

塔の外から兵達が上げる怒号や魔法の破裂音、剣が打ち合わされる鈍い音が響く。

アランは呪文を唱え、剣身に魔法をかけた。放つ全ての魔法が、剣から放たれるようにする術だ。そして剣を構えた瞬間、謁見の間の天井付近——左右に設けられた窓から敵兵がガラスを割って飛び込んだ。

アランは飛び散るガラスが降りかかるのも構わず、剣を振るう。

「——迎え撃て！　何者も皇帝に近づけさせるな……！」

剣身から風が巻き起こり、それらが無数の刃になって敵兵を斬り裂く。その敵兵を追って上空から出現したダニエルは、刃を避けた者を頭上から蹴り落とし、床に叩きつけた。

同時に帝国魔法軍第一部隊の兵達が転移し、窓から侵入してくる者達を迎撃していく。

次いで正面扉が勢いよく開き、敵兵が一斉に駆け入った。敵兵を抑えきれず、クロードが複数の部下らと共に室内に入り、立て続けに攻撃魔法を放つ。

正面から侵入する軍勢は一般兵も多数含まれ、アランは攻撃を逃れて前進してくる者を次々に薙《な》ぎ払っていった。

しかしどこにもディオンの姿が見当たらず、アランは本能的に皇帝の目前に転移する。

刹那——目の前にディオンが出現し、頭上から剣を振り下ろした。

アランは油断なく剣で受けるが、既に何度も魔法を放った右腕は痺《しび》れ始めていた。すぐには魔法を発せられず、その間にディオンの瞳が怪しげに揺らめく。それは命を奪う呪い魔法を放つ前兆だ。

「ち……っ」

アランは舌打ちし、物理的にディオンの胸を蹴りつけた。重い蹴りを受けた弟は、階段下へと落下する。

床に背を打ちつける寸前、ディオンは受け身を取ろうとした。だがアランはそれを許さず、ディオンの真上に重力をかける魔法を叩きつけ、床に強かに打ちつける。

「——が……っ」

苦痛の声を上げた弟を壇上から睨み据え、アランは冷えた声で言った。

「皇帝に刃を向ける意味を、わかってやっているのだろうな——ディオン」

笑顔ばかりが印象的だった弟は、瞳に殺意を宿し、真顔で答えた。

「わかっているに決まっているじゃないですか……。僕はもう……貴方と比べられるのも、貴方に劣ると父上に罵られ続けるのも――飽きたのです！」

言い放つや転移し、アランの左側に出現して斬りかかる。剣を持つ右手を選ばなかったのは、すぐに応戦させないためだ。

――戦い方も、わかっている。

アランは、劣ると言われ続けながらも懸命に剣の練習をしていた弟の姿を思い出す。

左から斬りつけられるのを、寸前で転移して右手へと移動し、ちらっと皇帝に目を向けた。

皇帝は逃げる気配もなく、目の前で繰り広げられる争いを見つめ続けている。

逃げてもらいたいが、ここでディオンが勝てば、皇帝は自ら相手をするつもりなのだ。

アランはため息を吐き、剣を構え直す。玉座がある壇上では戦いにくく、皇帝の周囲に結界を張り、地を蹴ってディオン目がけて突っ込んだ。

「――うっ」

速さに対応できなかったディオンの胸ぐらを力任せに摑み、再び壇上から床へと投げつける。しかしディオンは手が離れた瞬間、空中に飛び上がった。アランは驚かず、自らも飛び上がりディオンへとまた突っ込んでいく。

「では――今日がお前との別れとなるのだな、ディオン」

容赦なく剣を心臓目がけて突き立てようとするも、突如弟は消え、背後に出現する。

「ええ、どちらかがこの世から消えるのです！」

後方から刃が振り下ろされる直前、アランは素早く身を翻し、剣身から無数の短剣を生み出そうとした。その時、剣を持つ手から心臓にかけて激痛が走り抜け、びくりと身が強張る。魔法の短剣はディオンに逃げる間を与えず放たれたが、術をうまく構成できず、それらは数多の光る蝶《ちょう》に転変した。

「え……」

周囲を蝶が舞う光景にディオンは戸惑い、地上から警告の声が上がる。

「――アラン殿下!」

「――ぐぅ……っ」

アランの名を呼んだのは、ダニエルだった。一瞬の隙を突かれ、アランは敵兵に背後から剣を突き立てられていた。

呻き声を漏らしたアランは、剣を持つ己の手に力を込め、刺した敵兵を後ろ手に斬りつける。

「が……!」

目を斬り裂かれた敵兵が地上に落下する音でディオンは我に返り、この機を逃さず襲いかかった。

敵兵の剣は肺を傷つけたのか、血が喉を迫《せ》り上がり、口から零れる。

アランはその状態でもディオンの剣を避け、地上へと転移した。空中に漂う気力はなく、壇上にある玉座を守れる位置に降り立つ。背中から刺された剣を抜くと、ぼたぼたと血が流れ落ちた。

貫かれた場所は、一度目の人生で負った致命傷から僅かにずれてはいる。しかし位置はほぼ同じで、アランは苦く笑った。

――全く……俺は必ず背を刺されて死ぬ運命なのか……? 神も面倒な定めを与えてくれたもの

だ……。

アランの負傷に気づいたクロードが顔色を変えて間近に出現し、右手に立つ。

「アラン殿下……そのお怪我では、これ以上の戦いは不可能です。どうぞここは我々に任せて……」

「……そういうわけにもいかない。弟が命を懸けて戦おうというのだ。俺も応えねばならぬ」

ディオンがとん、と謁見の間中央の床に足をつき、アランをまっすぐに見据える。

「――兄上。勝負と参りましょう」

邪魔立て無用と理解し、クロードは顔を歪めて離れ、ディオンが床を蹴った。

アランは両手で剣を構え、泰然と弟の攻撃を待つ。その脳裏には、笑顔を絶やさず生きてきた弟の姿が駆け抜けていた。

ディオンが目前に迫り、アランは深く息を吸う。最初の一手は下から斬り上げられ、それを火花を散らして受けとめると、ディオンは剣を滑らせ、続けざま左上から斬り落とそうとする。

アランはその剣筋も受けとめて弾き返し、ディオンもまた素早く構え直して腹へと剣を突き立てようとした。アランは瞬間的に左手に移動して避け、ディオンは束の間、兄の姿を見失った。

アランはその隙を見逃さず、ディオンの腹を容赦なく刃で貫いた。

「――ぐぁ……っ」

アランが素早く剣を抜くと、ディオンは腹を抱え、その場に頽れる。

勝負はあった。クロードが傍らに戻り、事態の収拾を始めようとして、息を呑んだ。

敵兵はクーデターの筆頭となるディオンが倒れても手をとめず、争いを激化させた。ディオンをその場に捨て置き、アラン目がけて襲いかかる。

「――ディオンがいようといまいと、関係ないというわけか……っ」

アランは苦々しく吐き捨て、クロードは転移魔法を使い、更に玉座の足元下近くへと共に退避した。

傷を負った状態では戦闘しにくく、せめて精度を上げるため、アランは眼帯を剝ぎ取る。と、背後に何者かが出現する気配を感じ、剣を持つ手に力を込めた。その者が姿を形作ると同時に斬りつけようとして、寸前でやめる。

アランの背後には、凄惨なこの場におよそ不似合いな、美しい青い髪をたなびかせたマリエットと、彼女について消息を絶っていたイネスが出現していた。

四

イネスと共に王城へ転移したマリエットは、突然怒号や剣を打ち合う音が聞こえ、びくっと身を竦めた。

辺りを見回せば、目の前には口から血を滴らせたアランがおり、その横にはクロードがいる。

マリエットは事態についていけず声を失い、王城へ連れてきてくれたイネスが真っ青になって口を押さえた。

「どうしましょう……アラン殿下のもとへと念じて転移したので、戦いの真っただ中に出てきてしまったみたいです」

硬直していたアランは、はっと前方へ目を向け、剣を振るう。彼の一太刀で向かってきていた敵兵が次々に倒れた。しかしその先を見ると、出入り口から雪崩のように一般兵が駆け入り、迎え撃つウラガン大帝国軍の兵も対処が限界に近いようだった。

「どこでもいい……！　イネス、マリエットを連れて再び転移しろ！」

傷を負ったアランが苦しげな声でイネスに命じ、クロードが焦った調子で重ねて言う。

「頼む、今すぐ転移してくれ……！　さすがに君達を移動させる余裕はない……っ」

「は、はい……っ。マリエット様、魔力を……っ」

狼狽しながら手を繋ごうとしたイネスが、ぎくっと一点に目を向けた。彼女の視線を追ったマリエットは、全身に緊張を走らせる。

広間の片隅に、カミーユが出現していた。マリエットを追ってきたのだ。

彗玉を奪おうと考えていても、戦いに身を置くつもりはなかったらしい。カミーユは瞬きの間に姿を消し、マリエットはほっとしてアランに視線を戻した。しかし彼の尋常ではない様子に気づくや、息を呑み、凍りつく。

咄嗟に身構えるも、激しい戦闘が繰り広げられる様を目にした彼は、おじけづいたかのように青ざめて背を向ける。

彼の背中からはおびただしい血が流れ、床に血の池ができようとしていた。

――そんなに血を流したら……死んでしまう。

マリエットは真っ青になり、ふらふらとアランに近づいていく。

「マリエット様……っ、アラン殿下へのお気持ちは堪え、今はお逃げください！」

頭の中は死を恐れる感情で満ち、クロードの声も耳には入らなかった。

──死んでしまう。アラン様も……お母様のように、二度と起きなくなってしまう……！

アランがこちらをちらっと見て、睨みつける。

「──俺に近づくな！　さっさと転移しろ……！」

「目にも傷を……？　胸からも……っ」

マリエットはアランの状態に愕然とした。彼の目は血で染まったように赤く、顔半分は壊死《えし》しているかの如く漆黒に染まっていた。魔法開発で怪我をしたと聞いていたが、酷い有様だ。

それに背中同様、胸からもおびただしい出血をしている。立っているからには、心臓を一突きにされたわけではないのだろう。

それでも危うさに違いはなく、マリエットは我を忘れ、彼に走り寄って背から抱き着いた。再会を喜んでいるわけではない。背中の傷は自らの胸で、彼の正面の傷は手で塞ぎ、血をとめようとしたのだ。

「──マリエット……っ」

アランが歯がゆそうに名を呼び、離れろと身じろぐも、マリエットは聞かず叫び返した。

「──血をとめねば、貴方は死んでしまいます！」

腕を剥がそうとする彼に必死に縋りつき、手のひらから魔力を注ぎ込む。

強引にマリエットを突き放そうとしていたアランが、びくっと身を強張らせた。胸に重ねられたマリエットの手のひらを見下ろし、彼は困惑の声を漏らす。

「……何を……している……」

彼の全身は、マリエットと共に眩い光に包まれていた。

何をしているのか、教えたかった。しかし耳に母の忠告が蘇る。

彼は歴史上最も彗玉を奪ってきた王族と同じ立場であり、またマリエット一人を愛してくれている人でもないのだ。

彼に想われていないと思うと胸は痛み、マリエットは寂しさを抱えながら彼の背に額を押しつけ、首を振った。

「……この力は、私だけを愛してくださる方でなければ、教えてはならないのです——アラン様。どうぞ、お許しください」

不審そうに眉根を寄せた彼は、突如頭上で号令が放たれ、はっと視線を上げる。

「——敵はアラン皇子と、ウラガン大帝国皇帝！　タンペット王国大陸統一のため、今こそ蛮族筆頭の首を取れ！」

敵兵の長か、中空に躍り上がった男が声を上げると同時に、ウラガン大帝国軍兵と対峙していた魔法使い達が一斉に姿を消した。

タンペット王国の名を聞いたマリエットは、それでは兄の話は事実だったのかと、顔色を失う。

——アニエス様が……私を道具として使えと言ったのも、本当なの……？

マリエットの胸に、猜疑《さいぎ》の気持ちが込み上げた時、抱き締めていたアランが身じろいだ。

「——く……っ」

彼は背後の皇帝を守るべく、身を翻そうとしたようだった。しかしマリエットと目が合うと、その顔が歪む。

マリエットを連れて皇帝を守るなど、不可能。されど置いていけば、マリエットは必ず命を奪われる。

絶望に染まる彼の瞳はそんな迷いを如実に映し出しており、マリエットは青の瞳に力を込め、明朗に言った。

「――どうぞ、このまま全ての敵兵を薙ぎ払ってください」

「それは……」

さすがのアランも、それはできない。彼は戸惑うも、瞬く間に敵兵は二つの集団となって出現し、アランと背後にいる皇帝目がけ突撃した。

マリエットは手のひらに力を込め、全身全霊の魔力を彼に注ぎ込む。

「――今の貴方なら、必ずできます！」

マリエットが告げると同時に、アランは瞠目した。信じられないような視線を一度マリエットへ向け、その刹那、敵兵が間近に迫る。敵が彼の首を斬り落とそうとした瞬間、アランは目にもとまらぬ速度で剣を振り払った。直後、視界いっぱいに氷の剣が無数に出現し、風切り音を立てて一斉に四方八方へ飛んだ。耳を切り裂くような激しい金属音と悲鳴があちこちで響き渡り、最後にドン！と床を揺らす大きな衝撃が走る。

やがて辺りは静まり返り、マリエットはアランの背中越しに広間を見渡して小さく口を開けた。

二つの敵兵の集団は、広間の隅に薙ぎ払われ、ぐったりと倒れ込んでいた。彼らの周りには、アランが放った剣が無数に散らばっている。それらは的確に敵兵のみを選別し、身動きを取れぬよう相応の傷を与え、黙らせたようだった。

あまりの光景に、ウラガン大帝国軍の兵達は皆、その場でぽかんとしている。

アランは剣を持つ自身の手を睨みつけた後、マリエットを見下ろした。

「……マリエット。君は……【彗玉の魔法使い】なのか？」

マリエットは質問には答えず、破れた軍服を広げ、アランの背中を確かめる。滝のように流れていた血はとまっていた。しかし肉が盛り上がり、生々しく傷痕が残っている。なんとなく血が流れていたのはもう少し左だった気もしつつ、マリエットは胸を覗き込んでみる。そちらも同様で、眉根を寄せた。

「……上手に塞げなかったようです。痕を残してしまって、申し訳ありません」

傷痕を指でなぞると、アランはぼそっと訂正する。

「……それは、今日受けた傷痕じゃない」

「え？」

では以前、こんなに大きな傷を負い、それで無事だったのかとマリエットは驚いた。

視線を上げると、彼の瞳はいまだ赤く、肌も黒ずんでいる。マリエットは眉尻を下げ、アランの目の上から手を被せた。

「一度で治らないなんて……古い怪我は治りにくいのかしら」

魔法薬を作るよりも、やはり肌に触れた方が魔力は注ぎやすい。大人しくされるがままでいたアランが、その手首をぐっと握った。

強引に顔から手を離され、マリエットは彼の目を確かめる。

「あ……っ、もう少しだけ、させてください。あとちょっとで、治りそう……」

「マリエット。これに見覚えはあるか」

アランはマリエットの話を遮り、胸ポケットから小瓶を取り出した。それはオレンジや青、緑とも取れる不可思議な色をした魔力が入った小瓶で、マリエットは首を傾げる。

「……それは、私がアニエス様の治療のために作った魔法薬ですが、どうしてアラン様が持っていらっしゃるのですか？」

アランは険しい表情になり、俯いた。

「――そういうことか。では俺は……一度目の人生から、間違った者を選んでいたんだな」

彼が苦々しそうに呟くと、傍らにクロードとダニエルが出現する。

「アラン殿下、お身体は……」

気遣わしそうに尋ねられ、アランは彼らに向き直った。

部下達と話すアランを眺めていたマリエットは、突然ぐっと首に圧迫感を覚え、ふらつく。

アランがさっとこちらを振り返り、目を見開いた。

「――マリエット！」

「動かないで」

耳元で聞こえたのは、よく知る人の声だった。

マリエットは背後を振り返るも、そこには誰もいない。しかし両手が強引に背後に引っ張られ、背中で拘束されるのを感じた。わけがわからず視線を彷徨わせると、パサリと布が落ちる音が聞こえ、床を見れば足元に見覚えのある白いコートが落ちていた。

いつの間にか背後に立っていたその人を見て、マリエットは細く息を吸い、呟く。

「アニエス様……」

光を弾く白銀の髪に、宝玉のような翡翠の瞳を持つ——敬愛してきた聖女がそこに立っていた。魔法を使ったのだろう。マリエットの両腕を縄で一つにまとめたアニエスは、近づこうと身じろいだアラン達を睨み据え、言い放つ。

「——それ以上近づけば、ここでこの子を殺すわ！　どこまでも忌々しい、蛮族どもめ……。私の父王を殺すに留まらず、彗玉の心まで奪うなんて……！」

彗玉と呼ばれ、マリエットは身を強張らせる。

その言いようは、彼女がマリエットを道具として使えと話したという、カミーユの言葉を裏づけるようだった。

けれど心はいまだ兄の話を信じきれず、マリエットは神にも縋る思いでアニエスに尋ねる。

「アニエス様は……ずっと、私を人ではなく……彗玉としてご覧になっていたのですか……？」

動揺して、声は震えていた。

アニエスは冷えた目をこちらに向け、眉根を寄せる。

「当たり前じゃない。彗玉を持っていなければ、声もかけてやらなかったわ。なぜそんな悲しそうな顔をするの？　お前は彗玉を持って生まれた、私に声をかけられるに値する子よ。そしてこれから、私に悲願を達成させる宝玉になるの。安心なさい。宝玉になっても、愛してあげるわ」

その残酷な言いように、マリエットの全身は凍りついた。

しかしアニエスは呆然とするマリエットを無視し、不敵に笑って転移魔法を発動させる。今しもマリエットが連れ去られようとしたその時、アランが魔法で光の玉を放ち、アニエスを後方へ弾き飛ばした。

「きゃあ……っ」

マリエットはびくりと肩を揺らし、アニエスはなんとか転ばず持ちこたえるも、瞳を怒りに染める。

「……どこまでも、私の邪魔をするのね、アラン！　――出会った日から、お前は殺したくて仕方なかった！」

彼女は宙に浮かび、一足飛びでアランに突っ込んでいった。その手にはどこに隠し持っていたのか、長剣が携えられている。

「お前の弟も、軍勢も、なんと使い物にならぬことか……！　こんなことならば、タンペット王国軍を直接送り込むべきだった……！」

アニエスが真上から打ちつけた剣を、アランは容易に受けとめた。彼女は小声で呪文を唱えつつ、再び斬りつけるべく剣を振り上げる。

書物で読んだ記憶があるその呪文は、呪い魔法だ。霧状の毒が一帯に広がり、吸った者の内臓を腐らせていく。

マリエットは総毛立ち、声を張った。

「アラン様、霧を吸ってはなりません……！」

アランと部下達はすぐさま浄化魔法を行使するも、アニエスはその隙を逃さなかった。アランの首を狙って、容赦なく剣を振り下ろす。

「お前は、殺す……っ」

芯まで凍えそうな、殺意の籠もった声だった。同時にギイン！　と金属音が上がり、マリエットは身を竦める。

アランが油断なく、彼女の剣を受けとめていた。アニエスは怯まず、立て続けに剣を振る。

「殺す、殺す、殺す……！　お前さえいなければ、私はあの子を殺さずに済んだのに……！」

アランは荒々しい彼女の攻撃を正確に受け流しながら、険しい表情で聞き返した。

「従順に、お前の言うことを聞く道具だったからか」

「そうよ……！　私の可愛い人形を、お前が奪った！」

確実にアランの息の根をとめようとしているアニエスの動きに、マリエットは青ざめて叫んだ。

「アニエス様、もうおやめください……！　私は人形ではございません。心のある、人間でございます！」

「——お前はずっと、私の人形だったの……！」

アニエスは悔しそうに叫び、マリエットを振り返って剣を振り切った。敵兵を一斉に薙ぎ払ったアランの魔法と似た、光の剣がマリエット目がけて飛んでくる。

逃げる間もなかった。マリエットはひゅっと息を呑み、次の瞬間、首を狙ったその剣は目前でパン！　と弾け飛んで霧散した。

魔法が防御される様を目にしたアニエスは、憎らしげに唇を噛み、更に無数の剣を放つ。

彼女の動きに躊躇いはなく、翡翠の瞳はもはや憎悪に染まっていた。

「私から心の離れたお前など、壊れてしまえばいいのよ……！　それさえも、この男がかけた魔法で拒むなんて、どこまでお前は私を苛立たせるの……！」

彼女の攻撃はどれもアランの結界に阻まれ、目前で霧散していく。しかし身体は傷つかずとも、長年慕い続けた人に刃を向けられたマリエットの心は、深く抉られ血を流した。

瞳には涙が浮かび、それを見たアランは、これ以上はならぬとばかりに魔法の縄を放ち、アニエスの四肢を拘束した。同時にマリエットの両手を束ねていた縄が消え、腕の自由が戻る。

「無礼者どもが……！　必ず、報いを受けさせてやる……！」

アニエスはもがき、毒霧を何度も生み出しては消されるを繰り返した。

慕い続けた人に物として扱われ、殺そうとまでされたマリエットは、寂しさと絶望感に苛まれ、眉尻を下げる。瞳に浮かんだ涙は時を置かず頬を伝い落ち、震える声で呟いた。

「……アニエス様。貴女は薄汚れた私を厭わず、話しかけ、手に触れてくださいました。その優しさに、私がどれほど救われたか、ご存じでしょうか」

アニエスがピクリと動きをとめた。

マリエットはアニエスの瞳をまっすぐに見つめ、心からの情愛を込めて、いつか抱いた想いを口にした。

「……叶うなら、父王を失われ、傷ついた貴女のお心を癒して差し上げたかった」

鋭い視線を注いでいたアニエスの表情が、ふっと柔らかくなる。

眼差しは優しくしてくれた頃のそれに戻り、かつてのように彼女に寄り添いたい気持ちが込み上げた。

しかしアニエスの本心を知ってしまった以上、もう何もかもを受け入れるわけにはいかないのだ。

マリエットは深く息を吸い、涙を拭う。背筋をまっすぐ伸ばすと、決別の意志を込め、強い眼差しを注いで言った。

「ですが私は、アニエス様のご意向には、何があろうと従えません。もしも貴女がウラガン大帝国の安寧を脅かすと言うなら——私はこの美しい国を守るために、この力を使います」

アニエスの瞳に、再び怒りの炎が燃え上がった。

「——……マリエット！」

怒声にマリエットがぐっと奥歯を嚙み締めた時、アランが静かに間に入り、咎めた。

「——アニエス。これ以上、傷つけてくれるな。……俺は何があろうと、もうマリエットを手放すつもりはない」

マリエットはドキッとし、アニエスは射殺しそうな眼差しを彼に注いだ。

アランは嘆息し、ことの成り行きを見守っていた部下達に命じる。

「アニエスを連行しろ。カミーユ王太子も同罪だ。——決して逃がすな」

一部の兵達は姿を消し、残る兵はアランに一掃された敵兵を捕縛するために動きだした。

アランはマリエットに歩み寄り、そっと抱き締める。

「……辛い思いをさせて、すまない」

アランは何も悪くないのに謝罪され、マリエットはまた涙が込み上げかけるも、零さぬよう堪えて首を振った。

「いいえ……これで、いいのです」

マリエットは嗚咽《おえつ》を呑み、広間の中央へと目を向ける。

視線の先には、横たわるディオンと、彼の背にそっと触れる皇帝の姿があった。

終章

アニエスが連行された後、マリエットはディオンの命もまた救った。彼は捕らえられ、およそ半世紀もの禁固刑が下されたが、死刑だけは免れた。皇帝が、自身の行いがその鬱屈した感情を育てる要因になったと認め、減刑を望んだからだ。

彼は皇室から籍を外され、刑に服した後、政府の監視下で生かされることになるらしい。

そして反乱を起こした従属国の平定は、簡単にはいかなかった。

カミーユ王子捕縛の報せを受けたネージュ王国については、大きな抵抗もなく、つつがなく手続きは進んだ。かの国は現国王ヨルクへの信任が厚く、もとより官吏達は反乱に賛同していなかったのである。

ヨルク国王がラシェルにより毒を盛られていた事実もつまびらかになり、王妃もまた捕縛。ヨルク国王はいつでもウラガン大帝国に主権を譲ると約束した。

しかしタンペット王国は違った。聖女として崇められていたアニエスが捕らえられたと知ったタンペット王国国民の怒りは凄《すさ》まじく、鎮まらなかった。クレマン国王もまた非を認めず、ウラガン大帝国こそが悪だとして、徹底的に争う姿勢を見せたのだ。

アランは再び戦へと身を投じ、国境沿いから王都に連なる複数の州を制圧し、クレマン国王の死をもってようやく国民は鎮まった。

戦時中、マリエットはアランに自分の力を使うかと尋ね、重傷者の治癒のため、可能な限りの魔法薬を作った。だが彼はマリエットを戦に投じようとはせず、およそ一年半の歳月を費やして戦を終わらせた。

タンペット王国は、これからウラガン大帝国の支配下に入り、創生主として国王を崇める宗教は完全に排除される予定だ。

ネージュ王国は、ヨルク国王が存命の間は今しばらく彼の統治下に置かれ、退位後ウラガン大帝国に吸収される。

ウラガン大帝国が統治する国はあまりに多く、皇帝が東側諸国を、アランが西側諸国を統治せねばならぬ状態だ。統治国はできるだけ少ないに越したことはなく、そんな方針になったのだとか。

王城の東――シロツメクサが咲き乱れるコキシネルの庭を訪れたマリエットは、隣接した森近くにある泉の脇に座り込み、向かいに座るアランの目元に触れる。

終戦後、半年が経過していた。戦で方々に傷を負った彼の身体はすぐに治癒できたものの、【黒染症】はそうはいかず、根気強く治癒していた。

「目の下や指先は、時間がかかりそうですね」

魔力を送り込んでいると、アランが腰に手を回し、抱き寄せる。胡坐《あぐら》をかいた彼の膝の間に座らされる格好になり、背中が密着して、マリエットはぽっと頬を染めた。

見上げると、もう眼帯をつけなくなったアランが、目を細めて笑う。

「ありがとう、マリー。【黒染症】だけは、どうにも治癒する魔法を開発できなくて困る」

彼の両目は綺麗な菫色に戻ったが、指先や目の周り、腕にはまだ色素が残っていた。

マリエットは首を振る。

「いいえ、私は偶然彗玉を持って生まれただけですもの。大したことはしていません。ですが治癒魔法の先駆けを開発なさったアラン様は、本当にご立派です」

戦を終えた彼は、休養する間もなく、再び魔法開発に取り組んでいた。イネスの父、コルトー男爵と共に多くの実験を繰り返し、つい最近、切り傷を修復できる魔法薬を開発したのだ。

一般の傷薬に魔法を組み合わせた最新の薬で、アランはこれを改良し、いずれは魔法だけで治癒できるようにしたいと研究を続けている。

「そんなことはないよ。だけど多少安心はしたかな。これで刀傷などで失う兵の数が減るから」

マリエットは、そうかと思う。

魔法薬は大量生産できず、戦ではやはり失った自国兵もいた。彼が研究に没頭し続けているのは、亡くす兵の数を減らしたいがためなのだ。

全員を救いきれず、後悔も感じているマリエットは、腹に回された慈しみ深い夫の手に触れ、そちらにも魔力を注いでいく。

アランは生かしたい人だ。けれど生きたいと望まない者もあるのだと、マリエットは少し寂しく記憶を辿る。

クレマン国王が弑された後、その報せを受けたアニエスは、翌日亡骸《なきがら》で見つかった。夜間に、自害したのだ。

そして彼女は、マリエットに向けて短い手紙を残していた。

『マリエット。どうぞ私を生き還《かえ》らせないで頂戴。牢獄《ろうごく》で生き続けるなんて、もうまっぴらなの。兄上が天界へ召されたのなら、私も後を追います。どうぞ私のわがままを許してね。あの時、お前を壊そうとしてごめんなさい。本当は、壊したくなんてなかった。お前をずっと私のものにしていたかっただけなの。ずっとお前を愛していたわ、マリエット。　　　　——アニエス』

彗玉を持つからこそ、アニエスはマリエットを気に入ったのだと話していた。命を屠り、石となっても愛すると言い切った。だからマリエットは、彼女は自分を人として見てくれていなかったのだと思い、悲しんだのだ。

けれど牢に送り込まれ、野望が潰えても、彼女は最後にマリエットに愛を語った。その言葉の中に、純粋な愛情を感じてしまうのは、お人好しにすぎるだろうか。

「そうだ。ずっと言いそびれていたが……俺は結婚してから今まで、君一人を想い続けている」

「——え」

物思いに耽《ふけ》っていたマリエットは、突然告白され、目を丸くする。

アランはばつが悪そうに髪を掻き上げ、庭園へと視線を逸らした。

「一度離縁を申し込んだのも、君を守りたかったからだ」

考えてみれば、騒動に関する一連の動きを、マリエットはよく知らぬまま過ごしていた。

アニエス達を投獄した後、アランは離縁を撤回させてほしいとマリエットに許しを乞い、再び愛を誓ってくれた。けれどすぐに戦に向かうことになり、話す機会がなかったのだ。

母の忠告があるからと秘密にしようとした【彗玉の魔法使い】であることも、多くの兵の前で彼を癒したため、周知の事実。

戦時中、アランはタンペット王国の者に狙われぬよう、マリエットに厳重な警護を布き、終戦後は以前以上に愛情を注いだ。おかげで十分すぎるくらいに幸福で、あえて過去を掘り返す気にもならなかったのである。

「守るとは……？」

彼が心変わりもせず、ずっと自分を想っていたとは知らなかったマリエットは、どういう意味か聞き返す。

彼はマリエットに視線を戻し、長い話を聞かせた。

アニエスにマリエットを殺されてしまった、一度目の人生の話だ。アランもクーデターにより命を失ったが、なぜか気がつくと死ぬ直前の時期に戻っていた。

そうなった理由は不明ながら、人生をやり直せるなら今度はマリエットを生かそうと思い、彼は嫉妬も危険もない場所へ置くため、離縁を選んだ。

「俺は一度目の人生でも、君に夢中になった。だからアニエスが君を手にかけたのは、嫉妬させたせいだと思って離縁を選んだんだ。……だが今考えると、そんなわけはなかったな」

唐突な話についていけないが、マリエットは首を傾げる。

「どうしてですか？」

マリエットも、アニエスはアランに恋をしているのだと思っていた。なぜそんなわけがないのか。

彼は苦笑する。

「彼女は母国を落とされた時点で、俺に怒りを抱いていたんだ。俺が君ばかりを想ったところで、嫉妬などするわけがない。それに彼女は、一度目の人生でも、二度目の人生でも、君の魔法薬を自分が作ったと偽って俺に渡していた。あれはおそらく、信用させて、どこかで毒殺するチャンスを狙っていたのだろう」

アニエスが捕らえられた後、アランはアニエスから魔法薬を受け取っていたと話していた。その時は、彼の気を引きたくて嘘を吐いたのかと想像していた。

だけど言われてみれば、最後の戦いで見せた、アニエスの彼に対する怒りは凄まじく、毒殺計画もあり得なくはない。

アランは眉を顰め、一人頷く。

「多分、間違いない。一度目の人生で深手を負った時、背後から襲撃されるとわかっていたのに、なぜか身動きができず、魔法も発動させられなかった。あの直前、俺はアニエスから受け取った薬を飲んでいた。おそらく中身を毒に入れ替えられていたのだろう。今思い出すと、いつもと違う味だった」

マリエットの窮状を知らされ、すぐさま動いたので、死ぬ瞬間まで毒に気づかなかった。

彼がそう話す一度目の人生は、夢と言うには詳細で、マリエットは顔色を悪くする。人生をやり直すなど、そんな奇跡はあり得ないと思うが、どうにも否定できなかった。

マリエットはどうなのかしらと考え、ふと、アランの背と胸に残る、深く刃を突き立てられたような傷痕を思い出す。

「私が治癒魔法をかけても治らない、アラン様の傷痕……」

二度目の戦で受けた傷はどれも綺麗に消せたのに、彼が昔負ったというそれだけはどうにも治らなかった。もしかして——と呟くと、アランはボタンを外して胸の傷を見せる。

「ああ……これは、一度目の人生で負った傷だ。これがあるから、俺も人生をやり直しているのだと信じられた」

一度目の人生で、最後にマリエットは、アランの傷痕に手を押しつけていた。直後に光に包まれて、目覚めたら人生が巻き戻っていたらしい。

「時を遡る直前、俺は君と出会い直したいと願っていた。そしてこの傷痕は、東西戦争が起こる直前に浮かんだ。あの戦は、君と出会うきっかけだったろう？　だから実を言えば、俺はこの傷を癒したのも、奇跡を起こしたのも、君じゃないかと考えている。最後の俺の願いを聞き、そして叶えてくれたのだと」

アランは視線を重ねて壮大な仮定を掲げ、マリエットは驚いて首を振った。

「まあ。私にそんな真似できるはずありません」

時を戻すなんて、もはや神の領域だ。彗玉を持っていても、そこまでは到底できない。

絶対に無理だと返すも、彼は目を細め、マリエットに顔を寄せて尋ねた。

「でも君は、実際に治せそうもなかった俺の胸の傷を癒しただろう？　俺に魔力を注げば、謁見の間を埋め尽くした敵勢を、一撃で壊滅させる能力だってある。想像してみてくれ。もしも俺が致命傷を負い、君と出会い直したいと願ったら、君はどう思うだろう」

彼の甘い視線にドキドキさせられつつ、マリエットは口を噤んだ。

もしもそんな状況に置かれたら、もちろん彼を救いたいと願い、力を注ぎ尽くす。

けれど自覚もないのに、そんな力を持つと認められるわけもない。

「【彗玉の魔法使い】の出生率は、極端に低い。その能力は解明しきれておらず、治癒や魔力の増幅だけでなく、他にもできることがあるのかもしれない。それこそ――命を懸ければ、神の御業《みわざ》に匹敵するくらいの力を持つのかも」

アランはマリエットの返事を待たずに自分の考えを言って聞かせ、そのまま身を屈めて額にちゅっと口づけた。そしてマリエットを熱っぽく見つめ、囁く。

「出会い直しても……俺は君に心を奪われたよ、マリー」

マリエットは睦言に瞳を潤ませ、興味本位で聞いた。

「……一度目の人生では、私はどのようにアラン様と過ごしていたのですか？」

マリエットに、一度目の人生の記憶はない。どんな恋をしたのか聞くと、彼は愛しそうに目を細めて話した。

「一度目の人生でも、君はすごく可愛かったよ。王城を出て、一緒に湖を見に行った日もあったし、買い物にも出かけた。俺が何か贈ると、いつも嬉しそうに笑って、ついキスをしてしまって……」

あれこれと思い出を聞いていく内、マリエットの表情は次第に曇っていった。

「今回の人生では、あまり外出もしなかったが、今度――……」

楽しそうに記憶を辿っていたアランが、ぴたっと口を閉じる。

いつの間にか俯いてしまっていたマリエットの顔を覗き込み、彼は悪戯っぽく笑った。

「……どうした？　自分に嫉妬でもしたかな」

あっさり気持ちを見透かされ、マリエットは目を泳がせる。記憶にない自分と彼のデート話は、まるで別の女性と逢瀬を交わしていたように感じられ、胸がもやもやした。

「私はまだ、一緒に湖なんて行っていません。……アラン様ばかり楽しい思い出があるのは、ずるいです」

　素直に文句を言うと、彼はふっと笑い、嫉妬を滲ませたマリエットの目尻に口づける。

「そうだな、すまない。これからたくさん、色々な場所に行こう。だけど今の俺が愛しているのは、目の前にいる君だけだよ、マリエット」

　気持ちを汲んだ愛の言葉は温かく、マリエットは嬉しくて、ふふっと笑った。

「それなら、良かった。……私も、目の前にいる貴方だけを愛しています」

　アランは優しく目を細め、マリエットを緩く抱き締める。

「離縁を言い渡した日……君を泣かせて、本当にすまなかった。俺は未来永劫《えいごう》、君一人を愛し、永久に慈しむと誓う。だからどうか――ずっと俺の傍にいてほしい」

　真摯に誓約され、マリエットは瞳を揺らす。

　ようやく穏やかに過ごせるようになったのだと、安堵と恋情が胸を満たし、マリエットは頬を染めて頷いた。

「はい。こちらこそ、末永くお傍に置いてくださいませ」

　アランはそっと、顔を寄せる。マリエットも目を細め、愛しい人と唇を重ねた。

　甘い口づけを交わし、瞼を開けると、アランは明るく言う。

「約束していた、空の散歩にでも行こうか？　もうこうして身を寄せても平気だから、空の上で恥ずかしがって俺から離れようとする心配もないだろう？」

「空の散歩にダンスの練習が必要だとおっしゃったのは、離れてはいけないからだったのですか？」

　マリエットはきょとんと聞き返し、アランは立ち上がって手を差し出した。

「そう。できそうかな？」
マリエットは彼の手を取り、鮮やかに笑った。
「はい。喜んで、ご一緒します」

——大陸のほぼ全土を領地としたウラガン大帝国は、その後も繁栄を続けた。アラン皇太子を筆頭とした魔法開発は飛躍的に進み、戦後十年で治癒魔法は完成。国家の経済的発展に大きく貢献する。

結婚三年目には皇太子夫妻は第一子となる皇子に恵まれ、その後三年の間に第二皇子と第一皇女が産声を上げた。

王城は稚い三兄妹の声で賑《にぎ》やかになり、幸福な日々は末永く続いたという——。

あとがき

こんにちは、鬼頭香月《きとうこうづき》です。

この度は『人質として嫁ぎましたが、この国でも見捨てられそうです』をお読みくださり、ありがとうございました。

本作はなかなか一言で表現しにくい物語で、タイトル決めはかなり難航しました。最終的に担当編集さんに決めてもらいましたが、内容に即した良いタイトルではないかと思います。

今回はいつもの話運びとは若干異なり、恋愛中心というよりも、恋もありつつ、二人の少女の出会いと別れも描いたお話になっています。

もろもろの作業が終わった後、作者はこの時代にこういう物語を書かせてもらえて幸運だなと思いました。

冒頭からヒーローが出てこないイレギュラーな構成ではありますが、そういうお話なので物語の受け取り方は千差万別ではありますが、少しでもお許しくだされば幸いです。

気に入ってくれる方が少しでもいらっしゃることを願っております。

そして本作を刊行するにあたり、関わられた全ての方に御礼を申し上げます。

特に担当編集さんには苦労をかけたと思います。

出版まで運んで頂き、心から感謝しております。

校正から担当くださった編集さんも丁寧に読み込んでくださり、校正さんに至っては、国名に対するシンボルカラーに言及くださる緻密さで、大変ありがたかったです。

元々グレーにしていたヒロインの国のシンボルカラーは、『雪という意味を持つ国なのに？』というお言葉を受けて白になりました。

綺麗でいて冷たい、あの世界に似合うイメージになっていいと思っています。

イラストは鈴ノ助《すずのすけ》先生です。ラフから感激の嵐で、衣装デザインを含め、ヒーローは恰好よく、ヒロインは可愛い素晴らしいイラストを描いて頂き、誠にありがとうございました。

最後に、少し前になりますが、半年ほど休養を頂き、その関係でしばらく刊行がなく、鬼頭香月の名前を見る機会も減ったと思います。それにもかかわらず、新刊を見て思い出し、手に取ってくださった読者様がいらっしゃれば、本当にありがとうございます。

本作が初めてだという方は、読んでみようと思って頂けてとても嬉しいです。

本作のような雰囲気のものもあれば、『侍女、ときどき第二王子（9歳）弟王子と魂が入れ替わったら、王太子殿下（兄）と恋が始まりました』のような明るめの作品も刊行しておりますので、お気軽に別作品も読んでみてください。

それでは、またどこかで新たな物語を届けられるのを楽しみにしております。

皆様の明日が素敵な一日になりますように。

鬼頭香月

人質として嫁ぎましたが、この国でも見捨てられそうです

著者　鬼頭香月
イラストレーター　鈴ノ助

2024年11月5日　初版発行

発行人　藤居幸嗣

発行所　株式会社 J パブリッシング
〒102-0073　東京都千代田区九段北3-2-5 5F
TEL 03-3288-7907　FAX 03-3288-7880

製版所　株式会社サンシン企画

印刷所　中央精版印刷株式会社

ISBN：978-4-86669-714-7
Printed in JAPAN